QUAND
L'HORIZON
ᴬ DISPARU
**BRAD
BONEY**

QUAND
L'HORIZON
ᴬ DISPARU

BRAD
BONEY

Publié par
DREAMSPINNER PRESS

5032 Capital Circle SW, Suite 2, PMB# 279, Tallahassee, FL 32305-7886 USA
www.dreamspinnerpress.com

Quand l'horizon a disparu
Copyright de l'édition française © 2015 Dreamspinner Press.
Titre original : The Nothingness of Ben
© 2012 Brad Boney.
Première édition : novembre 2012
Traduit de l'anglais par Black Jax.

Illustration de la couverture :
© 2012 L.C. Chase.
http://www.lcchase.com
Les éléments de la couverture ne sont utilisés qu'à des fins d'illustration et toute personne qui y est représentée est un modèle.

Édition imprimée en français : 978-1-63533-599-6
Première édition en papier : janvier 2017
Édition e-book en français : 978-1-63476-399-8
Première édition française : mars 2015
v 1.1

Édité aux Etats-Unis d'Amérique.

Pour Stephen Nowak,
Où que tu sois.

I

SEPT JOURS avant Noël, Ben Walsh quitta son bureau au centre de Manhattan et commença le long parcours qui le ramenait de la 44e rue jusqu'à son appartement, situé dans le quartier Hell's Kitchen – autrement dit, la « cuisine de l'enfer », à Manhattan, New York. Il passa devant le théâtre St James, où, depuis le printemps dernier, se jouait la comédie musicale *American Idiot*. Une queue commençait à se former pour la représentation de ce jeudi soir. Quant à Ben, il réfléchissait à son dernier dilemme.

Plus qu'une semaine avant Noël et il n'avait toujours pas de cadeau pour David, son compagnon depuis sept semaines, un homme sensuel et amusant qui s'entendait très bien avec tous ses amis. Ben n'avait rien à lui reprocher, alors pourquoi ne réussissait-il pas à trouver un cadeau à lui offrir?

Une fois de plus, il s'était attardé au bureau. Il travaillait chez Wilson & Mead, l'un des meilleurs cabinets juridiques de la ville. Lorsque son iPhone vibra dans la poche de son pantalon, il le sortit pour vérifier. Il s'agissait d'un message de Colin. Le pouce de Ben glissa sur l'écran pour le lire.

Rendez-vous chez M & J. 20 h. Viens avec David.

Il regarda sa montre. Dix-neuf heures trente. Il n'avait pas encore appelé David. Même si tous deux passaient presque toutes leurs soirées ensemble depuis Thanksgiving, Ben n'avait pas voulu tenir sa présence pour acquise. Il pressa une touche de son téléphone, David répondit après quelques sonneries.

— *Hey, tombeur. Je pensais justement à toi.*

Ben sourit en entendant sa voix basse et profonde. Tout en zigzaguant parmi la file d'attente, il passa les doigts dans ses cheveux noirs.

— C'est vrai? répondit-il. J'espère qu'il s'agissait de pensées érotiques.

— *En partie.*

David avait trente-huit ans, soit une dizaine d'années de plus que lui. Ancien militaire et actuel pilote de ligne, il possédait une virilité naturelle que tout le monde, y compris Ben, trouvait attirante.

1

— Eh bien, nous sommes convoqués ce soir chez Martin et Johnny pour une soirée de Noël.

— *Tes amis ne sont-ils jamais capables de planifier?* lui demanda David, d'un ton moqueur.

— Non, jamais. Désolé. Je pense qu'ils veulent marquer le coup avec un peu d'avance. C'est mon dernier week-end en ville avant que je rentre chez moi.

— *Chez toi? Ah, tu veux dire que tu retournes au Texas. Mais tu seras revenu pour le nouvel an, non? Je veux accueillir 2011 avec toi.*

— Ouais, je serai là. Alors, tu es d'accord pour une petite réunion impromptue ce soir?

— *Bien sûr. Tout à fait d'accord.*

— Génial.

David agissait comme tous ceux qui, au début d'une relation, n'osent jamais dire : « *Écoute, je suis crevé, je n'ai vraiment pas envie de voir tes amis ce soir.* » Ben s'arrêta au coin de la 8e avenue. Une anomalie l'alerta. Levant les yeux, il vit que les feux de circulation ne fonctionnaient pas.

Le feu orange passa au vert.

Attention. C'est bon.

Au lieu de passer du orange au rouge.

Attention. Stop.

Pourquoi l'ordre des feux était-il inversé? Ben descendit du trottoir, mais il recula aussitôt, effrayé.

— *Hé, Ben, tu es toujours là?*

Zut, David venait de lui poser une question. Ben releva les yeux. Les feux fonctionnaient normalement, il traversa donc la rue.

— Ouais. Désolé, j'ai été distrait par la foule des fans de Green Day. Tu me demandais quoi?

— *Tu veux passer d'abord ici ou tu préfères que nous nous retrouvions là-bas?*

— Allons directement chez Martin et Johnny. J'ai reçu un message de Colin, ils nous attendent à 20 heures et je serai en retard, de toute façon.

— *Pas de souci. À tout à l'heure.*

— D'accord, merci. À très vite.

Ben appuya sur le bouton rouge de son écran pour couper la communication, puis il rangea son téléphone dans sa poche. En approchant de l'Hudson, il sentit le vent d'hiver devenir plus violent et balayer la rue. Il releva les épaules vers ses oreilles pour tenter d'avoir plus chaud, mais en

2

vain. Il leva la tête et vit le ciel prendre des teintes pourpres. Ceci annonçait-il la neige ? Tout à coup, il ressentit la même sensation que précédemment : une anomalie. Il vérifia les feux en atteignant la 9e avenue. Tout semblait normal. Il déglutit, la bouche sèche. Il fouilla dans son sac de sport pour en sortir une bouteille entamée de boisson énergisante dont il but une gorgée.

Son portable recommença à vibrer. Sans doute encore Colin pour lui demander où il était. Ben sortit son appareil et regarda l'écran. Un numéro commençant par 512, donc d'Austin, mais Ben ne le reconnut pas. Il répondit immédiatement.

— Ben Walsh, annonça-t-il.

Il prit une autre gorgée de sa bouteille avant de la ranger dans son sac. Le vent soufflait plus fort encore.

— *Bonjour, Ben. Je suis le père Davenport. Nous ne nous sommes jamais rencontrés, mais je suis le nouveau prêtre du Centre catholique universitaire. Je me trouve à l'hôpital Seton.*

Ben était au beau milieu du carrefour, il pressa un doigt contre son oreille gauche pour mieux entendre.

— Oui ?

— *Ben, il y a eu un accident.*

— Quel accident ?

— *Vos parents. Ils rentraient chez eux quand ils ont été heurtés, sur l'autoroute, par un jeune... Eh bien, je ne vois aucun moyen de vous l'annoncer en douceur. Les médecins ont fait tout ce qu'ils pouvaient, mais... c'était trop tard. Ils sont décédés, Ben. Je suis désolé, mais vous venez de perdre vos parents. Vous devriez prendre le prochain avion pour rentrer. Vos frères ont besoin de vous.*

Les bruits urbains disparurent dans un silence caverneux. Ben leva les yeux. Les feux fonctionnaient à l'envers, une fois de plus. Il entendit une voix dans sa tête, celle de son père, qui lui chantait une chanson datant de son enfance. Les Eagles, peut-être ? Oui, il en était presque certain. *Une journée à New York.* Voilà le nom de la chanson.

Il sentit le sang lui monter au visage, il eut du mal à respirer. Il eut la sensation que le sol s'agitait sous ses pieds, même s'il était toujours planté sur le trottoir, tétanisé. Bientôt, il saurait quoi faire, qui appeler, où aller. Ou peut-être qu'il se réveillerait pour découvrir que le père Davenport n'était que le fruit de son imagination, un atroce cauchemar. Un flocon de neige tomba du ciel en tourbillonnant pour atterrir sur son nez. Il fut suivi par un autre, puis trois, dix, dix milles, jusqu'à ce qu'une tempête de neige engloutisse Ben et le gèle jusqu'à l'os. Au milieu de cette tourmente blanche, il entendait toujours la voix désincarnée du père Davenport qui le mitraillait de questions à travers le petit haut-parleur de son portable.

— *Ben ? Vous êtes toujours là ? Vous m'entendez ? Ben ? Ben ?*

II

À LA messe de funérailles, deux jours plus tard, Ben était assis avec ses trois frères au premier banc de l'église que ses parents avaient fréquentée toute leur vie, tous les dimanches. Il n'y avait plus été depuis des années. Il ne supportait pas les conneries homophobes que préconisait le catholicisme, sans mentionner son scepticisme inné quant à l'existence de Dieu. Quand il avait accepté de passer ses années universitaires à Austin (comme s'il avait eu le choix !), il avait arraché à ses parents deux importantes concessions. L'une était de ne plus fréquenter l'église, l'autre de quitter la maison pour s'installer au-dessus du garage, de l'autre côté de la cour, dans l'appartement qui était jusque-là loué chaque année à divers étudiants de l'UT.

Ben jeta un regard sur ses frères et ne put s'empêcher d'admirer la cohérence des gènes de ses parents. Les quatre fils Walsh tenaient de leur père des cheveux sombres, des yeux noirs et un teint clair. Ils avaient également sa mâchoire carrée et sa belle apparence. Les gens commentaient constamment leur ressemblance, même si Ben avait dix ans de plus que son cadet, Quentin, qui venait de fêter ses seize ans. Le suivant, Jason, avait quatorze ans et Cade, le plus jeune, douze. En examinant les trois garçons alignés à ses côtés, Ben remarqua que Quentin avait besoin d'une coupe de cheveux, que Jason avait pris presque dix centimètres depuis Noël dernier et que Cade ne cessait de se retourner pour scruter les bancs derrière eux.

— Arrête de bouger, gronda Ben.

Quentin lui jeta un regard noir.

— Laisse-le tranquille. Il cherche Travis.

— Qui est Travis ? demanda Ben en fronçant les sourcils.

Adolescent, il considérait ses frères comme des intrus. Pendant dix ans, il avait été enfant unique, ce qui lui convenait très bien. En outre, il était déjà au lycée quand Quentin était entré en maternelle et Cade portait encore des couches. En conséquence, si les trois derniers s'entendaient comme larrons en foire, Ben... eh bien, il n'avait aucun mal à jouer le rôle de l'aîné toujours absent.

Il décida que Travis devait être un camarade de son frère.

5

Après les funérailles, le service continua au cimetière. Ben et ses trois cadets montèrent dans une limousine noire appartenant à la maison funéraire. Ben avait eu avec elle peu de rapports, vu que sa tante Julie, la sœur de sa mère, s'était chargée de tout organiser. Au cimetière, les cercueils de ses parents furent placés côte à côte sur la concession qu'ils avaient achetée des années plus tôt. Ben examina la foule importante qui s'agglutinait autour d'eux. William Walsh, professeur d'anglais à l'UT, avait été légendaire. Ses élèves, qui l'avaient adoré, étaient venus en masse lui rendre un dernier hommage, ainsi que le corps professoral, la direction de l'université, la famille de sa mère et les amis communs. Il y avait eu au moins trois cents personnes à la messe et la moitié d'entre elles se trouvait au cimetière. En scrutant le cercle de visages endeuillés qui l'entourait, Ben remarqua à l'arrière un homme de son âge, démarqué par sa tignasse rouge des costumes sombres et des robes noires.

Très nerveux, Cade se dandinait d'un pied sur l'autre. Soudain, il tenta de retirer sa main de celle de Quentin, qui refusa de le lâcher. Lorsque Ben se tourna vers eux, il nota que Jason et Quentin échangeaient un regard entendu, comme s'ils communiquaient par télépathie. En silence, Jason hocha la tête, avec un signe du menton en direction du roux. Quentin suivit son regard. Rassuré, il lâcha la main de Cade, qui s'éloigna des cercueils, vers le rouquin. Le père Davenport continuait à réciter ses prières, agitant régulièrement son encensoir pour asperger les cercueils d'eau bénite.

Ben se pencha vers Quentin et demanda :

— Où va-t-il ?

— Reste cool, grand frère. Il va juste saluer un ami.

Ben surveilla Cade qui rejoignait le jeune roux et le prenait par la main. L'inconnu se laissa emmener jusqu'à l'endroit où ils se trouvaient tous. Il ressemblait à un serveur avec ses bottes de travail, son pantalon en polyester noir et sa chemise blanche à manches courtes. Au Texas, la température clémente permettait aux hommes de ne pas porter de veston durant la journée. Le rouquin tenta de sourire, Ben lui répondit par un rictus. Il chercha à croiser le regard de Quentin pour qu'il lui donne une explication, mais celui-ci l'ignora, gardant les yeux fixés sur le père Davenport.

Une fois le service terminé, Ben s'approcha de l'inconnu, la main tendue :

— Je suis Ben Walsh.

Le jeune homme se retourna et lui serra la main.

— Travis Atwood, répondit-il avec l'accent du Texas, traînant et lent. Désolé, je ne voulais pas m'imposer. J'ai tenté de garder mes distances. De vous laisser un peu tranquille.

— Qui êtes-vous? demanda Ben.

Ses paroles sonnèrent plus sèchement qu'il n'en avait eu l'intention.

— Franchement, Ben! grommela Quentin.

— Non, c'est normal, Q. Il ne me connaît ni d'Ève ni d'Adam. Il cherche juste à vous protéger.

— Waouh! ricana Quentin. Tu ne le connais vraiment pas.

— Je suis un voisin, expliqua Travis à Ben. J'habite en face de chez vous. Je loue une chambre chez la vieille Mme Wright. Votre famille a été très gentille envers moi.

Cela ne m'étonne pas, pensa Ben. *Papa a toujours adoré jouer les bons Samaritains.*

— Je vois.

— Ça m'étonnerait, marmonna Quentin entre ses dents.

Le petit groupe revenait vers la voiture, Cade toujours accroché à Travis qu'il entraînait avec eux.

— Travis rentre avec nous, déclara-t-il.

Ben fixa le roux, en essayant de lui faire passer un message. Travis s'arrêta et se mit devant Cade, les deux mains fermement posées sur ses épaules. Il s'accroupit même, afin d'être au même niveau. Ben regarda autour de lui. La foule commençait à se disperser, mais plusieurs personnes s'étaient arrêtées pour regarder la scène.

— Écoute, bonhomme, dit le jeune homme. Je suis venu avec mon pick-up, j'ai tout ce qu'il me faut pour rentrer. Mais ensuite, je passerai chez toi, je te retrouve donc d'ici dix minutes, pas plus. Croix de bois, croix de fer.

Ben ne perdit pas de temps pour écarter son frère. Il ne voulait pas d'un éclat public.

Cade se débattit.

— Lâche-moi!

— Cade, pas maintenant.

— Si! Maintenant. Qu'est-ce qui s'est passé? Je ne comprends pas comment c'est arrivé!

Brutalement submergé de tristesse, le plus jeune Walsh se mit à pleurer. Sans bruit, sans les larmes enfantines, mais avec les sanglots étouffés d'un jeune garçon pas du tout préparé à réaliser l'ampleur de sa perte.

— Cade ! s'écria sèchement Ben. Pas ici ! Retournons dans la voiture. Viens avec moi.

Silencieux et réprobateur, Jason se raidit, les yeux écarquillés de surprise devant l'insensibilité de son aîné. Mais Quentin se contenta de secouer la tête, comme si cette réaction ne le surprenait pas.

— Franchement, grand frère. Comment peux-tu être aussi odieux ? Cade est encore sous le choc ! Tu ne peux pas le laisser un jour tranquille, un seul jour ? C'est tout ce que nous demandons.

Quentin s'agenouilla pour prendre Cade dans ses bras. Ben vit Julie, à quelques mètres de là, prête à intervenir s'il n'était pas capable de gérer la situation. Il inspira profondément. Manifestement, il y avait un problème entre Quentin et lui, ou peut-être entre ses trois frères et lui, mais il lui faudrait attendre pour le régler. *Plier pour ne pas céder*, se dit-il.

— Travis, pourriez-vous monter en voiture avec nous ? S'il vous plaît. Je vous ramènerai plus tard chercher votre pick-up, si ce n'est pas abuser. Je suis parti depuis longtemps, j'ignore pourquoi vous avez une telle importance pour mes frères, mais manifestement, c'est le cas, alors… restez avec nous – avec Cade.

Travis se releva avec un sourire.

— Bien volontiers, monsieur.

Ben se mit à rire, pour la première fois depuis qu'il avait reçu ce funeste coup de téléphone. Dire qu'il avait cru qu'il lui faudrait des mois pour retrouver le sourire ! Ses frères se joignirent à son rire, même Cade.

— Vous venez de m'appeler *monsieur* ?

— Oui, monsieur… Je veux dire, Ben. Je disais « monsieur » à votre père et vous… Eh bien, je ne sais pas. Vous m'avez semblé être de ce genre-là.

— Comment ça, de ce genre-là ? Je n'ai que vingt-sept ans.

— Oh, déclara Travis, évidemment surpris. Bon sang, je ne savais pas nous étions du même âge. Tu es également de 83 ? Tu parais bien plus vieux.

— C'est parce qu'il a un balai planté dans le cul, déclara Quentin à Travis.

En même temps, l'adolescent fouillait dans sa poche et il sortit son téléphone. Il sourit en lisant un texto. Il écarta de ses yeux une mèche de cheveux et se mit à taper furieusement une réponse. Ben prit le temps d'inspirer encore une fois, tout aussi profondément. Il faudrait qu'il ait une petite discussion avec Quentin, mais pas maintenant.

Il passa le bras autour des épaules de Jason pour l'entraîner.

— Et si nous retournions à la voiture ? dit-il, fermement. Cade, Travis vient avec nous, alors avance, d'accord ?

Son frère ne lui répondit pas, mais il se laissa emmener, encadré par Travis et Quentin. Julie et le reste de la foule se détendirent et se remirent en marche vers leurs voitures respectives.

Le trajet retour jusqu'à la maison Walsh se fit en silence. Travis avait la tête tournée vers la fenêtre, mais il gardait la main de Cade bien serrée dans la sienne. Ben et lui étaient assis face à face.

Il est beau, pensa-t-il en le regardant. *Vraiment beau.*

Tout à coup, Travis se tourna vers lui, un demi-sourire aux lèvres. Il avait des yeux gris, des cils blond-roux et une dizaine de taches de rousseur sur l'arête du nez. Ben, qui mesurait un mètre soixante-dix-huit ne se considérait pas comme grand, mais Travis, avec dix centimètres de moins, était petit. Et Ben avait toujours aimé les hommes plus petits que lui. Baissant les yeux, il vit de la saleté sous les ongles de Travis. Ou était-ce de la graisse ?

Une fois à la maison, les invités s'entassèrent dans la salle à manger et le salon. Les plats s'accumulaient dans la cuisine, recouvrant chaque surface disponible. Ben passa les heures suivantes à écouter diverses anecdotes concernant ses parents, tout en tentant de garder un œil sur ses frères. Sur ce dernier point, Travis lui facilita la tâche. Ses cadets passèrent tout l'après-midi en sa compagnie, à discuter avec lui. Quand le soleil se coucha, les visiteurs commencèrent à prendre congé.

À 19 heures, il ne restait plus dans la maison que les fils Walsh, Travis et Julie.

— J'ai demandé à Robert de ramener les filles à Dallas, déclara cette dernière.

Elle parlait de son mari et de ses deux enfants. Elle avait déjà rangé la cuisine, emballé les restes et rempli le frigo. Elle se tourna vers Ben pour continuer :

— Si ça ne te dérange pas, je compte rester jusqu'à lundi. Nous avons rendez-vous chez l'avocat pour ouvrir le testament. Bien sûr, je pourrais prendre une chambre dans un motel, mais il faudrait quand même que nous discutions de… Tu sais…

Ben lui coupa la parole.

— Julie, voyons. Tu peux rester jusqu'à lundi, bien entendu. Mais pour le moment, je dois ramener Travis chercher son pick-up au cimetière.

— Très bien, je reste avec les garçons.

— Merci. Pour tout.

— De rien, Ben.

Elle lui adressa un sourire forcé. Ben récupéra le trousseau de sa mère à côté du frigo, puis Travis et lui quittèrent la maison et passèrent sur le porche. Une fois dans l'allée, Ben regarda autour de lui. Il réalisa alors que ses parents se trouvaient dans le 4x4 au moment de l'accident.

— Merde, dit-il en secouant la tête. Je me suis trompé de clés. Excuse-moi une seconde.

Il retourna dans la maison et changea de trousseau, prenant les clés du pick-up de son père. Peu après, les deux hommes s'installaient à l'intérieur et se mettaient en route. Au début, le trajet se fit en silence, mais Ben finit par briser la glace.

— Désolé pour ce qui s'est passé tout à l'heure. Je ne voulais pas te rembarrer. C'est juste que j'ai perdu le contact avec ma famille au cours des dernières années.

— Pas de soucis. J'ai bien compris. À ta place, j'aurais fait la même chose, en me demandant qui était ce type. Mais je n'ai rien de louche, j'habite chez Mme Wright depuis maintenant six mois.

— L'appartement au-dessus du garage ?

— Euh, non, je loue une chambre chez elle. Elle offre un loyer vraiment pas cher, aussi je pense qu'elle aime avoir de la compagnie. J'ai rencontré ton père un jeudi soir où je sortais les poubelles. Il s'est montré très amical.

— Ouais. Je sais.

— Nous avons papoté sur le trottoir…

— Et il t'a invité à dîner… Je connais le processus.

— Ouaip. J'ai passé pas mal de temps chez toi au cours des derniers mois. Ils m'ont plus ou moins… adopté.

— Tu n'es pas le premier. Ils ont….

Tout à coup, Ben réalisa qu'il n'avait pas utilisé le bon pour son verbe.

— Désolé, reprit-il. Ils *avaient* très bon cœur. Mon père semblait toujours prêt à offrir le meilleur de lui-même à ses élèves. En grandissant, je l'ai vu s'occuper d'eux, les uns après les autres. J'aurais bien aimé qu'il me consacre autant d'attention, de temps en temps.

— Je doute que tu en aies eu besoin.

— Pardon ?

— Regarde-toi. Tu es un brillant avocat de New York. Je considère que ton père a bien réussi avec toi, M. Succès.

Ils étaient alors arrêtés à un feu rouge, aussi Ben put-il se tourner pour regarder son voisin.

— Tu t'exprimes toujours de cette façon ?

— Je parle rarement, alors je ne sais pas quelle est « cette façon ». Quand j'avais quinze ans, mon père est parti et ma mère a erré, avec moi accroché à ses basques, à travers tout le Texas, pour suivre le dernier en date de ses amants, jusqu'au jour où elle est morte d'avoir trop longtemps abusé d'un vin minable. Depuis ce jour, j'ai vécu seul, sans aucune famille. Donc, tout est relatif, Obi-Wan. Si tu comptes te plaindre de tes parents merdiques, vas-y, n'hésite pas. Je t'écoute.

Il y eut un long moment de silence.

— Je n'ai jamais dit qu'ils étaient *merdiques*.

— Désolé. Je ne voulais pas m'en prendre à toi comme ça. Je ne sais même pas ce qui m'a pris de m'énerver. C'était étrange de te voir avec tes frères aujourd'hui. J'ai pris l'habitude de les considérer comme les trois mousquetaires. Et toi, tu es le quatrième du lot. Au fait, qu'est-ce qui s'est passé ?

— Que veux-tu dire ?

— Pourquoi y a-t-il dix ans d'écart entre toi et Quentin ?

— Je suis comme qui dirait une erreur, expliqua Ben.

— Je connaissais ta mère, voilà qui ne lui ressemble guère.

— Non, pas ce genre d'erreur. Mes parents étaient déjà mariés, ils avaient juste prévu d'attendre pour avoir des enfants. Mais la contraception à l'époque, ce n'était pas vraiment ça, alors je suis peut-être plus une surprise qu'une erreur. Après ma naissance, ma mère a pris la pilule, elle a attendu dix ans pour avoir Quentin, Jason et Cade. Est-ce que mon père t'a raconté qu'il nous avait tous nommés d'après la fratrie d'un de ses livres préférés ?

— *Le Bruit et la Fureur*, de William Faulkner, non ?

— Exactement. Il aimait son style de sudiste gothique.

— Ouais, il m'a donné un exemplaire. Je n'ai pas dépassé la première page. Je n'ai rien compris.

Travis se tut. Ben jeta un coup d'œil dans son rétroviseur pour vérifier la circulation.

— Cade semble très attaché à toi.

— C'est vrai. Ça t'embête ?

— Non, pas vraiment. C'était juste une constatation.

11

— Nous avons beaucoup de goûts communs. Tu sais qu'il joue au football et au baseball?

— Non. Je l'ignorais.

— Ouaip. Il sera probablement trop petit pour une bourse universitaire de foot, mais question baseball, eh bien, il a ses chances, si tu vois ce que je veux dire. Il a d'excellents réflexes.

Le silence retomba. Puis Travis demanda :

— Qu'est-ce qui va se passer maintenant? Pour eux, je veux dire.

— Je ne sais pas. Ces deux derniers jours ont été complètement dingues, je n'ai pas eu le temps d'y réfléchir.

— Quoi que tu fasses, ne les sépare pas. Ils endureront n'importe quoi tant qu'ils sont ensemble.

— Je n'en ai jamais parlé avec mes parents. Franchement, qui prévoit un truc pareil? J'espère qu'ils ont indiqué leurs dernières volontés dans leur testament, parce que nous devons passer lundi chez leur avocat. Malheureusement, je ne connais rien aux droits de succession ni ce que deviennent des orphelins au Texas.

Une voiture leur fit une queue de poisson, Ben donna un coup de klaxon.

— Connard! Les gens conduisent vraiment n'importe comment.

— Ouais, confirma Travis, je sais.

— Alors, et toi? Qu'est-ce que tu étudies?

Travis le regarda sans répondre, il paraissait surpris.

— Tu es bien à l'Université du Texas, non? insista Ben. Tu vis dans le quartier et mon père s'est toujours intéressé aux étudiants.

— Non.

Étonné, Ben haussa les sourcils.

— Ah. D'accord.

Travis détourna la tête vers sa vitre avant de répondre :

— Je suis mécano au garage Groovy. Je répare des voitures pour gagner ma vie.

Donc, c'était bien de la graisse qu'il avait sous les ongles.

— Désolé, j'ai cru que… peu importe. Bon, tu connais bien entendu mon métier.

— Ouaip. Ton père parlait souvent de toi. Il était très fier que tu aies été à Columbia. J'ai même vu des photos de toi bébé.

— Pitié, dis-moi que c'est une blague!

Avec un sourire, Travis tourna la tête vers lui.

— Si tu connais ton père, tu sais que c'est vrai.

Ils furent arrêtés par un autre feu. Ben vit Travis frotter son pouce contre ses autres doigts.

— Tu as froid aux mains? demanda-t-il.

En se penchant pour ouvrir la boîte à gants, il frôla involontairement le genou de Travis. Ce dernier sursauta comme s'il venait de s'électrocuter avec un câble de batterie. Surpris, Ben leva les yeux vers lui.

— Excuse-moi de t'avoir fait peur.

— Pas de souci.

— Je voulais juste te prêter des gants.

Il en sortit une paire de la boîte à gants et la remit à Travis, Celui-ci accepta les gants tricotés, mais sans les mettre. Le feu passa au vert, Ben reprit sa route vers le cimetière.

— Est-ce que tu as laissé une copine à New York? demanda Travis, à brûle-pourpoint.

Ben patientait au stop, le temps que la circulation l'autorise à tourner à gauche.

— Non. Mon père ne t'a jamais dit que je suis gay?

Il jeta un coup d'œil à son passager, qui ne paraissait pas particulièrement troublé par son aveu.

— Euh, non, sûrement pas. Enfin, je veux dire, il ne m'en a jamais parlé.

Ben secoua la tête.

— Ça ne m'étonne pas, il était dans le déni.

— Dans ce cas, est-ce tu as laissé un copain à New York?

Ben se mit à rire.

— Je ne sais pas trop.

Il ne mentait pas. Il n'avait pas recontacté David depuis ce dernier appel, de l'aéroport.

— Je sors actuellement avec quelqu'un, reprit-il, mais juste comme ça. Je dois avouer que pour le moment, mon futur reste flou. Et toi? Tu as une copine?

Travis sourit.

— Et pourquoi ce ne serait pas un copain? Je pourrais être un de ces métrosexuels dont Jason m'a parlé.

— D'accord, tu as un copain?

Le sourire de Travis s'accentua lorsqu'il secoua la tête.

13

— Non, c'était juste pour déconner. Je sors actuellement avec une fille que j'ai rencontrée il y a quelques mois, mais rien de sérieux, même si je ne suis pas certain qu'elle soit d'accord avec moi. Les femmes sont parfois difficiles à comprendre. *De mystérieuses créatures*, comme disait le dernier copain de ma mère.

— Comment s'appelle-t-elle ?

— Ma mère ? s'étonna Travis.

Ben se mit à rire.

— Non, ta copine.

— Oh. Trisha. C'est Topher, un des gars du garage, qui me l'a présentée. C'est une fille très sympa. Et tout à fait magnifique. C'est chouette de baiser régulièrement, sans risque. Je ne sais pas si tu es au courant, mais trouver quelqu'un est bien plus difficile pour un hétéro que pour un gay

— Si tu veux mon avis, c'est juste un cliché, protesta Ben. De plus, j'ai du mal à croire que tu aies des problèmes à trouver une fille.

Travis ignora son compliment implicite.

— Comme je le disais, ce qui m'intéresse, c'est de baiser souvent et sans risque, ce qui n'est pas gagné quand on cherche un plan Q pour la nuit dans un bar pourri de la 6e rue. Je n'ai plus l'âge de ce genre de choses et je n'ai plus envie de faire de la limonade.

— Pardon ? Quelle limonade ?

— Je parle des thons – des laiderons, si tu veux. Tu connais le proverbe, *quand la vie te donne des citrons, fais-en de la limonade…*

— Ouille. Ce n'est pas gentil.

Une fois de plus, Travis détourna la tête pour regarder par la vitre. Ben chercha aussitôt à s'excuser :

— Ne le prends pas mal. Au moins, c'est franc et ça me plaît. Et je suis d'accord avec toi. Tu sais, on m'a souvent dit que je manquais de compassion. C'est à la fois une qualité et un défaut : ça fait de moi un avocat brillant et un frère nul. J'ignorais que d'avoir quitté le Texas ferait de moi le méchant de la famille.

— Ce n'est pas ça.

— Que veux-tu dire ?

— Quentin ne te reproche pas d'avoir quitté le Texas. Il est juste en colère parce que tu sembles les avoir rejetés. Donne-lui un peu d'espace, d'accord ? En ce moment, il est juste bouleversé. Il a besoin d'une cible pour déverser sa douleur et bien sûr, ça tombe sur toi. Parle-lui, apprends à mieux le connaître. Il est intelligent. Comme toi, d'après ce que j'ai compris.

— Et toi, que comptes-tu faire? Tu ne comptes quand même pas rester mécanicien toute ta vie?

Malgré l'obscurité de l'habitacle, Ben remarqua que les joues de Travis devenaient écarlates. *Merde,* pensa-t-il, *c'est exactement ce qu'il compte faire.*

— Je suis désolé, vraiment. Je ne voulais pas sous-entendre que...

— Que je n'ai pas d'ambition, puisque je n'ai pas de diplôme? D'ailleurs, c'est aussi bien, parce que même si j'en avais, je ne vois pas où cela m'amènerait. Tu fais probablement partie de ces gens qui n'imaginent pas qu'on puisse vivre sans être passé par l'université, mais là d'où je viens, il est plutôt rare de terminer le lycée. J'aime être mécanicien, je suis doué de mes mains, je connais bien les moteurs. Je peux réparer n'importe quoi. Même sans diplôme, je ne suis pas stupide!

— Objection! Le témoin cherche à déformer mes paroles.

Sa réflexion fit sourire Travis.

— Tu penses pouvoir tout résoudre grâce à ton charme, pas vrai?

— Il vaut mieux que tu ne saches pas ce que je pense. Mais quand même, je suis désolé.

Ils étaient arrivés au cimetière. Travis désigna du doigt son pick-up au fond du parking et Ben se gara juste à côté.

— Nous y voilà, dit-il.

— Effectivement, nous y voilà, répéta Travis.

Il ouvrit la portière passager et sortit. Il resta figé durant une seconde, comme s'il hésitait à parler, puis il revint vers Ben.

— Je suis vraiment désolé pour tes parents, Ben.

— Merci. Merci pour tout. Merci de t'être occupé de mes frères aujourd'hui. Tu m'as soulagé d'un grand poids.

— De rien. Et si tu as besoin d'un coup de main ou juste envie de parler, tu sais où me trouver.

— Chez la vieille Mme Wright.

— Exactement. Il suffit de frapper à la porte latérale.

Travis lui tendit la main. Ben l'accepta, ils échangèrent une poignée de main ferme et robuste. Après un dernier « bonne nuit », Travis grimpa dans son pick-up, une vieille Ford Ranger toute déglinguée. Ben fit une marche arrière, puis il quitta le parking et s'éloigna. Il surveilla son rétroviseur et vit des phares derrière lui, durant tout le chemin du retour. Au dernier moment, Travis tourna dans l'allée d'en face.

15

Arrivé chez lui, Ben monta les marches du perron et se retourna pour regarder de l'autre côté de la rue : Travis sortait de son pick-up et contournait la maison de Mme Wright. Il se pencha, saisit un fil électrique et le brancha, allumant les guirlandes de Noël placées un peu partout : dans le jardin devant la maison, le long du porche et dans les arbres. Il devait y avoir des centaines, peut-être sinon des milliers de petites lumières blanches et clignotantes. Et Travis les regardait, émerveillé.

Étant enfant, Ben avait toujours voulu décorer la maison Walsh de lumières à Noël, mais la fin du semestre était l'une des périodes de l'année les plus chargées pour son père, qui était professeur, aussi n'avait-il jamais vu son vœu réalisé.

— Ben !

La voix de Travis portait suffisamment pour que Ben l'entende, de l'autre côté de la rue.

— Ouais ?

Se détournant à grand-peine des guirlandes, il porta son attention sur Travis qui venait de monter les marches sur le côté de la maison.

— Aucun dommage n'est irréparable, tu sais.

Sur ce, il pénétra chez Mme Wright et referma la porte derrière lui.

III

DIMANCHE MATIN, Ben se réveilla à six heures. Il se traîna dans la cuisine et ouvrit le réfrigérateur. Il y trouva des tas de récipients en plastique soigneusement rangés. Il y avait de tout, depuis les œufs mayonnaise jusqu'au poulet frit. Il ouvrit un placard et vérifia l'étagère des céréales. Deux types de Cheerios (nature et pomme-cannelle), des Frootloops, des Frosties, des Miel Pops, et même quelques Raisin Bran, Special K, Rice Krispies et Smacks. Et il n'avait inspecté que la première rangée ! Fouillant dans le fond, il sortit une boîte de Mini-Wheats, il s'en versa un bol et rajouta du lait. Il prit une cuillère et emporta son petit déjeuner au salon. Une fois installé, il sortit son iPad et commença à lire le *Times* et le *Journal*. Il n'avait pas lu les infos depuis trois jours.

Au bout de quelques minutes, il leva les yeux de l'écran et regarda la pièce autour de lui. Il devait admettre qu'il aimait bien cette maison : grande, avec ses deux niveaux et ses cinq chambres, elle était située au nord du campus, pas loin de l'école de droit, à quelques rues du stade de foot. Construite à la fin des années 1930, la maison possédait aussi un garage avec un studio à l'étage. Durant la Grande Dépression, il était courant de rechercher des revenus complémentaires. La locataire actuelle, Betsy, étudiante de dernière année, était rentrée chez elle pour les vacances d'hiver. À l'époque où Ben y vivait, ses amis de l'UT appelaient son appart' « la tanière », ils aimaient y venir et s'asseoir à même le plancher pour discuter jusqu'aux petites heures du matin. La maison principale avait deux chambres à l'étage, où Quentin et Jason dormaient encore, sans doute. Au rez-de-chaussée, outre la chambre de Cade, il y avait une pièce d'appoint où Julie s'était installée et la chambre parentale, que Ben occupait. Un arrangement qu'il trouvait plutôt effrayant.

Il prit le temps d'écouter. La maison était proche de l'I-35, aussi le bruit de la circulation restait un arrière-fond permanent, nuit et jour.

Ben reprit sa lecture jusqu'à ce que, une demi-heure plus tard, il entende un bruissement sortir de la chambre d'ami. L'angle du couloir lui bloquait la vue, mais il perçut les pas de Julie entrant dans la salle de bain, où le verrou tourna derrière elle. *Nous sommes tous désorientés*, pensa-

17

t-il. Environ une heure plus tard, elle le rejoignit au salon, dûment vêtue et manifestement prête à sortir. Bien sûr : c'était dimanche ! Il ne lui était même pas venu à l'esprit de retourner à l'église ce matin.

— Bonjour, Ben. La messe est à 9 heures 30. Je peux emmener les garçons si tu as prévu autre chose.

Prévu autre chose ? Que voulait-elle insinuer : ce que font les gays le dimanche matin après avoir cessé d'aller à la messe ? La famille de sa mère n'avait jamais accepté son homosexualité et, bien entendu, ils réprouvaient sa décision de ne plus fréquenter l'église. Ils se demandaient aussi pourquoi il avait tenu à quitter le Texas.

Ben décida qu'un moment de tranquillité ne lui ferait pas de mal. Il n'aurait probablement qu'une heure, mais ce serait un répit dont il avait désespérément besoin.

— Ça ne te dérange pas ?

— Bien sûr que non.

Julie tenta de prendre un ton rassurant, mais il lut la désapprobation sur son visage. Elle s'éloigna vers la cuisine et commença à préparer le petit déjeuner.

— Tu devrais sans doute aller réveiller tes frères.

Ben se mordit la lèvre. Il décida d'aborder avec Julie le sujet de la garde des garçons pendant que ceux-ci dormaient encore. Il éteignit son iPad et la rejoignit dans la cuisine. Debout à l'embrasure, il la regarda sortir un saladier pour y casser des œufs

— La nuit dernière, tu as dit que nous avions à discuter. Tu sais si mes parents ont laissé des instructions concernant la garde de mes frères ?

Elle versa un peu de lait avec ses œufs, les saupoudra d'une pincée de sel et de cannelle, puis se mit à les battre avec une fourchette.

— Non. Pas vraiment. Mais je pense le deviner.

Elle prit une poêle dans le placard, la plaça sur la cuisinière et y ajouta une noix de beurre. Elle tourna le bouton du gaz et alluma, puis traversa la cuisine jusqu'au garde-manger d'où elle tira une miche de pain de la deuxième étagère.

— Quelles sont les options ? demanda-t-il.

— Tu devrais t'installer. Du pain perdu, ça te va ?

C'était une proposition alléchante.

— Bien sûr, j'en prendrai volontiers.

18

Ben prit place à la grande table en bois placée au coin de la cuisine. Julie continua à parler en poursuivant ses préparatifs.

— Du côté de ton père, il n'y a personne. Son frère ne serait pas capable d'élever un poisson rouge, alors trois garçons! Et ce n'est pas une critique, je te le signale en passant. Tes parents étaient du même avis : certains êtres n'ont pas la fibre parentale, voilà tout.

Ben éprouvait une grande affection envers son oncle Tommy, mais il était d'accord avec Julie. Le frère de son père vivait dans un studio à Oakland. À quarante ans, il refusait toujours les responsabilités. Il n'était même pas venu à Austin pour les funérailles.

— Tous vos grands-parents sont décédés depuis des années, continua Julie, il ne reste donc que moi et vos deux oncles.

Elle faisait allusion à ses frères, Sam et Nick, qui vivaient tous deux à Houston. Ben les trouvait obtus, froids et distants, mais ils avaient des familles dont ils s'occupaient correctement.

— Et toi, ajouta Julie, comme après réflexion.

Et moi, pensa Ben. Et voilà. Il était dans la course, comme responsable potentiel de ses trois frères. Il niait cette évidence depuis deux jours, mais là, les mots avaient enfin été prononcés.

— Bien sûr.

— Le seul problème chez nous, et je pense parler également au nom de Sam et Nick ainsi, c'est que nous n'avons pas la place d'accueillir trois garçons. Tes parents le savaient. Il n'y a qu'une seule solution pour les garder ensemble : c'est qu'ils restent ici. Avec toi.

— En clair, soit toi et tes frères en prenez chacun un et je retourne à New York, soit je déménage ici et tout le monde reste ensemble?

— C'est un résumé de la situation, oui. Je ne vois pas mieux.

— Et le testament? Que dit-il à ton avis?

Julie se tenait devant la cuisinière, où elle laissait tomber dans la poêle brûlante du pain imbibé d'œufs battus. Elle se retourna pour regarder Ben.

— Je suis quasiment sûre qu'ils t'ont laissé la charge des garçons.

Elle en semblait presque déçue. Ben évoqua les paroles de Travis, la nuit dernière quand il l'avait ramené au cimetière pour récupérer sa camionnette. *Quoi que tu fasses, ne les sépare pas.* S'il suivait ce conseil, il n'avait plus aucun choix. Il regarda Julie retourner son pain doré et sentit sa gorge se serrer. Il dut s'éclaircir la voix pour continuer :

— Et toi, Julie, qu'en penses-tu?

Elle saisit une assiette pour y faire glisser son pain perdu, puis approcha de la table où Ben était assis.

— Voilà, dit-elle, en posant l'assiette devant lui. Je pense préférable pour tes frères d'être élevés dans un cadre familial traditionnel que de rester ensemble.

Ben se raidit.

— Tu préférerais les séparer que les laisser ici avec leur frère gay ?

— Leur frère gay et *célibataire*, dit-elle, qui risque un jour de rencontrer un autre… gay. Que se passera-t-il alors ? Vraiment, Ben. Dois-je te faire un dessin ? Tu n'es même pas installé. Devenir parent, c'est dire adieu à l'indépendance et aux distractions puériles. Es-tu prêt à le faire ? Et n'imagine pas qu'il te suffira d'être leur frère. Cela n'a rien à voir ! Il s'agit d'une tutelle. Tu serais leur responsable. Je ne peux pas croire que nous ayons une conversation pareille !

Ben se leva pour prendre une fourchette dans le tiroir, il se dirigea ensuite vers le réfrigérateur dont il sortit le sirop d'érable. Sans dire un mot, il en versa abondamment sur son pain perdu et se rassit pour manger.

BEN RESTA au salon jusqu'à ce que Julie rentre de l'église avec les garçons. Puis il quitta son gros fauteuil rembourré et appela :

— Cade et Jason ? Pourquoi n'iriez-vous pas vous changer ? Nous pourrions ensuite déjeuner. Quentin, tu veux bien sortir avec moi une minute ?

Quentin afficha un grand – et faux – sourire.

— Bien sûr, grand frère. Allons papoter.

Tout en suivant son cadet vers la porte d'entrée, Ben s'adressa à Julie :

— Je pensais aller au restaurant manger des grillades. Pour déjeuner, je veux dire. À moins que ce ne soit pas assez *traditionnel* pour toi ?

— Arrête, dit-elle, en le regardant sévèrement.

Ben se hâta de faire sortir Quentin sur le porche, devant la maison. Ils devaient avoir cette conversation, c'était inévitable, aussi inutile de tergiverser. Il avait passé l'heure précédente à réfléchir à ses arguments, mais il n'avait rien trouvé de particulièrement brillant.

— Voilà, nous avons un problème.

Quentin ne le regardait pas, il fixait l'autre côté de la rue. Ben suivit son regard, espérant voir Travis à côté de son vieux pick-up. Il fut déçu : il n'y avait rien ni personne.

— Je reconnais qu'il y a un problème, mais je ne vois pas ce que tu veux dire avec ce « nous ».

— Nous. Tu sais, toi et moi. Manifestement, tu m'en veux, je me demande pourquoi.

— Non, sans blague ? Comment peux-tu être aussi obtus ? jeta Quentin, avec un soupir de frustration. Il n'y a pas de « nous », crétin. Du moins, pas à mes yeux. Quoi ? Tu t'attendais à être reçu à bras ouverts comme le fils prodigue ? C'est ce que tu voulais ?

— Non. Mais une telle hostilité est-elle vraiment nécessaire ?

— Oh, *Benjy*, absolument, aujourd'hui plus que jamais. Tu crois que je ne sais pas ce que tu manigances ? Tu crois que j'ignore les options ? Tu comptes nous répartir entre la sœur et les frères de maman, et tu te demandes pourquoi je t'en veux ?

— Tu as surpris ma conversation avec Julie ce matin ?

— Non, merde. Je ne vous ai pas espionnés, mais tu vois, j'ai raison. Tu en discutes déjà. Sympa, frangin. Vraiment génial !

— Rien n'est encore décidé

— Foutaises. Tu espères vraiment me faire croire que tu comptes revenir ? Que tu vas t'interposer pour nous trois ? Depuis que tu es parti pour l'école de droit, tu ne rentres à la maison qu'une fois par an. *Une seule fois !* Je suis devenu leur grand frère, Ben. C'est vers moi qu'ils se sont tournés quand c'est arrivé. Mais légalement, je n'ai pas l'âge de m'occuper d'eux, alors, te voilà... et quoi ? Dis-moi. J'aimerais l'entendre de ta bouche. Tu envisages de revenir au Texas ? C'est ta chance ou jamais de me surprendre.

Ben détourna les yeux sans mot dire. Quentin ricana.

— C'est bien ce que je pensais. *Tout* est déjà décidé, alors cette putain de conversation ne sert à rien. Ne t'avise pas de me dire que c'est la meilleure des solutions à long terme. La vie est une garce et tout le baratin, d'accord. Mais Cade ? Comment ça va se passer pour lui à ton avis ? Et si tu savais tout ce que Jason a traversé... si tu savais...

Soudain, il s'arrêta net. Il secoua la tête et reprit, résigné :

— Peuh ! Je pourrais aussi bien m'adresser à ta messagerie vocale. Je te propose un marché. Je serai moins hostile si tu nous laisses passer un dernier Noël ensemble. Ici. À la maison.

Ben ne bougea pas. Son frère fit quelques pas vers la porte d'entrée.

— Très bien, décida-t-il. *Qui ne dit mot consent.* Merci pour cette intéressante discussion.

Sur ce, il retourna à l'intérieur, laissant Ben seul sur le porche.

EN REVENANT d'un déjeuner sinistre et trop silencieux, Ben remarqua le pick-up de Travis dans l'allée d'en face. Il avait besoin de parler et il se souvenait de la proposition du jeune homme, la veille. Ils s'étaient plutôt bien entendus, surtout sur la fin, malgré sa bourde concernant le manque d'ambition du mécanicien.

— Je vais passer une minute chez Mme Wright pour parler à Travis, annonça-t-il à la cantonade, devant la porte d'entrée. Je ne serai pas long.

Quentin et Jason se regardèrent l'un l'autre, le front plissé de perplexité.

— Je ne sais pas si c'est une bonne idée, grand frère, déclara Quentin. Ton timing est déplorable. Tu ne veux pas attendre ?

Jason ne fit aucun effort pour retenir son rire.

— Je veux juste le remercier une fois de plus, se défendit Ben. *Petit frère !*

Quentin ricana.

— D'accord, je n'ai rien dit.

Ben descendit l'escalier et traversa la rue. Peu après, il se tenait devant la porte de Mme Wright. La moitié supérieure du panneau était composée de neuf petits carreaux vitrés, donc, de sa position, Ben apercevait la cuisine, une partie du salon et la porte d'une chambre sur l'arrière.

Il frappa à l'un des carreaux. La porte fit un bruit terrible et trembla dans son cadre. Un fracas y répondit derrière la porte close de la chambre. En entendant des voix, Ben réalisa immédiatement ce qu'il avait fait, il se maudit de ne pas avoir écouté Quentin. Malheureusement, il avait attendu cinq secondes de trop : alors qu'il s'apprêtait à tourner les talons pour filer, Travis émergea de sa chambre. Il ne portait qu'un jean, il était pieds nus et torse nu, exhibant un corps mince et musclé. Une fine toison blond roux moussait sur sa poitrine et descendait vers le bouton de son jean. Il traversa la cuisine sur la pointe des pieds, tourna le verrou et entrouvrit la porte.

— Ben…

— Travis, le coupa Ben. Je suis désolé. Vraiment. Je ne savais pas.

22

Incapable de soutenir le regard de son interlocuteur, Ben fixa ses pieds nus. Ils étaient parfaits. Pâles, avec des orteils ciselés et des ongles d'ivoire. Ben resta figé, la tête baissée, hypnotisé par les pieds de cet homme. *Qu'est-ce qui lui prenait?* Il émergea enfin de sa transe et releva les yeux.

— Je suis juste venu te redire merci. Mais euh… Je reviendrai.

Il fit un pas arrière, décidé à s'en aller. Puis il se mit à rire.

— Oh, mec, je suis tellement désolé. J'ai la sensation d'avoir douze ans! Je ne pense pas avoir interrompu un couple en pleine action depuis… Je ne sais plus. Je crois que c'était mon coloc à l'école de droit.

Détendu, Travis sourit à son tour.

— Enfoiré!

— Oui, je sais. Tu as une minute à me consacrer? Je sais que ce n'est pas le bon moment, mais j'ai désespérément besoin de parler à quelqu'un qui n'est ni en colère ni de ma famille.

Travis hocha la tête.

— Je t'ai dit de passer quand tu voulais, pas vrai? Attends-moi sur le porche, derrière la maison. J'arrive tout de suite. Et tu m'as juste sauvé des câlins.

— Tu vois? Je fais un excellent ailier.

Dès que Travis referma la porte, Ben fit le tour de la maison. Sur l'arrière, il trouva une véranda, meublée d'une banale table en plastique et de sièges assortis, à la fois propres et accueillants. Il s'y installa pour attendre Travis.

Celui-ci émergea peu après à l'angle de la maison, il avait enfilé sur son jean un sweat-shirt Longhorn [1] orange brûlé [2] et des bottes de travail. Il apportait aussi deux bouteilles de bière Shiner Bock. Derrière lui, marchait une jeune blonde au joli visage.

Ben se leva pour la saluer.

— Ben, c'est Trisha.

— Ravi de vous rencontrer, Trisha. Je m'excuse de vous déranger comme ça.

Elle tendit la main, ils échangèrent une poignée de main, puis elle commença à faire des signes avec les mains. Travis se chargea de traduire :

1 Race de bovidés à « longues cornes », emblème du club omnisports de l'Université du Texas (NdT)

2 La couleur de l'UT (NdT)

— *Je suis tellement désolée de ce qui est arrivé à vos parents. Je voulais aller à la messe de funérailles, mais je n'ai pas pu obtenir de congé. Je ne les ai rencontrés qu'une fois, mais ils semblaient de très braves gens.*

— Merci.

Ben regarda les deux bouteilles de bière avant d'ajouter :

— Vous ne restez pas avec nous ?

Elle secoua la tête et continua à bouger les mains.

— *Non. Il était temps pour moi de rentrer de toute façon. Le dimanche, nous passons une soirée entre filles et ce soir, ça se passe chez moi. Il faut que je nettoie un peu l'appartement. J'espère vous revoir très bientôt.*

— Moi aussi.

Travis posa les deux bouteilles sur la table et escorta Trisha jusqu'à sa voiture. Quelques minutes plus tard, il revenait pour prendre le siège en face de Ben.

— Santé, dit-il.

Il leva sa bouteille. Ben y heurta la sienne en répétant :

— Santé. Alors… tu as appris la langue des signes ?

— J'ai grandi à Lubbock où Jamie Johnson, mon voisin et seul ami à l'époque, était sourd. Ma mère affirmait déjà que je parlais avec mes mains, la langue des signes m'est venue assez naturellement, je pense.

— Eh bien, je m'excuse encore de mon mauvais timing. Vraiment.

— Tu t'excuses beaucoup, Ben.

— Je tiens à ne rien rater. Le *mea culpa* catholique, sans doute.

Ils burent un moment en silence.

— Le dimanche, reprit Travis, Mme Wright s'absente presque toute la journée, elle a avec d'autres dames et auxiliaires des activités paroissiales et tout un tas des trucs hyper importants sur lesquels je n'ose pas poser de questions.

— Et tu uses de ton temps libre à bon escient.

— En effet. Quentin et Jason savent qu'il vaut mieux éviter de venir frapper à ma porte un dimanche après-midi. Je suis surpris qu'ils ne t'aient pas averti.

— Ils l'ont fait. Tout est de ma faute. J'ai un problème d'écoute avec eux.

Ben entendit une voiture démarrer, puis s'éloigner.

— Trisha semble très gentille.

24

Travis haussa les épaules.

— Comme si tu pouvais dire le contraire, hein ? Mais c'est vrai, elle est très sympa. Alors, quoi de neuf ?

Ben prit une autre gorgée de bière et savoura la sensation glacée qui lui glissait dans la gorge.

— J'ai une décision à prendre.

— Tu te trompes de voie, Obi-Wan, si tu viens chercher des conseils chez moi.

— Quelque part, j'en doute.

Ben décida qu'il aimait le surnom que Travis lui donnait, une référence facile, mais amusante, au Ben de *la Guerre des Étoiles*.

— Ça concerne la tutelle des garçons ?

— Bien sûr. Ma tante Julie pense que je n'ai pas d'aptitudes pour élever des enfants. Elle pense qu'ils devraient rester dans « *un cadre plus traditionnel* », même si ça les oblige à se séparer.

Travis frotta sa main droite sur le haut de sa tête, se gratta derrière l'oreille, puis aplatit ses courts cheveux roux d'un geste doux.

— Et *toi*, qu'en penses-tu ? demanda-t-il enfin.

Ben le regarda.

— Je ne sais pas. C'est du lourd, ce genre de décision. Si je déconne, je risque de foutre trois vies en l'air. Et je ne sais pas si je peux le faire. J'ai une vie qui m'attend à New York. Je suis censé tout abandonner ?

— Je ne sais pas.

— Mais hier, tu m'as dit : « *ne les sépare pas* ». Tu dois bien avoir une opinion.

— Bien sûr. Tu dis avoir une vie à New York, mais est-elle plus importante à tes yeux que tes frères ? Ils ont besoin de toi maintenant, tout de suite, et toi aussi, tu as besoin d'eux, même si tu ne le réalises pas encore. Tes parents sont morts, Ben, et ces trois garçons sont les seuls êtres au monde à savoir exactement ce que tu traverses. Comment peux-tu croire que les séparer et retourner à New York va arranger la situation ? Tu peux trouver toutes les excuses que tu voudras, cela ne changera rien à tes actes. Même si tu mets tes bottes au four, elles ne deviendront jamais des biscuits.

— Et si je rate totalement leur éducation, ça ne fera pas des biscuits non plus.

— Tu supporteras bien mieux de faire quelques erreurs en chemin que de vivre avec un remords pareil. Je n'ai qu'une chose à te dire, Ben, si

25

tu les abandonnes aujourd'hui, tes frères ne te le pardonneront pas. En fait, il est probable que Quentin ne t'adressera plus la parole. Et peu importera ton succès professionnel ou l'argent que tu gagneras, tu ne pourras jamais réparer cette brèche entre vous. Ta tante débloque à pleins tubes et je suis prêt à le lui dire en face.

— Je pense que ce ne sera pas nécessaire. Par ailleurs, Julie n'est qu'une partie de mon problème. Quentin est vraiment…

Ben fit une pause avant d'ajouter :

— Il me déteste.

Travis haussa les épaules, un geste qui lui convenait très bien.

— Vas-tu le lui reprocher ? C'est un garçon intelligent, il réalise ce qui va se passer. Si tu envisages de le séparer de ses cadets, je suis sûr qu'il le sait.

— Oh oui, il le sait.

— D'ailleurs, ce n'est pas toi qu'il déteste, c'est ton absence. Il y a une différence.

— Je ne suis pas certain qu'il veuille de moi ici.

— Peuh ! Là, tu dis n'importe quoi. Tu lui manques terriblement. Et tu peux me croire, vu que je t'ai plus ou moins remplacé.

Ben en fut stupéfait. Il n'avait jamais envisagé que son absence avait laissé un vide dans la vie de ses frères, ni qu'un autre ait dû prendre sa place vacante.

— Tu as d'autres conseils ?

— Tu n'as rien de plus à faire qu'être là. Ils ne s'attendent pas à un frère parfait. Quelqu'un de célèbre a dit : *quatre-vingts pour cent du succès réside dans le fait d'être vu.*

— C'est Woody Allen.

— Vraiment ?

— Je crois, oui.

Ben sirota une autre gorgée de bière et regarda le petit jardin, bruni par l'hiver ; un tas de feuilles ratissées traînait encore près du grillage de la clôture. Comme la nuit précédente, le quartier était calme, sauf le grondement lointain de l'autoroute à proximité. Ben sentait Noël approcher. Il mit ses mains sur son visage et prit une profonde inspiration.

— Et si c'est trop ?

— Bon sang. Arrête d'être aussi dramatique !

— Ne sous-estime pas mon égoïsme inné.

Travis enleva les mains de Ben de son visage.

— Alors, si c'est trop, tant pis.

— Qu'est-ce que cela veut dire ?

— Accepte ce qui viendra. Accepte ce que tu ne peux changer. Laisse tomber la pluie. C'est ce qu'ils disaient chez Al-Anon – *les Alcooliques Anonymes*.

Ben le regarda droit dans les yeux, un vague souvenir lui revint en mémoire. Pourquoi Travis lui semblait-il si familier ? Pendant un moment, il crut qu'il allait se pencher pour l'embrasser... c'était de la folie ! Il eut un moment de panique.

Il quitta son siège et déclara :

— Je devrais y aller. Je leur ai promis de ne pas rester longtemps absent.

À son tour, Travis se leva et soupira, l'air déçu, comme si Ben n'avait rien écouté de ses paroles. Celui-ci tenta de le rassurer :

— Merci de m'avoir parlé. Je t'ai entendu. Vraiment.

Il était déjà tourné pour s'en aller, lorsqu'il s'arrêta et demanda :

— Que fais-tu pour Noël ?

Travis sourit.

— Ton père m'avait déjà invité à passer le réveillon chez toi, en famille. Maintenant, je pense que je vais juste rester tranquille à regarder un film.

— Si les DVD t'intéressent, tu devrais venir, parce que c'est exactement ce que nous ferons aussi. Je connais au moins ça de mes frères. Nous choisirons peut-être un thème : explosions et superhéros qui sauve le monde, tu vois le genre ? De la pure testostérone !

— *Armageddon ?*

— Exactement. Et *Deep Impact*.

— *Le Jour d'après*.

— Il y a toujours de la place pour Jake. Et *Speed*, bien sûr.

— Ça me paraît un bon plan. J'en suis !

Ben prit congé, laissant Travis terminer sa bière sous la véranda. Il traversa la rue pour retourner chez lui et grimpa les marches d'un pas ragaillardi. Il se sentait mieux, sans aucun doute. Parler à Travis l'avait aidé à s'éclaircir les idées. Il pénétra dans la maison, espérant trouver ses frères traînant au salon, mais il ne vit personne. *Ils doivent être à l'étage*, pensa-t-il. *Pas de précipitation*. Il se sentait plus rassuré concernant le lendemain et son rendez-vous avec l'avocat. Du coup, il savait qu'il aurait le temps d'apprendre à mieux connaître ses jeunes frères.

Il entendit une sorte d'éclaboussure contre la vitre et se tourna pour en déterminer l'origine. Il commençait à pleuvoir. Pour une raison qu'il n'aurait su expliquer, Ben ne put retenir un sourire.

IV

Lundi après-midi, Julie expliqua qu'elle rentrerait directement à Dallas en sortant du cabinet de l'avocat, elle comptait donc s'y rendre avec sa voiture. Quand Ben arriva pour le rendez-vous, à 15 heures, il fut surpris de trouver ses oncles, Sam et Nick. Il n'avait pas été prévenu qu'ils feraient le déplacement depuis Houston.

Ils échangèrent des salutations, puis entrèrent au cabinet Russ Hardwick. L'avocat des parents Marsh avait édité deux copies du testament, il remit la première à Ben, l'autre à Nick. Tous s'assirent, Ben commença à lire la première page du document, tout comme Sam et Julie, serrés de chaque côté de Nick. Au bout de quelques minutes, Hardwick prit la parole :

— Tout d'abord, permettez-moi de vous offrir mes condoléances. Ben, je vous connais depuis que vous étiez petit garçon. Je n'aurais jamais pensé devoir un jour me trouver devant vous, dans de telles circonstances.

— Merci, Russ. Personne n'envisage jamais le pire.

Hardwick esquissa un faible sourire. Puis il désigna le testament dont il tenait l'original.

— Il n'y a là-dedans aucune grande surprise. Tous les biens sont répartis à parts égales entre les quatre enfants. La maison n'est assujettie à aucun prêt ni hypothèque. De plus, votre père avait établi un compte bancaire séparé pour couvrir les droits de succession et frais d'obsèques en cas de décès prématuré. Outre son assurance-vie, il avait également mis en place un fonds de fiducie pour couvrir les frais universitaires des trois fils qui lui restaient à charge. Quant à la question de leur garde, c'est vous, Ben, qui êtes désigné comme seul et unique tuteur de vos frères. Toutefois, vos parents ont ajouté un addendum l'année dernière, quand vous avez accepté ce poste à New York. Si vous refusez la tutelle, une option que vos parents avaient envisagée, elle passerait alors aux trois frères et sœur de Mme Walsh, ici présents.

Hardwick se tut et attendit. Puis quand personne ne dit mot, il insista :

— Ben, acceptez-vous ou non la responsabilité légale de vos trois frères ?

Ben regarda Julie. C'était exactement la situation qu'elle avait prédite. Mais pourquoi ne lui avait-elle pas annoncé que Sam et Nick assisteraient à cette réunion ?

— J'accepte.

Nick, qui fixait toujours le testament, demanda sans lever les yeux :

— M. Hardwick, quelles sont nos options pour contester ce testament ? En ce qui concerne la garde, je veux dire.

Ben le regarda, choqué. L'avocat répondit posément :

— Quand M et Mme Walsh ont ajouté cet addendum, ils ne m'ont donné aucune indication comme quoi vous deviez prendre la préséance sur Ben. Vous avez bien entendu l'option de réclamer la garde des enfants devant un tribunal si vous croyez…

Nick l'interrompit :

— Nous croyons préférable que les garçons soient élevés dans un environnement familial traditionnel.

En entendant cette suggestion, Ben se renfrogna. *C'est donc un piège*, pensa-t-il.

— Tu es sérieux, oncle Nick ? demanda-t-il, d'une voix délibérément calme. Et je ne parle pas de tes conneries de famille traditionnelle. Tu comptes m'affronter au tribunal ? Vraiment ? Tu sais pour qui je travaille ?

— Pour un cabinet *new-yorkais*, déclara Sam. Nous sommes ici *au Texas*.

— Je sais que je ne suis pas censé te parler de cette façon, Sam, mais tu n'es qu'un idiot. Julie, peux-tu mettre un peu de bon sens dans la tête de tes frères ? Sérieusement, je n'arrive pas à croire que nous ayons une conversation pareille !

— Espèce de petit con prétentieux ! ricana Sam. Le soleil ne se lève pas pour t'entendre jacasser, tu sais. Tu vas gâcher la vie de ces garçons !

Ben ne broncha pas.

— Eh bien, le clan Thompson tient aujourd'hui à placer un *bon mot* lapidaire, à ce qu'on dirait ? Votre mépris faisant suite à la mort de ma mère est vraiment réconfortant. Alors, permettez-moi d'éclairer votre lanterne. Si je peux me le permettre, Russ ?

Hardwick hocha la tête, l'air à la fois troublé et fier.

— Primo, Sam, un *bon mot* est une expression française, il s'agit d'un dicton intelligent ou d'une amusante boutade, sinon, littéralement parlant, une bonne parole. Est-ce assez prétentieux pour toi ? Secundo, si vous comptez aller en justice pour obtenir la garde des garçons, il vous faudra un très bon avocat, parce que je sortirai l'artillerie lourde. Et je ferai traîner les choses afin que cela vous coûte le maximum – j'espère bien vous mener à la faillite avant que l'affaire soit réglée. D'ici là, Cade aura terminé ses études et vous aurez tout perdu sans rien obtenir. Alors, quels que soient vos petits projets, oubliez-les. Vous n'obtiendrez jamais rien, sauf la ruine.

Ben se leva et tendit la main à Hardwick.

— Merci, Russ. Je suppose que nous avons terminé. Si vous avez besoin que je vous signe un document, envoyez-le à la maison, s'il vous plaît. Veuillez souhaiter de ma part un joyeux Noël à Susan, et tous mes meilleurs vœux à vous et votre famille.

L'avocat se leva pour lui serrer la main.

— Ben, si vous ou les garçons avez besoin de moi, n'hésitez pas à m'appeler. C'est bien compris ?

— Je n'y manquerai pas.

Ben se tourna vers Julie et ses frères.

— Je pense que nous passerons Noël à Austin, cette année. En petit comité. Vous devinerez pourquoi. Joyeux Noël, Julie.

Il se pencha pour la serrer dans ses bras. En se redressant, il jeta :

— Joyeux Noël, Nick. Sam.

Il leur serra la main, enchanté de la stupéfaction que ses deux oncles n'arrivaient pas à cacher. Il quitta ensuite le cabinet et revint à l'endroit où il avait garé le pick-up de son père. Il retourna chez lui, sachant très bien quelle serait sa prochaine étape. Il avait beaucoup de décisions à prendre, mais elles pouvaient attendre.

Sa priorité, c'était de discuter avec ses frères.

IL LES trouva tous les trois au salon quand il pénétra dans la maison. Quentin et Cade regardaient la télé, ESPN, la chaîne des sports. Jason était vautré en travers d'un fauteuil club, les jambes pendantes sur l'accoudoir, le nez dans un livre. Ben se pencha pour regarder le titre. *Sa Majesté des mouches.* Excellent choix.

— Désolé d'interrompre votre oisiveté, mais nous devons discuter de certains points importants. Tous les quatre. Quentin, tu peux éteindre la télé ? Et si nous allions dans la salle à manger ? Nous serons aussi bien assis à table.

Quentin s'empara de la télécommande et éteignit le téléviseur, puis il leva sur son aîné des yeux lourds de mépris.

31

Ben décida de ne pas siéger. Au contraire, chacun prit sa place attitrée : Ben et Jason d'un côté, Quentin et Cade de l'autre. Une situation simple et familière, malgré les deux chaises vides en bout de table.

Ben se lança :

— Voilà, nos parents sont morts. Je suis sûr que vous avez remarqué la façon dont les gens évitent d'en parler. Pourtant, ils sont morts et c'est une catastrophe. Je ne sais pas pour vous, mais moi, je suis très triste. Ils sont partis et sans eux, nous aurons du mal à continuer, malgré tous nos efforts. C'est un simple constat. Pourtant, je sais que vous vous posez beaucoup de questions.

Quentin se raidit contre le dossier de sa chaise.

— J'ai vu aujourd'hui l'avocat des parents concernant la succession. Et la garde.

— La garde de quoi ? demanda Cade.

— Pas de *quoi*, débile, déclara Quentin. De *qui*.

— Je ne suis pas débile, protesta Cade.

Sidéré, Ben fixa son cadet.

— Vraiment ? Et c'est moi que tu traites de crétin ? Pour l'amour de Dieu, ne traite pas ton frère de débile !

— Tu n'as pas à me dire ce que je dois faire ! s'emporta Quentin, les yeux incendiaires.

Ben l'ignora et se tourna vers Cade.

— Toi et tes frères êtes encore mineurs. Légalement, vous devez être sous la responsabilité d'un adulte. Puisque maman et papa ne sont plus là.

— Mais tu vas rentrer à la maison, hein ? demanda Cade. Tu vas revenir t'occuper de nous.

Ben regarda Quentin. Il voulait voir son visage alors que, pour changer, il s'apprêtait à ne pas le décevoir.

— Oui. Bien sûr. C'est ce qui va se passer.

Quentin haussa les sourcils et écarquilla les yeux. Jason se redressa et jeta à Ben un regard furtif. Puis, avec un sourire et un soupir soulagé, il se pencha et posa le front sur le bras de son aîné. Ben lui tapota gentiment la tête.

— Merci, murmura Jason.

— Félicitations, grand frère, marmonna Quentin. Tu as assuré.

— Je suis heureux que tu réagisses de cette façon, parce que maintenant, c'est à votre tour. Tu vas devoir m'aider, Q. Et c'est valable pour tous les trois. J'ai disparu il y a cinq ans, d'accord. Je vous connais à peine. Je ne vous demande qu'une chose, s'il vous plaît, ne soyez pas en colère contre moi. Je suis ici maintenant et nous sommes les quatre dans le même bateau, que ça nous plaise ou pas.

Cade leva la main.

— Alors, dit-il, tu vas être... euh, notre nouveau papa maintenant?

— Parfois, acquiesça Ben.

Puis il secoua la tête.

— Non. Je ne crois pas que je serai votre père, mais ça y ressemblera un peu.

— Et Travis? demanda Cade.

— Quoi, Travis?

— Il dîne tout le temps ici, expliqua Quentin.

Cade hocha la tête et se mit à rire.

— Il risque de mourir de faim si nous ne le nourrissons pas.

— Non, corrigea Quentin, c'est *nous* qui risquons de mourir de faim. Il aidait beaucoup maman à la cuisine. Il aime cuisiner et nous avons besoin de lui. Il est notre seul espoir de manger correctement.

— Alors, c'est une chance que je l'aie invité pour Noël. J'espère que ça ne vous gêne pas, mais lui et moi avons déjà décidé d'un thème cinématographique. Nous regarderons des films avec beaucoup d'explosions où le héros sauve le monde. Ou au moins un bus.

Quentin éclata de rire.

— Tu es vraiment crétin! Toi et tes fichus thèmes! C'est un truc gay?

— Comme *Independence Day*? suggéra Jason.

Ben lui sourit, ignorant Quentin.

— Je n'arrive pas à croire que nous ayons oublié celui-là! Maintenant, vous pourriez me laisser une minute avec Quentin?

— Bien sûr. Allez, Cade, viens, il nous reste des paquets cadeaux à faire.

Les deux garçons quittèrent la salle à manger pour monter à l'étage.

— Je plaisantais! se défendit Quentin.

Manifestement, il pensait avoir poussé le bouchon trop loin.

— Je sais, répondit Ben. Je me fiche des plaisanteries gays. Je voulais juste vérifier si tout allait bien entre nous? Et quand je dis « nous », c'est toi et moi?

Quentin sourit.

— Oui, tout va bien. Je ne pensais pas... Désolé, si je t'ai sous-estimé.

— Oublions ça. Je veux te parler de Jason. Il a été très calme, même pour lui. Et puis hier, tu as dit quelque chose concernant ce qu'il avait traversé… De quoi parlais-tu ?

— Ce n'est pas vraiment à moi de te le dire.

— Si, puisque je te le demande. Les règles ont changé, Q. Tu dois me mettre au courant de la situation. Je te dispense de la clause de confidentialité.

Quentin le regarda avec suspicion.

— Bon, d'accord… Peu après la reprise des cours, en octobre, maman l'a surpris dans sa chambre dans une situation compromettante.

— Il se branlait ?

— Non. Il n'était pas seul.

— Il était avec une fille ?

Quentin ne répondit pas.

— Avec un garçon ? proposa Ben.

Son cadet hocha la tête.

— Il ne s'est rien passé. Rien d'important. Il m'a dit qu'ils s'embrassaient juste. Et ils étaient entièrement vêtus. Pourtant, maman a pété un câble et elle a mis le gosse à la porte manu militari. Elle t'aimait beaucoup, mais quand même, deux dans la famille ? C'est un peu beaucoup pour une bonne mère catholique, tu ne crois pas ?

— Jason te parle de ce genre de choses ?

— Bien sûr. Ce n'est certainement pas maman. Tu as raté plein de trucs, Ben. C'est génial d'avoir des frères. Jason et moi parlons de tout. Nous sommes complètement différents, lui, c'est le pur intellectuel et moi…

Il s'interrompit.

— Tu as seize ans. Je sais que tu as une copine.

— Comment peux-tu…

— J'ai vu ton visage quand tu lisais ses textos. Qu'il soit gay ou hétéro, un amoureux a la même expression. Tu as des préservatifs, j'espère ?

— Nous ne faisons pas…

— Première règle de la maison. Pas de fille enceinte. Jamais. Sors toujours couvert, je t'en supplie. Déjà que ça va être dur pour moi, je ne veux pas te voir père avant l'université.

— Il y avait une autre règle dans la maison. Pas de sexe, tu te souviens ?

— Oh oui, très bien. Sauf que je n'ai pas suivi cette règle et qu'un jour ou l'autre, vous ferez tous pareil, si ce n'est pas déjà le cas. Donc, nous allons la virer et la remplacer par une nouvelle, d'accord ? Pas d'enfant. Toujours un préservatif. S'il te plaît.

Quentin regarda ses mains.

— Ça va être bizarre, pas vrai? Que papa et maman ne soient plus là?

— Ouais, bien sûr. Je suis le plan ORSEC.

— Non, tu es très bien. Je suis désolé que tu sois obligé de quitter New York. Tu crois que tu vas pouvoir trouver un emploi à Austin?

— Je vais devoir m'inscrire au barreau du Texas et repasser l'examen, ce qui ne m'enchante guère. Mais oui, je peux travailler ici.

— Génial. Je suis heureux que tu sois revenu à la maison, Ben. Désolé si je t'ai blâmé de nous avoir abandonnés.

Ben réalisa alors que son frère avait détourné son attention.

— Attends une minute. Nous parlions de Jason qui embrassait un garçon. Il a fait son coming-out devant les parents?

— Ouais. Ils ont essayé de se montrer compréhensifs. Il m'en parle un peu parfois, mais qu'est-ce que j'y connais? Il a besoin de toi.

— Pourquoi les parents ne m'ont-ils pas téléphoné pour m'en parler?

— Ils ne voulaient pas te déranger, je suppose.

— Et Jason, pourquoi ne m'a-t-il pas appelé?

— Je ne sais pas, Ben. Demande-lui. Tu n'étais jamais là. Nous n'avons pas l'habitude de penser à toi pour nous aider.

— Merde, je suis le pire des frères. Et Cade? J'ai des trucs à savoir sur lui?

— Non, il est très facile. Ce sera le sportif de la famille. Il a fallu quatre essais à papa, mais il a finalement obtenu un athlète. Cade joue au foot et au baseball. Son sang est déjà orange brûlé. Il adore les Longhorn! C'est de son âge. Durant les quatre derniers mois, tous les samedis, c'était football à l'UT pour lui, papa et Travis.

— Tu aimes bien Travis?

— Bien sûr. Il est très sympa. Il a eu une enfance difficile, mais il a bien trouvé sa place. Même maman le disait, alors qu'elle craignait…

Un coup à la porte d'entrée lui coupa la parole.

— En parlant du loup! reprit Quentin.

— C'est Travis? demanda Ben.

Quentin hocha la tête.

— Va ouvrir, grand frère.

Ben se leva et se dirigea vers la porte. Quand il l'ouvrit, il trouva Travis sur le seuil.

— Tu as les oreilles qui sifflent?

— Quoi?

— Nous parlions justement de toi. Entre.

Travis entra et hocha la tête pour saluer Quentin, toujours assis à table dans la salle à manger.

— Hé, Q. Tout va bien ?

— Hé, Trav. Tout baigne.

Travis se tourna vers Ben.

— Hmm, chuchota-t-il, quand il utilise cette formule, « ça baigne », ça veut dire que c'est drôlement important. Tu as décidé de rentrer au Texas ?

Ben sourit.

— Exactement.

— Dans ce cas, bienvenue dans le quartier. Ou plutôt, bon retour !

Travis tendit la main. Ben baissa les yeux et la serra. Il la trouva ferme et robuste.

— Merci. Je m'apprêtais à traîner Quentin dans la cuisine. Nous aurons encore des restes pour le dîner. Ça te dit ?

Travis regarda le sol en demandant :

— Quentin, tu pourrais nous laisser une minute ? Je voudrais parler à ton frère.

— Je serai dans la cuisine. Je vais préparer les restes.

Il disparut.

— Qu'est-ce qui se passe ? demanda Ben.

— J'ai repensé à ton invitation pour Noël. Tu ne crois pas que ce serait mieux que je vous laisse tranquille un certain temps ? Tu es revenu à présent. Il faut que tu passes du temps avec tes frères.

Ben se rembrunit.

— Non. À mon avis, ce ne serait pas mieux *du tout*. En fait, c'est même la pire idée que j'aie entendue. Ils t'adorent. Surtout Cade. Je l'ai bien vu samedi. En ce moment, ils ont surtout besoin de réconfort et de continuité. Et moi, j'ai besoin d'aide. S'ils te considèrent comme leur second frère aîné, tant mieux ! Tu étais déjà là pour eux avant cette catastrophe, alors, s'il te plaît, reste quand ils ont tellement besoin de toi. Sérieusement. Viens passer Noël avec nous et reste ce soir pour nous aider à finir les restes.

— Eh bien, présenté comme ça...

— Tu peux monter chercher Jason et Cade ? Ils emballent des cadeaux.

— Bien sûr.

Ben passa dans la cuisine où Quentin avait déjà commencé à ouvrir les récipients en plastique qu'il sortait du réfrigérateur. Peu après, Jason et Cade les rejoignirent, Travis sur leurs talons.

— Tante Harriet nous a apporté de délicieux sandwiches au fromage, déclara Jason.

— Mmm, grogna Cade, en se frottant le ventre. C'est bon, ça.

— Il y a aussi une dinde entière qui décongèle dans le compartiment du bas, ajouta Travis.

— Comment le sais-tu? demanda Quentin.

— Je l'ai vue samedi. J'en ai d'ailleurs parlé à ta tante Julie.

— Tu sais comment rôtir une dinde? lui demanda Ben, plein d'espoir.

— Euh, non, mais je sais la faire frire. Quel Sudiste digne de ce nom ne sait pas frire une dinde?

— Nous, répondirent en même temps Ben et Quentin.

— Les mecs, vous êtes des bricolins, des cow-boys sans bétail. Je vous jure.

— Dans ce cas, décida Ben, tu es nommé à l'unanimité responsable de la dinde de Noël. Je ne veux rien savoir d'autre.

— D'accord.

— On peut commencer Noël dès maintenant? demanda Cade.

Tout le monde le regarda. C'était une excellente idée.

— Oui, Cade, dit Ben. Noël commence officiellement aujourd'hui.

V

NOËL COMMENÇA donc par un repas roboratif de restes et une double dose cinématographique : *Armageddon* et *Deep Impact*, avec un jeune Elijah Wood, pré Frodon Sacquet. Les cinq garçons s'installèrent au salon, quatre sur le grand canapé en forme de L, et Jason dans son fauteuil habituel.

Le mardi, Travis travaillait, les frères Walsh regardèrent sans lui toute la première saison, soit six épisodes, de *The Walking Dead*. D'après Ben, c'était une excellente façon de passer l'après-midi parce que, franchement, Rick Grimes et sa famille vivaient des épreuves bien pires que les leurs.

Mardi soir, lorsque Travis revint, il suggéra une virée au supermarché. Ben réalisa qu'il aurait dû y penser avant. De toute évidence, les restes n'allaient pas durer éternellement. Il faudrait bien qu'il affronte la réalité quotidienne de la gestion d'une maisonnée. Trois garçons consommaient une impressionnante quantité de nourriture et produisaient une non moins impressionnante quantité de linge sale. Et comment faire fonctionner la cuisine ?

Stop, pensa Ben.

Tout ceci pouvait attendre. Pour le moment, sa priorité était de passer les fêtes. Les garçons étaient en vacances jusqu'à début janvier, il avait donc deux semaines pour s'adapter à cette nouvelle dynamique familiale. Ensuite, il réfléchirait à une solution à long terme, dont l'approvisionnement et la gestion du linge.

Jusqu'ici, Ben avait évité Colin et David, c'est-à-dire son seul ami intime et le gars avec lequel il passait ses nuits avant l'accident qui avait tué ses parents. À l'heure actuelle, il n'arrivait pas à envisager de passer un coup de fil, à qui que ce soit. Son patron, l'un des associés du cabinet Wilson & Mead, s'était déjà envolé pour Aspen et n'attendait aucune nouvelle de lui avant janvier. Et d'ici deux jours seulement, ce serait Noël, le premier sans ses parents. Peu à peu, une nouvelle routine se mettrait en place, Ben l'espérait bien. En attendant, il pouvait s'accorder un temps de répit, se détendre et renouer les liens avec ses frères.

Et tenter que ce Noël ne soit pas un désastre.

Abandonnant les garçons à la maison, Travis et Ben se rendirent à l'épicerie voisine. Peu après, ils parcouraient les longues allées du magasin. Travis semblait avoir une liste dans la tête, avec des menus détaillés et des recettes, tandis que Ben prenait au hasard des rayons tout ce qui lui semblait intéressant. Quand il était encore à l'université et que ses amis et lui se réunissaient dans sa « tanière », il faisait ses courses dans cette même épicerie : il se revoyait errer dans ces mêmes allées, la tête embrumée de marijuana. Il avait cessé de fumer à l'école de droit, mais en ce moment, il aurait volontiers repris un joint.

— Tu connais quelqu'un qui vend de l'herbe ? demanda-t-il à Travis.

Surpris, ce dernier se tourna vers lui.

— Tu en fumes ? Tu n'es pas censé être un digne représentant de la loi ?

— Peuh ! Austin est le San Francisco du Sud-Ouest. D'ailleurs, je ne compte pas en garder à la maison. Je dis juste que j'aimerais bien que le père Noël pense à moi... Et un joint ferait un excellent cadeau. Je te promets d'être très discret.

— Toi ? Shooté ? J'aimerais bien voir ça !

— Pas d'observation sans participation.

— En clair, on va fumer ensemble ?

Ben prit en rayon une boîte de céréales Cap'n Crunch et changea de sujet :

— Je vais encore te remercier. Je laisse un sacré foutoir dans mon sillage et tu nous sauves la vie.

— Arrête, Ben. Vraiment. Je ne mérite pas une telle gratitude.

— Je suis sérieux. Tu fais ces courses avec une liste préétablie, c'est évident. Tu sais déjà comment tu comptes nous nourrir durant toute la semaine, pas vrai ? Moi, je ne saurais même pas par où commencer.

— Écoute, ma mère n'était pas vraiment un modèle du genre. Il a bien fallu que j'apprenne très vite à mettre un repas sur la table. Pas de quoi en faire un plat, sans mauvais jeu de mots ! Tu m'as demandé de t'aider, alors... Nous y voilà.

— Nous y voilà, répéta Ben.

— Tu m'en es reconnaissant, j'ai compris. Passons à autre chose, d'accord ?

Ben le regarda ouvrir une armoire réfrigérée et en sortir une bouteille de lait. Il ne pouvait pas nier la vérité : Travis était sexy avec son short de sport rouge et son tee-shirt thermique noir. D'un côté, cette histoire d'*amitié* risquait de devenir difficile pour lui. D'un autre, il ne pouvait se permettre de tout ficher en l'air. S'il mettait Travis mal à l'aise, celui-ci cesserait de venir et ses frères ne le lui pardonneraient jamais.

— D'accord, je vais te le présenter autrement. Au lieu de te dire merci, je vais juste dire que c'était cool de t'avoir avec nous hier soir. Et je suis heureux que tu aies décidé de revenir.

Avec un sourire, Travis releva les yeux de son chariot.

— Si c'est ce que tu ressens, tant mieux. Tes parents me manquent terriblement. Ils étaient comme les Cohen pour moi.

— Les Cohen ? Tu parles de Kirsten et Sandy ?

— Ouaip.

— Tu es un vrai oignon ! s'exclama Ben. Je ne cesse de découvrir de nouvelles couches ! D'abord la langue des signes et maintenant *Newport Beach* !

— J'ai d'autres secrets dont tu n'as pas idée, Obi-Wan.

Est-ce qu'il flirte avec moi ? se demanda Ben.

Cette nuit-là, Travis servit aux frères Walsh son premier vrai repas : du poulet frit et des gaufres. Ils prirent ensuite tous ensemble une double dose de cinéma à haute consommation d'effets spéciaux.

LE MERCREDI, Travis eut encore à travailler, même si c'était la veille de Noël. Après cela, le garage serait fermé jusqu'au lundi. Ben eut tout l'après-midi pour trouver un cadeau à lui offrir. En se précipitant à l'aéroport, la semaine précédente, il avait pensé à emporter avec lui les présents achetés pour ses frères. Quentin et lui avaient trouvé dans le fond d'un placard du garage le stock des achats de leurs parents. Et Quentin savait même à qui les attribuer ! Il s'occupa donc de les emballer et de les étiqueter.

— Je les mets de la part de qui ? demanda-t-il à Ben.

Après avoir réfléchi un moment, ce dernier soupira.

— Du Père Noël. Hé, tu aurais une idée sur ce qui ferait plaisir à Travis ?

— Il aime la pêche. Nous y sommes allés ensemble. Achète-lui une nouvelle canne et un moulinet.

Ben fit la grimace.

— La pêche ?

— Il aime aussi la cuisine.

— Non, dit Ben, rejetant l'idée. Je ne veux pas lui offrir une nouvelle poêle.

— Il parle beaucoup de l'Alaska. Il dit qu'il aimerait voir un endroit où le soleil ne se couche jamais.

— Parfait.

Cette fois, Ben savait exactement quoi prendre.

Il partit donc faire ses achats et revint à temps pour envelopper son présent et le mettre sous l'arbre.

Ce soir-là, Travis s'occupa à nouveau du dîner, qui fut suivi par deux films d'action. Cade dormait déjà au moment où défila le générique du second. Travis l'emporta dans son lit pendant que Quentin et Jason remontaient à l'étage.

Lorsque Travis revint au salon, Ben lui proposa :

— Je n'ai pas sommeil, si ça te dit de rester encore un moment.

Travis sourit.

— Quelle heure est-il ?

Ben tira son téléphone de sa poche et effleura l'écran.

— Vingt-trois heures quarante-huit.

— Presque minuit. On peut considérer que c'est bon. Tu veux ton cadeau ?

En entendant la proposition, Ben se redressa.

— Tu plaisantes, j'espère ?

Travis retourna vers l'entrée, où sa veste était suspendue, près de la porte. Il fouilla dans une des poches et en sortit une petite boîte enveloppée d'un papier vert décoré de couronnes de Noël. Il l'agita et sourit. Ben se leva et se dirigea vers l'arbre dans le coin. Il se pencha et récupéra son cadeau pour Travis.

— On passe dans l'arrière-cour ? demanda-t-il.

— C'est sans doute une bonne idée.

Ils prirent leurs vestes avant de sortir derrière la maison. Il y avait dans la cour deux chaises longues bien rembourrées, l'une à côté de l'autre et séparées par une petite table.

— Nous avons oublié les boissons. Je reviens tout de suite.

Ben retourna dans la maison et saisit deux bouteilles d'eau dans le réfrigérateur. Quand il revint, il vit Travis écarter l'une des chaises. *Toujours aussi sexy*, pensa-t-il. Il posa ses bouteilles sur la table et s'assit sur la chaise restée libre. Il tendit à Travis son cadeau.

— Pour toi.

41

Il reçut la boîte en échange.

— Toi d'abord, déclara Travis.

— Le suspense me tue.

Ben déchira l'emballage. À l'intérieur, il trouva une boîte. Il souleva le couvercle et sourit. Il prit le joint épais et le fit rouler entre ses doigts, avant de le porter à son nez en inhalant profondément.

— C'est du bon ?

— Oui, d'après ce qu'on m'a dit.

Travis fouilla dans sa poche pour sortir un briquet.

— Où est Betsy ? demanda-t-il ensuite.

Ben se demanda à quel point Travis était intime avec la locataire de l'appartement au-dessus du garage.

— Elle est rentrée chez elle, pour les vacances. À Pittsburgh.

— Parfait.

Travis remit le briquet à Ben, qui alluma le pétard, puis le fit passer. Les deux hommes eurent le même toussotement après leur première inhalation, ils se mirent à rire. Ben sentait déjà revenir la sensation familière. Ils restèrent assis en silence pendant quelques minutes, auréolés d'une lune presque pleine.

— Alors, dit Ben, tu me parlais de *Newport Beach*. Je n'aurais jamais cru ça de toi.

— Pourquoi ? J'ai une tête à ne pas regarder la télé ?

— Non. Bien sûr que non. Je te voyais davantage devant les chaînes sportives.

— Donc, tu penses à moi ? s'exclama Travis, d'un ton taquin.

Ben sentit son visage rougir.

— Pas tout le temps, mais ça m'arrive. Soit dit en passant, mes impressions te concernant se sont avérées fausses.

— Non-on. Je regarde souvent le sport. Mais j'aime aussi une bonne série télévisée. Je me souviens d'avoir découvert le premier épisode de Dawson au cours de ma première année au lycée. J'ai adoré cette série. Tu crois que j'avais une Xbox étant enfant ? Pas du tout. Alors je regardais la télé. Un max ! Un jour, je suis tombé sur la version originelle de *Beverly Hills* sur SOAPnet. J'ai regardé tous les épisodes, jusqu'à ce que Kelly Taylor sorte sa célèbre réplique : « *Je choisis... moi !* » Mais franchement, j'étais heureux comme un roi quand Joey s'est enfin mis avec Pacey. J'étais fan de Pacey. Vive Joey et Pacey jusqu'à la fin des temps !

— Waouh ! Tu es une vraie pipelette quand tu es défoncé.

Travis rit.

— C'est malin ! Tu vas finir par me rendre tout timide. C'est ce que tu cherches ?

— Non. Désolé. Parfois, je ne comprends pas ce qui sort de ma bouche.

— C'est pas grave. Je parie que tu ne comprends pas plus ce qui y entre.

Ben éclata d'un rire inextinguible.

— Merde, mec, tu es doué.

Sans répondre, Travis sourit au clair de lune.

— J'ai aimé *Newport Beach*, poursuivit Ben. Mais j'ai toujours pensé que Ryan et Seth auraient dû finir par baiser.

— Dans ce cas, ils n'auraient pas vécu une vraie *bromance*, tu ne crois pas ? Allez, dis-moi un de tes secrets. Dis-moi un truc que je n'aurais jamais pu deviner.

Ben réfléchit.

— Tu aurais deviné que je fumais de la marijuana ?

— Non. Et quelque chose me dit que tu ne le fais plus, donc, j'avais raison.

— … dit-il en me faisant passer le joint, ricana Ben.

— Autre chose !

— Voyons voir…

Quelque peu aidé par l'herbe qu'il avait ingurgitée, Ben décida d'être franc.

— J'ai un fétichisme pour les pieds.

Travis le regarda, les yeux écarquillés.

— C'est vrai ? Eh bien, nous sommes censés nous lâcher, non ? Et je dois admettre que c'est sidérant. Je n'aurais jamais deviné.

— Je peux encore te surprendre. J'ai mené une vie atrocement banale jusqu'à mes vingt-deux ans. À mon avis, la plupart des gens pensent que c'est toujours le cas. Du moins, quand ils me rencontrent pour la première fois. En vérité, ma vie n'a rien de banal. Mon fétichisme des pieds n'est que la surface de mon charme de mauvais garçon.

Travis ricana.

— Un mauvais garçon qui a les ongles propres ? Ça me ferait mal ! Que t'est-il arrivé à vingt-deux ans ?

— J'étais en dernière année à l'UT et j'ai décidé de passer le LSAT.

— C'est un examen ?

— Ouais. *Law School Admission Test*. C'est pour entrer en école de droit, les universités choisissent leurs étudiants en fonction des résultats. J'ai obtenu 176.

— C'est bien ?

— C'est un aller direct pour la destination de ton choix. J'ai d'abord opté pour Harvard, mais ça ne me correspondait pas, alors j'ai obtenu un transfert à Columbia. Je voulais vivre à New York.

— Comment c'était ? Les gens te remarquent là-bas, je veux dire, tu y gagnes en notoriété.

Ben fit une pause.

— C'était enivrant. J'ai découvert qu'en droit, j'étais bien meilleur que les autres. J'ai été major de ma promo. Tous les grands cabinets de Manhattan m'ont fait des propositions mirifiques. À l'époque, je sortais avec Colin Mead.

— Ton copain actuel ?

— Non, lui, c'est David. Colin a été l'un de mes premiers amis en arrivant à New York. Lui aussi était en première année de droit à Columbia. Un jour, assis à côté de moi pendant un cours de procédure civile, il a renversé son café sur mon sac. Le lendemain, il m'en a offert un bien plus joli pour s'excuser. Venant d'une vieille et grande famille très riche de Manhattan, il résidait dans le quartier de l'Upper East Side – qu'on appelle aussi le *district des bas de soie*. Son grand-père est l'un des associés fondateurs du cabinet où je travaille. Quand nous avons tous les deux obtenu notre diplôme, j'étais plus ou moins adopté dans sa famille, donc, j'ai choisi d'aller chez eux. Ils me voient déjà comme la prochaine étoile du barreau de Manhattan.

— Donc, tu étais comme Lonely Boy de *Gossip Girl*.

Ben eut un sourire.

— Exactement. L'étudiant boursier venant de Brooklyn.

— Ou dans ton cas, du Texas. *Immersion dans le monde des riches et des puissants*. Ce serait un bon titre pour une série télé.

Ben rit.

— Comme je te l'ai dit, ma vie n'a rien de banal. Et toi, où as-tu traîné tes baskets ?

— Moi ? Oh, bon sang. Dans des endroits plutôt exotiques. Je suis né au Texas, à Round Rock, ensuite, quand j'avais huit ans, nous avons déménagé à Lubbock, où nous avons vécu jusqu'à ce que mon père nous abandonne. Je venais d'entrer à l'école secondaire à l'époque. Maman a trouvé du travail à Houston. Bien ma veine! Je déteste cette ville. Ça n'a duré que six mois, elle a suivi son amant du moment à San Marcos. Nous y avons à peine séjourné. C'était pourtant sympa, si je me rappelle bien. J'ai eu mon diplôme de fin d'études au lycée de San Marcos, en Californie. Vive les Rattlers [3]! Je suis resté dans le coin quelques années jusqu'à la mort de maman. Je crois que je venais d'avoir vingt et un ans.

— C'est quand ton anniversaire?

— Le 22 juillet.

— C'est vrai?

— Ouais, pourquoi?

— Parce que c'est aussi le mien : 22 juillet 1983. Tu es de la même année?

— Ouais.

— Nous sommes nés le même jour!

— Apparemment.

— Je suis plutôt Lion, déclara Ben.

Travis rit.

— Et moi plutôt Cancer. J'ai fait établir mon profil astrologique, il y a quelques années.

— C'est dingue, non?

— C'est un peu étrange, admit Travis.

Il se redressa avant de demander :

— Parle-moi de David.

— Pas grand-chose à dire. Nous nous sommes connus à une fête d'Halloween. Depuis lors, nous ne nous quittons pas. Il est chouette. Sexy. Je n'ai rien à lui reprocher.

— Waouh! Tu parles d'un compliment!

— Désolé.

— Qu'est-ce qui ne va pas entre vous?

Ben rit.

— Ça se voit tant que ça? Oui, ça ne va pas très fort ou alors, c'est juste moi. J'ai toujours eu cette sorte de blocage, depuis Matt McKay à l'école secondaire. J'étais dingue de lui. Je pensais même l'aimer. Je ne le lui ai jamais dit. Par lâcheté, mais aussi parce que c'était inutile : il était hétéro. Quand je me suis mis à fréquenter des gars qui voulaient une vraie

3 Les Rattlers d'Arizona, franchise américaine de football américain (NdT)

45

relation sexuelle, je n'ai jamais retrouvé cette sensation. Apparemment, je ne mélange pas le sentiment et le sexe.

— Tu as bien avancé par rapport à moi.

— Pourquoi ?

Tous deux retombèrent sur leurs chaises, à regarder le ciel nocturne.

— Je ne comprends rien aux femmes. Je ne sais pas ce qu'elles veulent, et en particulier ce qu'elles attendent de moi. Je suis nul question communication. J'ai été très souvent attiré, crois-moi, mais je préfère « *un peu moins de conversation, un peu plus d'action, s'il te plaît* ».

Ben rit.

— Je vois, Elvis. Je suis comme toi.

— Mais avec ça, je deviens le pire des copains. Trisha et moi arriverons bientôt à ce point de rupture. Je le sens approcher à grands pas. Un de ces jours, je vais la décevoir et elle réalisera que je ne l'aime pas vraiment.

— Mec, c'est pas sympa.

— Je sais !

Travis se redressa pour faire face à Ben.

— Alors, qu'est-ce que je dois faire ? s'écria-t-il. Je te demande en tant que nouvel ami, merde, qu'est-ce que je dois faire ?

— Tu as dit que ça te plaisait d'avoir du sexe régulier et sans risque.

— Oui ! Ça, c'est la réponse bateau. Mais j'ai une autre question à te poser.

Il fit une pause pour accentuer son effet dramatique.

— Ben, qu'est-ce que *tu* ferais à ma place ?

— C'est une question existentielle ou une qui correspond à ce moment précis ?

— Ne commence pas à m'embrouiller. Dis-moi plutôt, quand as-tu parlé à David pour la dernière fois ?

Ben le regarda et grogna :

— À l'aéroport.

— À l'aéroport ? Il y a *cinq jours*, c'est ça ? Mec, c'est pas sympa non plus, c'est tout ce que je dis. Pas sympa du tout.

— Merde, tu as raison. Je suis un vrai salaud. Mais il va me demander quand je rentre à New York. Et je vais lui dire que je reste au Texas. La suite est inévitable. Le pire, c'est qu'il le sait déjà. Il sait que je ne rentrerai pas. Il sait que mes frères n'ont plus que moi. Il sait que je ne compte pas sur lui pour m'aider.

— Tu dois quand même l'appeler.

— Fiche-moi la paix ou rends-moi mon joint. Tu fais chier !

Travis éclata d'un rire hystérique.

— T'as dit *chier*, mec.

Ben se joignit à son rire. Une fois calmés, les deux hommes reprirent leur position, le regard perdu dans les étoiles.

— Quel est ton film préféré quand tu es défoncé ? demanda Travis.

— Hou, t'es vache, là. Certainement pas un truc du genre *Cheech & Chong*. Trop vieux pour moi. Tu veux quoi au juste comme réponse ? Des films qui parlent de drogue ou de bons films à voir quand on plane ?

— La question vient sans le mode d'emploi, Ben.

— D'accord, d'accord. Pourtant, la distinction est d'importance. Personnellement, je dirais *L'Excellente Aventure de Bill et Ted*, un grand classique à voir défoncé. Sinon, il y a aussi : *Eh mec ! Elle est où ma caisse ?* Difficile de battre Ashton Kutcher et Seann William Scott qui se bécotent. Sinon, grâce à Neil Patrick Harris, *Harold et Kumar chassent le burger* marque des points, mais ça ne vaut pas Ashton et Seann. En plus, ils ne se pelotent pas, et franchement, ce film est un vrai navet, alors…

— J'adore *L'Excellente Aventure de Bill et Ted*.

— Quel est ton numéro préféré ? demanda Ben, citant une des répliques du film en question.

Les deux hommes donnèrent ensemble la fameuse réponse de Keanu Reeves :

— Soixante-neuf, mec !

Ils se mirent à mimer un air de guitare, comme les héros du film.

— D'accord, déclara Travis. Tu connais tes classiques, Obi-Wan !

— Avoue-moi tout. Tu as cru que j'allais te répondre une connerie, comme un vrai grand ponte de New York City.

— Non-on, absolument pas. Mais quand je t'ai rencontré au cimetière, la première fois, j'étais dans mes petits souliers. Tu étais sacrément intimidant avec ton joli costume sur mesure.

— Tu es sérieux ?

— À cent dix pour cent. J'ai remercié le ciel que Cade choisisse ce moment-là pour craquer. Je voyais bien que tu t'apprêtais à me virer à coup de lattes dans l'arrière-train.

— Pas du…

— Ne mens pas.

— D'accord, il m'est venu à l'esprit de rester en famille. Mais le contexte était quand même particulier.

— Je sais. Je tentais d'être poli, mais Cade a commencé à pleurer et je me suis dit qu'un enterrement sudiste ne serait traditionnel qu'avec une scène publique. Je suis content que tu m'aies invité à venir.

— Cade ne m'a pas laissé le choix. Et pour être franc, je suis tout aussi heureux de t'avoir convié. Mais oublions tout ça. Continue ton autobiographie. Que t'est-il arrivé après la mort de ta mère ?

Travis sembla troublé.

— Oh. Je suis allé dans le Sud, dans le Mississipi. À Biloxi. J'ai travaillé pendant quelques années sur les plateformes pétrolières et les tankers. J'ai appris tout ce que je pouvais sur les moteurs et économisé beaucoup d'argent. Ensuite, j'en ai eu marre de travailler pour ces diaboliques magnats de l'or noir, j'ai voulu rentrer au Texas. J'ai d'abord envisagé de retourner à San Marcos, mais finalement, je me suis retrouvé à Austin. La première année, j'avais un appartement sur Anderson Mill.

— Bon sang. C'est loin au nord.

— Ouais. J'aurais aussi bien pu être dans le comté de Williamson. Et je n'aimais pas vivre seul. Comme je m'ennuyais à mourir, j'ai décidé de déménager au centre d'Austin. J'ai trouvé un autre emploi et une chambre chez Mme Wright. Ensuite, j'ai connu ton père et toute ta famille géniale, et j'ai rencontré une gentille fille. Je commençais à penser que pour une fois, la vie était plutôt belle. Et alors…

Silence.

— Je comprends, dit enfin Ben.

— Quand as-tu su que tu étais gay ?

Ben réfléchit un instant.

— Cela dépend de ta définition du verbe savoir.

— C'est bien une distinction d'avocat. Tu as tenté de fréquenter une fille ?

— Bien sûr. Et toi, tu as tenté de fréquenter un garçon ?

Travis eut un rire nerveux.

— Non

— Tu n'en as jamais eu *envie ?*

— Attends une minute, c'est un interrogatoire ? Je suis au banc des témoins ou quoi ?

— Désolé. J'ai la mauvaise habitude de poser mes questions de façon trop agressive. Où en étions-nous ? Voyons… Comme je te l'ai dit, j'étais amoureux de Matt McKay, mon binôme à l'école secondaire. Nous étions ensemble durant les débats…

48

— Quels débats ? Ça fait intello !

Ben lui fit un doigt d'honneur.

— J'ai bien réalisé alors qu'il y avait quelque chose. Pourtant, à l'époque, je sortais aussi avec des filles. Une fois à l'université, seuls les gars m'intéressaient. Puis j'ai fait mon coming-out à mes parents. D'après ce qu'on dit, on le sait depuis toujours, mais pour moi, c'est à l'université que j'en ai été *certain*.

— Hmm.

— Quoi ?

— Rien.

— Ne me demande pas si ça fait mal. C'est un autre cliché stupide. D'ailleurs, qu'est-ce que j'en saurais ?

— Vraiment ? Donc, c'est toi l'homme au lit ?

— Tu n'as pas dit ça !

— Si. Juste pour te charrier.

— Ça s'appelle un « actif ». Eh oui, je suis un gay actif. Ne t'imagine pas que tous les gays sont des passifs. Certains apprécient la sodomie, d'autres pas. C'est également valable chez les couples hétéros.

— Désolé, je ne compte pas m'aventurer par là.

— Tu as tort. Beaucoup d'hétéros découvrent un jour ou l'autre qu'ils apprécient les caresses anales. C'est bien connu. Ce n'est pas pour autant qu'ils deviennent gays. Moi, je n'aime pas qu'on s'approche de mon arrière-train. Et je reste gay. Actif ou passif, homo ou hétéro, chacun n'a rien à voir avec son alter ego. C'est juste une question d'anatomie.

— Donc, David est un gay passif ?

— Tu parles du gars avec qui je sors ?

— Ouais.

— Celui à qui je n'ai pas téléphoné depuis cinq jours ?

— Exactement.

— C'est un passif dominant. Il n'est heureux qu'avec ma bite dans le cul. Et c'est lui qui l'exprime comme ça, pas moi.

Travis rougit, puis se mit à rire pour s'en cacher.

— Tu es vraiment débile !

— Quentin a très mauvaise influence sur toi si tu commences à copier son vocabulaire.

— Tu me verrais comme un actif ou un passif ?

Ben ricana.

— Ben dis donc, c'est quoi cette curiosité déplacée ? À mon avis, tu n'as qu'une seule façon de le découvrir. Je parie que Trisha accepterait de porter un dildo si tu le lui demandes gentiment.

— Non ! protesta Travis, en riant. Et merci ! Maintenant, je n'arriverais jamais à m'ôter cette image du crâne.

— Désolé. C'est toi qui m'as posé la question et je n'ai plus aucun filtre quand je suis défoncé.

Travis agita les mains et regarda Ben.

— Donc, d'après toi, il y a ceux qui aiment et ceux qui n'aiment pas ? Aussi bien chez les gays que chez les hétéros ?

— Exactement. Je connais un hétéro qui s'exhibe sur un site porno gay. Je suis le premier à me méfier de ce genre de personnage, mais je le crois quand même sincère. Il dit qu'il n'embrassera jamais un gars, mais qu'il aime avoir une bite dans le cul. Et il n'a aucun problème à l'admettre. D'après lui, c'est dans ses gènes. Et quand il se fait baiser, il prend tellement son pied que ses yeux se révulsent. Moi, je suis gay, mais les rares fois où j'ai essayé de changer de position, ça ne m'a pas fait le même effet.

— Donc, tu as quand même tenté ? De te faire fourrer le derrière ?

— Bien sûr, j'ai essayé. Tu me crois coincé ou quoi ? Il faut tout essayer pour savoir si on aime ou pas. Il faut être aventureux. Toi, par exemple, tu n'as jamais essayé avec un mec ?

— Non.

— Eh bien, j'ai essayé avec plusieurs femmes et ce n'était pas mon truc. Même si j'avais 6 parfait sur l'échelle de Kinsey – et je suis plutôt du niveau 5 –, j'aurais quand même tenté le coup au moins une fois juste pour voir comment c'était. Personnellement, je pense que tout hétéro devrait faire une randonnée gay sur le sentier des Appalaches.

Travis ne disant rien, Ben s'agita sur sa chaise. Il se redressa en position assise avant d'ajouter :

— Au fond, qu'est-ce que j'en sais ? Et si nous revenions à *L'Excellente Aventure de Bill et Ted ?* Ça te dit de le regarder avant d'aller se pieuter ? Tu devrais dormir ici, cette nuit, la chambre d'ami est libre. Comme ça, tu seras là demain quand mes frères se réveilleront pour ouvrir leurs cadeaux. Tu ne peux pas manquer ça.

— Je peux ouvrir le mien ?

— Oh merde, j'avais oublié. Bien sûr. C'est pas grand-chose.

Travis déballa la boîte et l'ouvrit. Un large sourire naquit sur son visage. Il brandit une carte Rand McNally d'Alaska.

— Quentin m'a dit que tu voulais y aller, expliqua Ben.

— Ouais, c'est vrai. Merci. J'irai en été.

— Cet été ?

— Ouais, je suis en train de planifier ça.

— Parfait. Eh bien, maintenant, tu pourras prévoir ton itinéraire quotidien.

Ben se laissa retomber en arrière. Il y eut une longue pause silencieuse.

— Rien n'est encore arrivé, chuchota-t-il.

— Que veux-tu dire ? demanda Travis.

— Mes parents ne sont pas encore morts. Ce n'est pas vrai.

— Laisse agir le temps. Le déni est une des étapes du deuil.

— Tu as perdu tes deux parents ?

— Ouaip. Mon père est décédé l'an passé. Nous avons un point commun.

— Pourquoi est-ce que je ne suis pas triste ? Je ne sens… rien. Je suis juste anesthésié.

Travis se rassit et lui fit face.

— Donne du temps au temps, Obi-Wan. Ça viendra. Crois-moi quand je te le dis : de façon absolument inexorable, ça viendra.

VI

LE MATIN de Noël arriva sans la fanfare habituelle. Cade ne se réveilla pas à l'aube et aucun garçon ne parcourut la maison en criant à pleins poumons. Simplement, à 9 heures 30, ils sortirent tous les cinq de leur chambre pour se retrouver dans la cuisine.

Quentin se versa un verre de du jus d'orange

— Tu emménages avec nous, Trav ? demanda-t-il, d'un ton moqueur.

— Il était tard. Nous avons regardé *L'Excellente Aventure de Bill et Ted* après que vous étiez allés au lit.

— Hey, les gars, ils sont royalement affreux ! déclara Cade, reprenant une réplique du film.

Il leva le pouce en direction de Travis.

— Et il était trop tard pour traverser la rue ? insista Quentin.

— Ben pensait…

— Laisse tomber, déclara Ben. Il se fout de toi.

Quentin agita les sourcils en le regardant.

— Joyeux Noël, grand frère.

— Ne prends pas cet air insolent.

— On peut avoir des pancakes ? demanda Cade.

Ben regarda Travis.

— Tu sais faire ça ?

Travis parut offusqué qu'il remette en doute ses capacités.

— Bien sûr ! Je m'en charge.

Il s'activa donc à préparer le petit déjeuner.

— Nous devrions manger au salon, déclara Jason. Et regarder un film. Nous pourrions l'appeler le Pancake Cinéma.

— C'est un nom débile, se plaignit Quentin.

— C'est un nom génial. C'est toi qui es débile.

— Pourquoi aurions-nous besoin d'un nom ? C'est juste un petit déjeuner où on regarde un film.

— Vraiment ? intervint Ben. Le matin de Noël ?

— Noël est un jour comme un autre, s'entêta Quentin. Tu sais ce que papa disait !

— Ne commence pas à citer mon père.

— C'était aussi le mien !

Travis mettait de la farine, soigneusement pesée, dans un saladier, ainsi que du lait et des œufs.

— Qu'est-ce qu'il disait ? demanda-t-il.

Ben et Quentin restant muets, ce fut Jason qui lui répondit :

— Tout va bien tant que tout le monde est là.

Un silence gêné tomba sur la cuisine. Étonné, Jason regarda autour de lui, il réalisa avec un temps de retard ce qu'il venait de dire.

— Mer...credi, dit Quentin, pas question de tirer la tronche chaque fois que quelqu'un mentionne la mort.

Ben expliqua à Travis :

— Papa ne parlait pas de lui. Il faisait référence à Caïn et Abel, les premiers frères. Avec quatre fils, Papa s'attendait toujours à ce que nous nous battions. En fait, il nous y poussait presque. Tant que le sang ne coulait pas, il était assez souple sur notre façon de communiquer les uns envers les autres.

— Je n'aurais jamais cru ça de lui, marmonna Travis entre ses dents.

— Je voulais juste dire, conclut Quentin, inutile de jouer Disney Chanel parce que c'est Noël.

Ben intervint :

— Et si nous allions au salon, histoire d'échanger nos cadeaux ?

D'un accord tacite, les frères Walsh agirent avec une décontraction nonchalante, comme si leurs parents s'étaient juste absentés pour un long week-end, en les laissant se débrouiller seuls. À leur retour, d'ici quelques jours, tout redeviendrait normal...

Mais ils savaient bien que cela n'arriverait jamais.

Les jours suivants s'écoulèrent dans le brouillard. Les garçons s'étaient figés dans une sorte d'anesthésie émotionnelle. À intervalles réguliers, Travis leur servait des repas ; ensuite, tous s'abrutissaient devant la télé, au salon. Le lundi, Travis retourna travailler, il ne rentra que pour dîner et la routine reprit. Certaines nuits, Travis traversait la rue pour dormir chez Mme Wright, mais en général, il restait, surtout si la séance cinéma se terminait trop tard. Les cinq orphelins parlaient peu entre eux. À l'occasion, ils discutaient des meilleurs films de leur répertoire ou prenaient un peu trop le parti d'un de leurs héros. Ils se pelotonnaient dans la maison, bien au chaud, absorbant un film après l'autre, le temps de cette première étape de leur deuil.

Ils dormaient. Ils mangeaient. Ils regardaient des films.

Et cela dura des jours.

— TU DEVRAIS inviter Trisha à dîner.

Ben fit cette suggestion une nuit, dans la cuisine, alors que Travis dépouillait de sa viande une carcasse de poulet.

— Ça lui ferait sûrement plaisir.

— Pourquoi pas demain soir, c'est la saint Sylvestre. Qu'en penses-tu ?

— Je crois qu'elle a prévu une soirée en ville, dans la 6e rue. Pour nous deux, je veux dire. Avec des amis à elle.

— Parfait. Nous pourrions dîner tôt, vous seriez libres vers 23 heures pour aller en ville.

Travis hésita, avant d'inspirer un grand coup par le nez. Il baissa la voix pour dire :

— Je préfère ne pas lui donner de fausses idées. Si tu vois ce que je veux dire.

— Elle est déjà venue chez nous, non ? Mes parents l'ont certainement invitée. Elle les connaissait.

— Ouais. Ou plutôt non… Oui, elle les a rencontrés une fois. Et ton père ne cessait de me harceler pour l'avoir à dîner.

— Tu as réussi à lui résister durant tout ce temps ?

— Ouaip.

— Impressionnant. Mais tu fais une montagne d'une taupinière. Franchement, ce n'est qu'un simple dîner, pas une demande en mariage. Invite-la.

— D'accord, d'accord. Je l'appellerai.

Ce soir-là, au lieu de regarder un film, Travis leur enseigna l'alphabet en langue des signes et quelques signes de base.

— Si vous pouvez, faites directement le mot, sinon, épelez-le. Au pire, écrivez-le. Ça vous prendra plus de temps pour communiquer, mais elle en sera plus frustrée que vous.

Ben prenait assez mal la maladresse avec laquelle il bougeait les mains

— Génial ! grommela-t-il. Quand j'ai rencontré Trisha, la semaine dernière, tu as été notre interprète. Pourquoi ne pas continuer ?

— Parce que je ne peux pas gérer une conversation à six personnes.

— Je suis nul, admit Ben, découragé. J'ai l'air vraiment débile.

— Enfin, tu en conviens ! ricana Quentin.

LE MERCREDI soir, puisque Travis, qui préparait le dîner, n'était pas libre pour aller la chercher, Trisha vint directement chez les Walsh, peu après 20 heures. Ben s'était entraîné toute la journée pour l'accueillir avec des signes. Il ouvrit la porte et sourit.

— *Bonsoir*, fit-il avec les mains. *Travis est dans la cuisine. Venez au salon, je vais vous présenter mes frères.*

Trisha avait le visage figé, poli, mais forcé. Soit elle trouvait minable sa façon de s'exprimer, soit elle ne l'aimait pas beaucoup.

— *Merci.*

Ben comprit ce simple mot sans problème. Quand elle fit d'autres signes rapides, il crut décrypter : *J'ai tellement entendu parler d'eux !*

Il lui présenta donc Quentin, Jason et Cade. Tous se mirent immédiatement à agiter les mains en même temps. Trisha s'installa sur le canapé et prit leurs mains dans une des siennes pour les interrompre.

— *Un par un,* demanda-t-elle.

Ben s'excusa et passa dans la cuisine pour voir ce que devenait Travis.

— Ta copine est arrivée. Tu devrais venir lui dire bonjour.

— J'ai presque fini. Il me reste juste à plonger mes boulettes dès que ça bout. Je vous rejoins dans cinq minutes.

— Ça sent drôlement bon !

— C'est une recette de ma grand-mère : poulet et boulettes. Je n'ai jamais vu personne d'autre qu'elle tenter cette association, mais puisque je suis le dernier Atwood, je présume que c'est sans importance.

— Qu'y a-t-il d'autre au menu ?

— Rien. C'est la cuisine des pauvres, Ben Jovi. Ni salade ni légumes. Les boulettes ont l'avantage d'être bourratives, du coup, un seul poulet suffit à nourrir six personnes. Tout est mélangé dans la cocotte. Ma grand-mère y rajoutait des pois mangetout. Mais comme je ne les aime pas beaucoup, je m'en suis passé.

— La cuisine des pauvres, hein ?

Avec un grand sourire, Travis agita ses sourcils roux.

55

— Bienvenue dans ma roulotte, caïd.

L'ambiance au dîner fut assez pesante, mais chacun fit de son mieux. Ben refusant catégoriquement de s'asseoir en bout de table, les fils Walsh prirent leurs places habituelles : Quentin et Cade d'un côté, Ben et Jason de l'autre. Travis siégeait à une extrémité, entre Quentin et Ben. Trisha en face de lui. Tout le monde tentait de s'exprimer exclusivement en langue des signes, ce qui rendait la conversation lente et difficile.

À un moment, Ben voulut se dégourdir les jambes sous la table. Il se tourna vers Travis et croisa son regard.

Ce fut alors qu'il le sentit.

Au cours des dix jours précédents, chaque fois qu'ils s'étaient donné la peine de prendre un repas à table, Travis s'était installé à l'autre bout, entre Jason et Cade. Mais pas ce soir. Ben prit conscience de son genou pressé contre le sien. Travis ne cherchait pas à se frotter contre lui, il se contentait d'être là. Au même moment, Travis, apparemment inconscient des préoccupations de Ben, détourna les yeux vers Cade, qui tentait de parler à Trisha par signes. S'ils avaient été seuls, Ben aurait exigé des explications, mais ce n'était pas le cas.

Pourtant, il ne déplaça pas son genou, il laissa Travis s'appuyer contre lui.

Vers 22 h 30, Trisha signala qu'il était temps de partir. Après un échange de « bonne nuit », les frères Walsh raccompagnèrent leurs invités au bas des marches, jusqu'au vieux pick-up de Travis.

Après le départ du couple, un silence étrange tomba sur la maison. Ses frères retournèrent chacun dans leur chambre respective et Ben se dirigea vers la cuisine pour tout nettoyer.

Environ une heure plus tard, la vaisselle finie, il passait au salon lorsqu'on frappa à la porte. Surpris, Ben alla ouvrir. Il vit Travis sur le seuil, les sourcils froncés.

— Qu'est-ce que tu fais là ?

Travis ne répondit pas.

— Et merde ! grommela Ben. Entre.

Travis le suivit au salon et se laissa tomber sur un des canapés. Ben s'étendit sur l'autre, la tête appuyée sur le coude.

— Qu'est-ce que tu as ? demanda-t-il. Que s'est-il passé ?

— Elle m'a dit que si je n'avais pas envie de sortir, j'aurais dû la prévenir.

— Et tu n'avais pas envie de sortir ?

— Non.

Ben le regarda, surpris.

— Ah. Dans ce cas, elle a probablement raison. Elle s'en remettra.

— Je ne pense pas.

Il fallut une seconde à Ben pour réaliser le sens de ces paroles.

— Attends une minute. Elle a rompu avec toi ?

— Quelque chose comme ça.

— C'est une réaction un peu extrême, tu ne crois pas ?

— Elle m'a dit qu'elle se sentait de trop entre toi et moi, ce soir. Que c'était nous deux le vrai couple, pas elle et moi. Et quand je… elle a dit que nous avions manifestement un problème et que ce serait aussi bien que nous nous séparions un moment pour sortir avec d'autre.

— Toi et moi ? Un couple ?

— Tu trouves ça inimaginable ?

Ben trouvait plutôt la suggestion inquiétante, mais il décida de l'ignorer. Il sortit son téléphone pour regarder l'heure.

— Dans quatre minutes, il sera minuit.

— Et nous voilà comme deux petits vieux abandonnés à leur triste sort !

Travis s'était sans doute exprimé d'une voix un peu plus forte que prévu. Il reprit plus calmement :

— Incroyable, non, que deux gars aussi chouettes restent en plan pour le réveillon du Nouvel An… sans personne à embrasser – sinon l'autre.

Cette fois, Ben se redressa. Il devait réagir et répondre.

— Qu'est-ce que tu as, ce soir ?

— Que veux-tu dire ?

— *Sans personne à embrasser – sinon l'autre* ? Tu te souviens que je suis gay, hein ?

— Je blaguais.

— Ce n'est pas drôle. Ne me drague pas comme un ado maladroit pour ensuite prétendre que c'est une blague.

— Moi, je te drague ?

— Oui. Franchement ? C'était quoi ce truc sous la table ce soir ?

— Qu'est-ce que tu racontes ?

— Ce soir. Au dîner. Tu m'as fait du genou.

Travis resta un moment muet, le visage ponceau.

— Tu racontes n'importe quoi, dit-il à mi-voix. Je t'ai peut-être heurté par hasard, mais cette fichue table n'est pas bien large.

— Foutaises ! Tu as gardé ton genou contre le mien durant tout le repas. Je n'ai pas rêvé.

Vexé, Travis se raidit dans son siège.

— Tu peux parler !

— Qu'est-ce que ça veut dire ?

— Ne t'imagine pas que j'ai oublié tes allusions de l'autre soir.

— Qu'est-ce que tu racontes ?

— « *Je pense que tout hétéro devrait faire une randonnée gay sur le sentier des Appalaches* ». Bon sang, Ben, c'était pas une proposition, ça ?

Ben sentit la gêne lui faire flamber les joues.

— D'accord, un prêté pour un rendu, c'est ça ? Mes paroles déplacées ont deux circonstances atténuantes : je suis gay et j'étais défoncé. Quelle est ton excuse ?

Travis ne répondit pas, Ben insista :

— Tu es attiré… par moi ?

— Euh, ça dépend de comment tu définis « *attiré* ».

— Qu'est-ce qui te prend ? Tu as bu ?

— Un seul shot.

— Alors, réponds à ma question.

— C'est juste que t'es plutôt beau mec.

— Ce n'est pas ce que je te demandais.

— Je sais. Peu importe. Laisse tomber. Je suis sérieux. Y'a rien à ajouter, point final. Je ne suis pas revenu pour t'embrasser à minuit, Ben. Fiche-moi la paix, merde ! Ma copine vient de me larguer, y'a pas une demi-heure, alors excuse-moi si mes vannes sont de mauvais goût. Et si je t'ai une fois touché le genou au dîner…

— C'était plus qu'une fois !

— Bordel, et alors ? Excuse-moi aussi pour ça. Je n'essayais pas te faire bander ! T'es vraiment obligé d'en faire une affaire d'État ? Putain Martin, c'est vrai ce qu'on dit des pédales : ce sont toutes des drama-queens !

Ben laissa retomber sa tête avec un soupir. Quant à Travis, il serra les dents, conscient d'avoir dépassé les bornes.

— Je suis désolé, Ben. Je ne sais pas ce qui m'a pris…

— C'est juste ton côté plouc qui ressort. Travis, tu ne m'as pas laissé le choix, je te demande de t'en aller.

— Je me suis excusé ! Je ne sais pas pourquoi je…

— Arrête, c'est bon. J'ai le cuir épais. De plus, je ne te prends pas pour un homophobe borné, mais là, tu devrais rentrer chez toi. Demain, tu reviendras et nous prétendons que cette conversation n'a jamais eu lieu.

— Je ne peux pas dormir dans la chambre d'ami ?

Ben secoua la tête.

— Non. Pas ce soir.

Travis réfléchit un moment, comme s'il se demandait quoi faire. Enfin, il se leva en serrant les poings.

— D'accord, je m'en vais, alors. Bonne année.

Ben resta assis.

— Bonne année, grommela-t-il. Dieu sait qu'elle pourrait difficilement être pire que la dernière !

— On peut toujours espérer, déclara Travis.

Il fit quelques pas vers la porte d'entrée puis s'arrêta.

— Je suis désolé, Ben. Vraiment.

Quand Ben ne répondit pas, Travis continua son chemin, il referma doucement la porte derrière lui, descendit des marches du perron et traversa la rue jusqu'à la maison de Mme Wright.

Cette nuit-là, étendu dans son lit, Ben crut retrouver une sensation qu'il n'avait pas connue depuis des années. *Ce n'est pas possible,* se dit-il. Il se cacha la tête de son oreiller et tenta d'écarter cette idée folle, jusqu'au moment où revint ce silence anormal qui enveloppait cette nuit la maison Walsh. À contrecœur, Ben céda alors au sommeil.

VII

Quand il se réveilla le lendemain matin, Ben décida d'appeler Colin.

— *Enfin! Tes parents se tuent dans un accident de voiture et je n'entends plus parler de toi pendant deux semaines. C'est inacceptable, Walsh.*

— Bonne année à toi aussi.

Pas de réponse.

— Je t'ai envoyé plusieurs textos, ajouta Ben.

— *Ce n'est pas pareil.*

— Tu comptes rester fâché combien de temps? Arrête de jouer au con, le monde ne tourne pas autour de ton nombril! s'écria Ben, dans un élan de colère.

Silence.

Puis Colin soupira et sa voix n'exprima plus que de la lassitude.

— *D'accord, tu as raison. Comment vas-tu?*

— Bof. Je ne sais même pas par où commencer!

— *Tu as obtenu la garde de tes frères?*

— Oui.

— *Tant mieux! Et maintenant, quelle est ta prochaine étape?*

— Que veux-tu dire? Quelle prochaine étape? New York, c'est fini. Je vais devoir rentrer définitivement à Austin pour m'occuper d'eux.

— *Qu'est-ce que tu racontes? On ne quitte jamais New York.*

— Eh bien, moi, si. Je n'ai pas le choix, Colin. Mes frères seraient séparés si je ne revenais pas.

— *Non, ils seraient séparés si tu n'es pas leur tuteur.*

— Je ne vois pas la différence.

— *Qu'est-ce qui t'oblige à t'occuper d'eux à Austin?*

Ben garda le silence pendant quelques secondes. Puis il dit :

— Tu voudrais que je les emmène à New York?

— *Oui, exactement.*

— Je n'en aurai jamais les moyens. Élever trois adolescents en ville? D'ailleurs, ils vivent ici. Ils vont à l'école ici. Leurs amis sont ici.

— *Vois plus grand, Ben. Il y a des écoles à New York. De* meilleures écoles. *Et ils se feraient de nouveaux amis. Les familles déménagent régulièrement en fonction du travail. C'est ainsi que va le monde. Si tu veux vraiment bien élever ces garçons, il te faut aussi être heureux. Quel modèle parental tu leur donnerais si tu dépéris au Texas ? Ton rôle deviendra un fardeau si tu es malheureux.*

Colin s'arrêta une seconde avant d'ajouter :

— *Question argent, j'ai déjà parlé de ton cas à mon grand-père.*

— Hein ? Non ! Dis-moi que ce n'est pas vrai !

— *Il va établir un fonds de fiducie pour l'achat d'un appartement pour quatre et les frais des études de tes trois frères, en école privée.*

— Je ne peux accepter.

Ben entendit Colin soupirer. Comme d'habitude.

— *Tu dois jouer les cartes que tu reçois, Walsh. Pour le moment, ta vie est difficile, je le comprends bien. Mais n'aggrave pas la situation avec une fierté mal placée. Tu es des nôtres et nous nous soutenons les uns les autres. Je te l'ai dit mille fois...*

— Je sais.

— *Tu es le seul à tiquer concernant cet argent, tout le monde s'en fiche. Promets-moi d'y réfléchir. C'est la meilleure option. Et ne présume pas que tes frères refuseront d'emblée. Donne-leur au moins le choix. New York peut être passionnant pour un ado.*

— Tu es bien placé pour le savoir.

— *Exactement. Je le sais d'expérience. Et toi aussi. Qu'est-ce qui te fait penser que tes frères ne réagiront pas comme toi ? Tu t'es épanoui en arrivant ici. Ils feront peut-être pareil.*

Ben sourit à cette éventualité.

— D'accord, je vais y réfléchir.

— *Et tu leur en parleras ?*

— Oui bien sûr. Je leur en parlerai dès aujourd'hui.

— *Parfait. Alors, quand vas-tu téléphoner à David ?*

— Bientôt.

— *Tu as intérêt à te dépêcher si tu veux le garder. Je ne dis pas que c'est fini, mais il ne comprend pas pourquoi tu as coupé tout contact. Il voudrait te soutenir.*

— J'aime autant gérer seul mes problèmes.

— *C'est ce que j'ai essayé de lui expliquer.*

61

— Pourquoi, vous vous êtes tous les deux retrouvés chez la même manucure ?

— *Il m'a appelé.*

— Je peux toujours jouer la carte de l'orphelin déboussolé.

— *Une seule fois. Tu ne peux jouer cette carte qu'une seule fois.*

— Je vais l'appeler.

Une pause.

— *Sinon, tu tiens le coup ?* demanda Colin.

— Honnêtement, je n'ai pas encore accepté la vérité. Je suis encore à l'étape du choc et du déni, comme dans *Potins de femmes.*

— *C'est quoi ?*

— Laisse tomber. Le voisin d'en face nous a bien aidés… Travis. Il est hétéro, en principe…

— *Il est sexy ?*

— Toujours ta première question, hein ? Oui, il est sexy. J'ai cru qu'il me faisait des avances, mais je me suis trompé. Du moins, c'est ce qu'il prétend. Pourtant, c'était bizarre. Je veux dire, nous sommes censés être amis, rien de plus, mais la nuit dernière, au dîner, il s'est mis à me faire du genou sous la table.

— *Comment est-il ?*

— Rouquin.

— *Tu l'as déjà vu torse nu ?*

— À dire vrai, oui. Je me suis pointé chez lui pendant qu'il sautait sa copine. Son ex, actuellement. Ils ont rompu la nuit dernière. Peu importe, quand il est venu m'ouvrir la porte, il n'avait remis que son blue-jean.

— *Sexy. Qu'est-ce qui s'est passé la nuit dernière, tu ne cesses d'y faire référence ?*

— Rien. Oublie ça.

— *Pas question.*

— Eh bien, après le dîner, il est sorti avec sa copine, puis une heure plus tard, il a sonné à la maison. Pour me dire qu'ils avaient rompu. Nous avons eu un bref échange qui a fini par une dispute concernant… Je ne sais même pas au juste.

— *Que fait-il dans la vie ?*

Ben se racla la gorge.

— Il n'a pas fini ses études, mentit-il.

— *C'est un gamin ?*

— Non. Il a notre âge. Il est en dernière année.

Ben se sentait mal de mentir, mais pour le moment, il ne voulait pas s'y attarder. Au fil des années, il avait appris à cacher certaines choses à Colin, pour ne pas fragiliser leur amitié. S'il disait la vérité concernant Travis, il n'échapperait pas à un commentaire dédaigneux, style « mécano couvert de cambouis ».

— *Un étudiant, hein ? Que s'est-il passé après votre dispute ? Tu n'as quand même pas trompé David, Walsh ?*

— Non. Il ne s'est rien passé. Travis a prétendu que c'était un malentendu, mais il a agi d'étrange façon.

Ben se tut un instant, avant de reprendre :

— Laisse tomber. Je suis probablement sensible en ce moment. Ce n'était rien, vraiment. Je n'aurais même pas dû t'en parler.

Une pause.

— *Quand rentres-tu ? Il faut que tu viennes avec tes frères pour leur faire visiter New York, ils réaliseront vite que la vie ici peut être superbe.*

— Voilà pourquoi je ne voulais pas t'appeler. Maintenant, tu as ouvert la boîte de Pandore. Et moi qui pensais que tout était réglé !

— *Tu te contentais juste de la pire option.*

— Donne-moi quelques jours pour réfléchir à la question.

— *Bien sûr. Maintenant, appelle David. Et oublie ce Travis.*

Quand Ben raccrocha, il ne composa pas le numéro de David. Colin venait de lui proposer une alternative intéressante. Avec un appartement plus grand, c'était gérable. Cade aurait bientôt treize ans, il n'avait pas besoin d'être surveillé de près. Si Ben n'avait pas à s'inquiéter côté financier, il lui fallait juste convaincre ses frères de déménager. Il envisagea leurs éventuelles réactions. Jason ne semblait pas heureux ici. En outre, aucun gay ne pouvait résister à *Gotham*, donc Jason serait partant. Et Cade serait triste à l'idée de changer, mais tant que ses frères restaient avec lui, il s'adapterait vite. Il ne restait que Quentin. Il avait une copine, il était encore à l'école secondaire, il serait certainement le plus résistant. Et, vu son caractère, il n'hésiterait pas exprimer vivement ses objections.

— Tu es fou ?

Tous étaient assis à la table de la cuisine pour le petit déjeuner. Maintenant que Travis avait disparu, le repas se composait d'un bol de céréales dans du lait. Ben avait tenté de reprendre les arguments de Colin pour présenter la conversation sous le meilleur angle. Manifestement, d'après le ton et la réaction de Quentin, il avait échoué.

— Il n'est pas question que j'aille à New York ! Je déteste cette ville ! Elle pue comme une poubelle avariée.

— Tu n'es venu qu'une fois me rendre visite.

— Et ça m'a suffi ! C'est la pire des solutions ! Nous venons de perdre nos parents et tu voudrais en plus nous déraciner ? Nous avons passé toute notre vie dans cette maison !

— Du calme, petit frère, dit Ben, d'un ton délibérément condescendant.

— Ne me parle pas comme à un enfant !

— Alors, cesse de te comporter de façon puérile !

Ben regrettait déjà d'avoir entamé cette conversation devant Jason et Cade, mais il était trop tard à présent pour y remédier.

Il reprit :

— Tu sais très bien que ce n'est pas « la pire des solutions ». Ne fais pas un caprice en oubliant que la semaine passée, vous aviez à affronter une option bien plus drastique. Tu n'es pas le seul concerné, Quentin.

— Alors, quoi ? Tu as tous pouvoirs à présent ? Et nous n'avons rien à dire ?

Ben n'eut pas le temps de répondre parce que Cade se mettait à pleurer.

— Merde ! jura Ben. Cade, je suis…

— La ferme, Cade ! aboya Quentin.

— Laisse-le tranquille !

Ben se leva et fit le tour de la table pour arriver à côté de Cade. Dès qu'il s'accroupit, le garçon lui tomba dans les bras.

— Je suis désolé, bonhomme. Tu sais bien que nous nous disputons, parfois. Quelques vives paroles sont sans importance. Hé, regarde-moi.

Il recula pour mieux dévisager Cade.

— Nous discutons, c'est tout, reprit-il. Nous ne serons pas séparés, cette décision n'est pas remise en question. Nous resterons ensemble, tous les quatre, où que nous soyons. Tu as ma parole.

Il se tourna vers Quentin :

— Dis-le-lui, Q. Dis-lui que, même si nous allons à New York, tu y seras avec lui.

Quentin ne répondit pas. À travers la table, Ben sentit son ressentiment, il vit presque la vapeur lui sortir des oreilles. Ben venait de lui jouer un sale tour et tous deux le savaient. *Un coup bas*, pensa-t-il, *mais efficace*.

Son cadet tendit enfin la main pour caresser la tête de leur petit frère.

— Pas de souci, déclara-t-il. Nous resterons ensemble. Même s'il nous emmène en Alaska.

Avec un petit rire nerveux, Cade s'essuya le nez sur la manche de son sweat-shirt.

— Tu vois ? insista Ben. Tout va bien, alors, cesse de pleurer. Il est temps de devenir un homme.

— Mer...credi, Ben. Il n'a que douze ans !

— Justement, ce n'est plus un bébé. L'an prochain, il aura treize ans. Chez les juifs, par exemple, c'est l'âge de la maturité. Votre enfance idyllique est terminée.

— Très bien, dit Cade. Mais arrêtez de vous battre tous les deux. Compris ?

Ben le regarda, impressionné.

— Compris, répondit-il.

Il retourna à sa place, devant son bol de céréales Frootloops.

— Je peux parler ? demanda Jason.

Morose, Ben hocha la tête.

— Bien sûr. Ton frère n'en a pas demandé l'autorisation, pas vrai ?

Jason prit une profonde inspiration et roula la tête d'avant en arrière.

— Pour moi, nous ne ficherons jamais assez vite le camp de cette ville de ploucs !

Puis il poussa un hululement de joie.

— Attends, intervint Quentin. On peut au moins y mettre une variante ?

— Laquelle ? demanda Ben.

— J'aimerais terminer l'année scolaire. Seulement cinq mois de plus. Si ce cabinet où tu travailles t'aime au point de tout payer, ton patron t'accordera bien un sursis de cinq mois. Ce n'est même pas un semestre complet !

Ben se tourna vers Jason, dont le visage trahissait l'évidente déception. Il agita ensuite sa cuillère en direction du plus jeune pour solliciter son avis.

— Cade ?

Ce dernier digérait l'information.

— Je suis d'accord avec vous deux. Nous devrions aller à New York, mais nous devrions aussi terminer notre année scolaire ici.

Ben termina ses céréales et but ce qui restait de lait dans son bol.

— Dans ce cas, je vais transmettre à mon client notre contre-proposition. Vous savez, ça peut marcher. Et, ajouta-t-il, moqueur, je me fiche de ce que les gens disent de vous. Vous êtes super, jeunes gens !

Tous lui répondirent par un rire amusé et complice. Même Quentin.

Travis ne vint pas leur rendre visite de toute la journée. Le croyant avec Trisha, aucun des trois frères de Ben ne s'interrogea sur son absence et il ne leur raconta pas la scène de la veille au soir. Et comme il maîtrisait l'art de commander des repas par téléphone, les Walsh ne moururent pas de faim. Il y avait même quelques bons restaurants dans le quartier. Comme d'habitude, ils passèrent la journée et la soirée devant la télévision, à regarder des films.

Vendredi matin, ils étaient tous assis au salon à manger des céréales devant *Donnie Darko* (un de leurs DVD préférés). Peu avant midi, on frappa à la porte.

— C'est sans doute Travis, déclara Quentin. Le pauvre ne peut pas se passer de nous pendant plus de vingt-quatre heures.

Le pauvre. Ben se leva et alla ouvrir la porte d'entrée. Mais ce ne fut pas Travis qu'il trouva sur le seuil. Il vit d'abord Colin, les bras tendus, avec un grand sourire aux lèvres.

— Hello, Walsh ! C'est moi. Je suis venu conquérir le Texas.

Il y avait un autre homme derrière lui.

— Hé, tombeur !

C'était David.

VIII

— Qu'est-ce que vous faites là, tous les deux ?

— Surprise, Walsh. Si je t'avais annoncé ma venue, tu aurais dit non, je le savais. Et puisque je déteste voyager seul, j'ai pensé que ce serait plus sympa de proposer à ton homme de m'accompagner. J'avoue que c'est très pratique qu'il soit pilote : il peut sauter dans un avion quand ça lui chante.

— J'espère que tu ne m'en veux pas, déclara David, de sa voix profonde et réconfortante.

Depuis qu'il l'avait aperçu, Ben se sentait mieux. David était le genre de gars qu'on trouve exclusivement dans les pages papier glacé d'un magazine de luxe ou dans un film porno haut de gamme. Ben possédait un certain charisme, mais à New York, quand les deux hommes sortaient ensemble, c'était David que tout le monde dévorait d'un regard lubrique, avant de jeter à Ben un coup d'œil envieux. Depuis l'appel funeste du père Davenport, Ben n'avait plus pensé au sexe, sauf ces quelques images mentales d'un Travis torse nu. Pourtant, son corps s'enflamma quand David le regarda d'un air penaud, en passant les doigts dans ses boucles brunes.

— Bien sûr que non, déclara Ben. Entrez.

Les deux nouveaux venus récupèrent leurs sacs et passèrent devant lui, Ben en profita pour voler un baiser à David.

— Hé, sexy. Quel plaisir de te voir !

— De même ! répondit David qui lui rendit son baiser.

Puis Ben les conduisit au salon, où ses frères se trouvaient toujours. L'air éberlué, ils les regardèrent entrer.

— Les garçons, vous vous souvenez de Colin ? Vous l'avez rencontré à New York. Et voici notre ami commun, David.

Il se tourna vers eux et enchaîna :

— Je vous présente Quentin, Jason, et Cade, dit-il, pointant chacun d'eux à tour de rôle.

— Waouh ! dit David. Ce sont vraiment tes clones.

Il y avait des années que les fils Walsh entendaient des commentaires du même genre, ils avaient toujours la même réaction : un sourire poli, accompagné d'un hochement de tête. Colin et David prirent place sur un des canapés et donnèrent un bref résumé de leur voyage. Ben remarqua le silence inaccoutumé de ses frères et commença à s'inquiéter : cette arrivée inattendue n'était peut-être pas une si bonne idée. D'un autre côté, Colin ne lui avait pas donné le choix. Ensuite, il vit Jason dévisager ses deux amis avec une admiration mêlée d'incrédulité, comme s'ils étaient des phénomènes émanant d'une contrée exotique. Ben jetait toujours à David des regards furtifs. Il envisageait de se retrouver le plus tôt possible au lit avec lui, nu ; il voulait sentir sa peau contre la sienne. Comment l'emmener discrètement jusqu'à sa chambre ? La chambre de ses parents ? C'était une notion toujours effrayante, mais il s'y ferait. Il décida de patienter, cependant. Pour l'instant, ses frères n'avaient pas besoin d'être confrontés à sa vie sexuelle.

Au cours de l'après-midi, alors que tous continuaient à faire connaissance et à bavarder, les trois jeunes Walsh se montrèrent de plus en plus chaleureux envers ses amis. Colin possédait un charisme naturel qui conquerrait presque tout le monde. De plus, il avait déjà rencontré les frères de Ben au cours de leur précédente visite à New York. Colin regarda Ben avec un sourire complice lorsque Jason commença à lui poser des questions. Il y répondit volontiers, avant d'aller jusqu'à son sac pour en sortir des brochures concernant trois écoles potentielles. *Il cherche déjà à les convaincre*, pensa Ben.

— Celle-ci est mon *alma mater*, alors bien sûr, je suis partial. Mais les deux autres sont également tip top. Tu as un bon niveau ?

Ce fut Quentin qui répondit :

— Il n'a obtenu qu'un seul B. Et ça date de quelques années.

— École privée ?

Jason regarda Ben, qui expliqua à sa place :

— Non. Ils sont dans le public. Mon père y tenait.

— C'est admirable. Mais si tu les emmènes à New York, le public est à oublier.

Colin se tourna vers Jason avec un sourire.

— Je sens que tu es un petit génie, comme ton frère.

— Le public me convient très bien, insista Quentin.

Colin sourit d'un air entendu. En le voyant faire, Ben se mit à rire, parce qu'il connaissait bien son meilleur ami, ses manigances élaborées et son côté machiavélique. Le pauvre Quentin n'avait aucune chance. Le jeune Mead fouilla dans son sac.

— C'est pourquoi je t'ai apporté ceci…

68

Il passa deux brochures à Quentin, qui en resta muet de stupéfaction.

— La première, reprit Colin, est pour LaGuardia Arts, une école artistique *publique.*

Quentin le regarda, perplexe. Colin tira alors de son sac un livre, dont il sortit une serviette en papier. Il la tendit au jeune Walsh.

— Tu t'en souviens ?

— Où l'as-tu trouvée ?

Il y avait sur la serviette un dessin à la plume très élaboré d'une scène de rue new-yorkaise, vue de l'intérieur d'un restaurant. Cade et Jason se penchèrent ensemble par-dessus son épaule pour regarder ce que leur frère tenait.

— Hé, dit Cade, c'est toi qui as dessiné ça !

— C'est exact, confirma Colin. Je l'ai ramassé sur la table après un dîner, durant votre visite à New York. Tu es très doué.

Quentin repoussa la flatterie d'un ricanement.

— Et tu l'as gardé durant tout ce temps ?

— Bien sûr. C'est une des œuvres les plus originales que j'aie vues ! Tu ne crois pas, David ?

— J'aime beaucoup, convint ce dernier.

— Laisse-moi voir.

Quand Ben tendit la main, Quentin lui passa le dessin. Il avait l'habitude de griffonner au restaurant sur des serviettes depuis ses trois ans, et plus aucun de ses frères n'y prêtait attention. Et c'était une erreur, manifestement, car Ben constata combien son talent s'était développé.

— C'est génial, petit frère. Le détail est incroyable.

— Au cas où tu ne l'aurais pas déjà remarqué, Walsh, ton frère est un artiste.

— N'exagérons pas, protesta Quentin.

— Si. Mon amie Stephanie me l'a confirmé, et elle possède une galerie à Soho. Je lui ai montré ton dessin. Si tu lui en fais d'autres représentant diverses facettes de New York, elle pourrait organiser une exposition.

— Je ne te crois pas, déclara Quentin, sceptique.

— Tu peux, Q. Colin a l'habitude de tenir ses promesses.

— L'autre brochure, continua Colin, c'est une école artistique privée.

Il fouilla dans son sac et ajouta, comme s'il s'agissait d'une arrière-pensée :

— … au cas où tu ne serais pas accepté à LaGuardia.

Quentin fronça les sourcils.

— Arrête ! Je rentrerai les doigts dans le nez.

Défier un Walsh ? Brillante tactique, pensa Ben. *Bien joué, Colin.* Celui-ci sortit une dernière brochure qu'il tendit à Cade.

— C'est Bolton Academy, une école de garçons de sports-études.

— Comme dans *Le Cercle des poètes disparus* ? demanda Cade.

— Oui, répondit Colin. Mais sans Robin Williams ni de malheureux suicidés.

Sidéré, Ben se renfonça contre son dossier. Colin avait absorbé la personnalité de chacun de ses frères en un seul dîner, deux ans plus tôt ?

— Je présume qu'il n'y a rien dans ce sac pour moi ?

— Bien sûr que si, Dorothy.

Colin fouilla dans son sac et en sortit une petite boîte blanche.

— Ce sont des… ?

— Des brownies au beurre de cacahuètes et chocolat qui proviennent de ta boulangerie préférée sur la 48e rue.

— Je t'adore, mec !

Les larmes aux yeux, Ben s'empara de son cadeau et huma sa délicieuse odeur. Il ouvrit la boîte et croqua l'un des biscuits.

— Essaye, c'est divin, dit-il en passant la boîte à son frère.

Quentin en prit un, puis il transmit la boîte à Cade.

Jason demanda à Colin :

— Tu travailles au même cabinet que Ben ?

— Non, répondit le jeune Mead en riant. Je ne pourrais jamais travailler pour ma famille.

— Colin a de plus hautes ambitions, expliqua Ben. Il travaille pour l'ACLU – l'Union américaine des libertés civiles.

— Cool ! roucoula Jason.

— Et toi, David, tu es aussi avocat ? demanda Quentin.

David sourit et secoua la tête.

— Non. Je suis pilote de ligne sur JetBlue.

— Sans blague ! s'écria Cade. Tu fais voler des avions ?

— Oui, effectivement.

— Où as-tu appris à le faire ?

— J'ai fait mon service militaire dans l'Aviation.

Cela provoqua une avalanche de questions, Quentin et Cade voulaient tout savoir sur les modalités pour devenir pilote. Pendant ce temps, Colin et Jason assis à côté l'un de l'autre, regardaient les brochures et chuchotaient en vrais conspirateur. Ben comprit que Colin avait pris l'adolescent sous son aile. Tant mieux ! Ben avait bien besoin de toute l'aide qu'il pouvait obtenir.

Quand le groupe décida de sortir dîner, Ben remarqua le pick-up de Travis garé dans la rue. Il ne l'avait pas revu depuis mercredi soir. Deux jours plus tôt. *C'était étrange...* mais il repoussa cette idée.

Quand ils rentrèrent à la maison, le pick-up avait disparu.

Cette nuit-là, Ben, très excité, voulait se retrouver seul avec David. Il chercha donc les deux films les plus courts qu'il puisse trouver. Il opta pour *Clerks : Les Employés modèles* et *35 heures, c'est déjà trop*. Près de trois heures plus tard, les garçons montèrent se coucher et Colin, avec un clin d'œil entendu, se dirigea vers la chambre d'ami.

— Je vais voir ce que Grindr [4] me propose.

— Tiens-toi bien, le réprimanda Ben. Il y a des enfants dans la maison.

— Oui, papa.

Après son départ, Ben sourit à David, assis à l'autre extrémité du salon.

— Tes frères ne savent pas que nous sortons ensemble ?

Ben se leva pour prendre place sur l'autre canapé et posa la main sur le genou de David.

— Non. Mais si tu préfères, je le leur dirai. Dans les circonstances actuelles, ce n'était pas prioritaire.

— Sympa, merci !

— Tu sais bien ce que je veux dire.

David baissa les yeux.

— Tu ne m'as pas rappelé depuis l'aéroport.

— Je sais. Mais quand je t'ai vu à ma porte aujourd'hui... Je suis heureux que tu sois là. Je suis sincère.

— Je ne compte pas faire un mélo. Tes parents viennent de mourir, ce qui te donne un sacré passe-droit. J'ai juste besoin de savoir que tu me veux à tes côtés. Que je n'ai pas commis une erreur en te rejoignant.

Ben se leva, la main tendue.

— Tu sais bien que j'ai du mal à mettre des mots sur ce que je ressens. Viens, je vais te montrer que je suis content de te voir, d'accord ?

David accepta sa main et se laissa arracher du canapé. Ben lui mit les bras autour de la taille, ses mains lui empaumant le cul. Il malaxa les muscles fermes tout en embrassant David, dont le menton hérissé lui picota

4 Application de rencontres destinée aux homosexuels (NdT)

71

les lèvres. Ben passa les mains sous sa chemise et la lui fit ôter. Son amant avait un torse puissant, couvert d'une toison sombre et dense. Ben baissa la tête et fit courir sa langue sur le mamelon gauche de David, qui sursauta en poussant un petit cri.

Ce fut alors qu'on frappa à la porte d'entrée.

— Merde, murmura Ben.

— Qui peut bien venir à une heure pareille ?

— Je m'en occupe. Attends-moi.

Ben se rua jusqu'à l'entrée et ouvrit la porte, sachant parfaitement qui il allait trouver. Effectivement, c'était Travis, qui se mit à parler sans attendre :

— Ben, je suis vraiment désolé pour ce qui s'est passé mercredi soir.

— Travis…

— Non, s'il te plaît. Laisse-moi m'excuser. J'avais bu, mais ça ne justifie pas mon comportement, je le sais. Ça fait deux jours que je me creuse la cervelle pour savoir comment t'expliquer. Franchement. Je n'ai pensé qu'à ça depuis mercredi. Ben, il faut que je te dise la vérité, je…

— Qui est-ce ? demanda David

Il s'était approché derrière Ben, toujours torse nu. Travis leva sur lui un regard troublé.

— Travis, voici David. Il vient de New York.

Travis ne bougea pas. Il tenta de détourner les yeux, mais en vain ; son regard restait fixé sur David. Celui-ci passa le bras gauche autour de Ben et tendit la main droite en disant :

— Ravi de vous rencontrer, Travis.

Travis lui serra la main.

— Je suis désolé. Je ne savais pas que tu avais des invités, Ben.

— Moi non plus, jusqu'à ce lui et Colin arrivent tout à l'heure.

— Sans préavis, je vois, déclara Travis, qui baissa les yeux. Je ne voulais pas vous déranger. Je vais… je te parlerai plus tard, Ben. Excuse-moi encore. Ravi de vous connaître, David.

— De même.

Travis pivota sur lui-même et redescendit les marches vers la rue. Ben referma la porte et se tourna vers David.

— Qui est-ce ? insista son amant.

— Personne. Juste un jeune voisin que mon père avait pris sous son aile. Il n'a aucune importance, je t'assure. Maintenant, où étions-nous avant qu'il nous interrompe ?

Ben se pencha et passa sa langue sur l'autre mamelon de David. Celui-ci poussa un gémissement sourd.

— Nous en étions là. Je pense qu'il est temps d'aller dans ta chambre.

— Bonne idée.

Ben le prit par la main, entrelaçant leurs doigts ensemble. Il le conduisit dans la chambre principale, où ses parents avaient dormi. Il repoussa leurs fantômes dans un recoin de son esprit et fit asseoir David sur le lit, puis retourna sur ses pas pour verrouiller la porte.

— Enlève ton pantalon, ordonna Ben.

David se releva et se débarrassa de ses chaussures, sachant bien qu'il devait garder ses chaussettes. Il descendit sa braguette et enleva son jean, qu'il éjecta du pied au coin de la chambre.

— Mets-toi à genoux.

David obéit, les yeux fixés sur l'entrejambe de Ben. Une fois placé devant lui, Ben l'attrapa par la nuque et força sa bouche sur le denim derrière lequel se cachait son sexe durci. Docilement, David le mordilla et Ben gémit. Après un moment, il se dégagea et recula.

— Regarde-moi.

David renversa la tête, leurs yeux se rencontrèrent. Son amant avait tout d'un accro en manque, prêt pour une dose. Ben arracha sa chemise.

— Chaussures.

David se pencha et défit les lacets de ses Nike, puis les lui enleva. Il faillit s'en prendre ensuite à ses chaussettes, mais il se reprit à temps et se redressa, attendant d'autres instructions.

Ben fit une pause délibérée.

— Chaussettes.

Il souleva un pied après l'autre pendant que David le débarrassait de ses chaussettes.

— Regarde-moi.

À nouveau, David releva les yeux. Ben défit sa braguette et ouvrit son pantalon. Il sortit sa queue qu'il empoigna d'une main. Il en existait de plus imposantes de par le monde, Ben le savait, mais il n'avait jamais rien vu d'aussi artistiquement parfait que ses vingt centimètres. Sa queue était une œuvre d'art, droite comme une flèche et bien proportionnée. Assis sur ses talons, David la regarda, en attendant la permission de la prendre dans sa bouche. Sans ôter son jean, Ben fit quelques pas en avant et, son sexe toujours en main, il en frappa David au visage. Pour tenter son amant, il frotta son gland sur ses lèvres, sachant très bien qu'il ne tenterait pas d'y goûter avant d'en recevoir l'ordre.

— Qu'en penses-tu ?

— S'il te plaît, laisse-moi te sucer.

Ben continua à frotter sa queue sur le visage de David.

— Je ne sais pas, déclara-t-il, dubitatif. Tu vas bien le faire ?

— Ce sera la meilleure pipe que tu aies connue.

— Tu la prendras tout au fond de ta gorge ?

— Oui, monsieur.

— Même si tu t'étouffes ?

— Oui, monsieur.

— Et si tu me supplies d'arrêter ?

— Ne m'écoute pas, monsieur. Continue à baiser ma bouche.

Ben recula pour enlever son jean.

— Bonne réponse.

Comme David le regardait, Ben afficha un sourire arrogant.

— C'est à toi, aviateur.

David tendit la main et attira Ben vers lui pour prendre son sexe érigé dans sa bouche. Il l'engloutit tout entier, sans marquer d'arrêt, jusqu'à ce que le gland heurte le fond de sa gorge. Il resta ensuite parfaitement immobile, respirant par le nez, se concentrant pour mieux supprimer son réflexe nauséeux. Ben le savait capable de garder la position jusqu'à ce que les larmes lui coulent sur les joues. Quand ce fut le cas, David s'étouffa et se retira. Alors seulement, Ben l'empoigna par la nuque pour forcer son sexe humide entre ses lèvres.

— Oh, non, pas question !

Il se mit à marteler le fond de sa gorge, ce qui rendit David fou de passion : il gémissait et pleurait en même temps. C'était si torride que Ben craignit de jouir trop vite, alors il saisit David par les cheveux et lui força la tête en arrière, s'arrachant à sa bouche. Ensuite, il se pencha et l'embrassa, sentant les tremblements qui l'agitaient.

Il se redressa et dit :

— Sur le lit. À plat ventre

David se releva et obéit. Ben finit de se déshabiller en enlevant son boxer. Sur la longue liste des atouts de David, Ben mettait son cul en toute première place. La plupart des gens auraient parlé d'un « cul pommé », mais Ben avait un jour entendu l'expression « un cul d'oignon » – parce qu'un cul pareil vous tirait des larmes. Et il en préférait l'originalité.

— Lève le cul en l'air.

David obtempéra. Ben s'agenouilla entre ses jambes ouvertes pour lui écarter les fesses, révélant l'entrée de son corps. Il se pencha et la caressa de sa langue, légèrement, avant d'explorer la raie de haut en bas. David sursauta.

— Monsieur, s'il te plaît, mange-moi. Mords-moi.

— Tu peux faire mieux.

— Monsieur, je t'en prie, baise-moi avec ta langue. S'il te plaît.

Satisfait, Ben enfonça profondément sa langue dans l'anus offert. Le pied ! Il aurait pu s'activer vingt-quatre heures de suite sur un cul pareil. Enragé de désir, il poussa David vers l'orgasme, jusqu'à lui faire mordre à pleines dents son oreiller, les poings serrés sur les draps.

— Monsieur, je ne sais pas si je vais pouvoir tenir encore longtemps. Si tu ne me baises pas…

Plus tôt, il avait déposé son sac de voyage dans la chambre, à côté du lit. Ben le titillait toujours de la langue et des dents lorsque David se pencha et défit une des fermetures à glissière. Il sortit une boîte de préservatifs et un tube de lubrifiant, qu'il jeta sur le lit. Sans cesser ses agressions linguales, Ben déchira l'un des sachets et roula le latex sur sa queue, puis il ajouta une noisette de lubrifiant. Il s'étendit sur David et frotta son sexe entre ses fesses. Sans même utiliser ses mains, il se mit en position contre l'anus plissé qui palpitait déjà. Tous deux se raidirent lorsque Ben commença à le pénétrer, centimètre par centimètre.

Passant les doigts dans les cheveux épais, Ben frotta son menton sur la nuque de David. Celui-ci se cambra et s'empala davantage, obtenant d'un seul coup dix bons centimètres de queue. Mécontent, Ben grimaça et se retira.

— Sur le dos, déclara-t-il.

David roula sur lui-même, leva les jambes et guida le sexe de Ben en position. Ils se regardèrent avec un sourire. Les yeux de David brillaient comme s'il avait un atout dans sa manche. Il releva les jambes plus haut, jusqu'à ce que ses chaussettes se frottent au visage de Ben.

— Enfoiré ! grogna ce dernier.

— Allez, tombeur. Enlève-moi ça.

Cédant à son fétichisme, Ben lui arracha ses chaussettes et enfouit son visage dans les plantes de ses pieds. Il en fut enchanté, comme David l'avait prévu.

— Tu aimes mes grands volets d'atterrissage, pas vrai ?

75

— Tu le sais très bien !

— Montre-le-moi, monsieur.

Ben lui lécha la plante des pieds, puis il prit chacun de ses orteils dans sa bouche. Après plusieurs minutes d'attention, il se pencha pour embrasser David sur la bouche et se mit à le baiser pour de bon. Oubliant leur jeu de rôle, les deux amants s'accrochaient l'un à l'autre pendant que Ben pilonnait David. Celui-ci ne se caressa pas durant leurs ébats. Ben détestait ça et ne le cachait pas.

Puis ce dernier, sentant monter en lui la chaleur annonçant l'orgasme, accéléra le rythme de ses va-et-vient. David l'y incitait.

— Vas-y, Ben. Baise-moi plus fort. Laboure-moi. Défonce-moi le cul. Tu sais que j'aime ça. Tu sais ce que je veux.

— Dis-le.

— Baise-moi plus fort !

— Dis-le, nom de Dieu !

— Je ne suis heureux qu'avec ta grosse bite dans le cul !

Ben devint frénétique jusqu'à ce qu'il fasse le dos rond. Secoué de spasmes, il sentit sa jouissance monter et déferler, vague après vague, le plaisir se répandit à travers son corps et se déversa en jets brûlants dans le rectum malmené de David.

Enfin, il s'effondra sur son amant. Lorsqu'il eut repris son souffle, il s'écarta de David en retenant d'une main le préservatif usagé. Il le jeta sur le sol, à côté du lit, et s'agenouilla entre ses jambes. Il ne fallut à Ben qu'une minute pour faire jouir David. Il aimait le sexe oral et se jeta sur le sexe offert avec brio, le travaillant de la main et des lèvres jusqu'à obtenir le goût familier du sperme sur sa langue et au fond de sa gorge.

Ensuite, Ben aurait aimé s'attarder au lit, à savourer les arômes puissants du sexe qui s'attardaient dans la chambre, mais David fila dans la salle de bains pour se nettoyer.

Avant de s'endormir, le corps repu, Ben évoqua la journée inattendue qu'il venait de passer. Il était heureux d'avoir en Colin un ami qui le connaisse assez bien pour se pointer comme ça, à l'improviste.

Mais alors, il pensa à Travis.

Quelle étrange expression avait traversé son visage sensible en voyant David ! Travis serait-il jaloux ? Et qu'est-ce qu'il tenait tant à lui dire ?

Ben refusait de croire que leur dispute n'avait été qu'un malentendu. Travis lui avait bel et bien fait du genou au dîner du réveillon. Tous deux le savaient. Et ce commentaire sur des baisers échangés à minuit ? Fallait pas déconner! Ben n'avait pas de temps à perdre avec ces petits jeux. Il préférait nettement fréquenter un homme sachant ce qu'il voulait.

Il prit David dans ses bras et frotta son menton barbu sur sa nuque ployée, désireux de l'exciter à nouveau pour recommencer à baiser. Il tendit la main vers la table de nuit et prit un autre préservatif. Il l'enroula sur son sexe et s'insinua doucement en lui.

Après quelques minutes, ils s'endormirent comme ça, entrelacés et imbriqués.

IX

BEN SERRA *Travis par-derrière, ses bras autour de lui, pour mieux se rapprocher. Il passa un doigt le long de son cou, jusqu'à la courbe de son épaule, et suivit son bras. La peau albâtre était fraîche au toucher. Travis semblait avoir été sculpté dans du marbre, une silhouette lissée à la perfection par le ponçage attentif d'un sculpteur enthousiaste. Ses cheveux d'or roux reflétaient gaiement le soleil du matin qui entrait par la fenêtre, orientée à l'est. Travis faisait semblant de dormir, mais il pressa son derrière contre Ben. Quel culot, surtout après lui avoir fait du genou sous la table en prétendant que c'était « par hasard » ! Ben aurait bien aimé le voir trouver une justification pour cette invite manifeste. Il lui embrassa le lobe de l'oreille.*

Travis réagit en tendant la main derrière lui pour attirer Ben contre lui.

— Je veux que tu me baises, Ben.

— Pas trop tôt.

— Ben ? Arrête. Tu dors ? Réveille-toi, Ben.

BEN S'ASSIT dans son lit lorsque David se retourna vers lui.

— Merde, déclara-t-il. Désolé, je dormais. Je rêvais… Je t'ai fait mal ?

— Non, bien sûr que non. Mais tu n'as pas de préservatif.

Ah… En rêvant de Travis, il avait tenté de baiser David.

— Désolé.

— Pas la peine de t'excuser. Mets-en un et continue.

Mais en retombant sur l'oreiller, Ben s'écarta de son amant. À la lumière du jour, ça n'allait plus.

— Je pense que nous devrions éviter les ébats matinaux. Cade ne va tarder à se lever.

— Je vois, déclara David, sans cacher sa déception.

Une fois habillés, tous deux se rendirent dans la cuisine, où les autres les rejoignirent bientôt. Tout le reste de la journée, Ben garda ses distances vis-à-vis de David. Plus il pensait à son rêve, plus il était mal à l'aise en

78

sa présence. Il aurait voulu revoir Travis et entendre ce que celui-ci avait à dire, mais il lui faudrait attendre que Colin et David retournent à New York, et ce ne serait pas avant dimanche.

Colin loua une voiture – *avec chauffeur* – pour emmener Jason faire du shopping. David partit avec ses deux autres frères assister à un match de basket des Longhorn. Cade était aux anges et Quentin les accompagna parce qu'il trouvait David plutôt sympa. Tous offraient ainsi à Ben un moment tranquille, ce qu'il apprécia. Il aurait juste souhaité que Travis soit chez lui.

Le soir même, ils se réunirent dans la cuisine où David leur prépara un dîner gastronomique. Son style culinaire était à l'opposé de celui de Travis, même si tous deux avaient un point commun : ils aimaient nourrir ceux auxquels ils tenaient. Ben ne remarqua pas l'absence de Quentin avant d'entendre la porte s'ouvrir et la voix de Travis résonner dans l'entrée. Quelques secondes plus tard, son frère et son ami entraient dans la cuisine.

De toute sa vie, Ben n'avait jamais été aussi heureux de voir quelqu'un !

— Travis ! hurla Cade.

Il se rua sur lui pour l'accueillir d'un coup de poing et d'une accolade.

— Il avait disparu depuis quelques jours, expliqua Quentin. Je suis donc allé vérifier qu'il était encore en vie. Il n'avait qu'un bol de céréales en guise de dîner.

— Désolé, Ben. J'ai essayé de lui résister, mais...

— C'est vrai. Je l'ai entraîné de force hors de chez lui.

Travis paraissait échevelé, comme s'il n'avait pas dormi au cours des derniers jours. Et depuis quand ne s'était-il pas douché ?

— Qu'est-ce qui ne va pas, Trav ? demanda Cade. Tu n'as pas l'air dans ton assiette. Tu es malade ?

— Non, bonhomme, je vais très bien. J'ai beaucoup de travail en ce moment, c'est tout.

— Entre, insista Ben. Tu es le bienvenu. Je suis content de te voir. Viens que je te présente mes amis. Voici Colin. Nous étions ensemble à l'école de droit.

Colin jeta à Ben un regard soupçonneux, puis il avança pour serrer la main de Travis.

— Ben m'a dit que tu lui avais donné un coup de main avec ses frères.

— J'essaie de faire ce que je peux.

— C'est très sympa de ta part. Enchanté de te rencontrer.

— Et, poursuivit Ben, tu as déjà rencontré David la nuit dernière. Nous n'étions pas ensemble à l'école de droit.

David contourna le comptoir central de la cuisine pour une autre poignée de main

— Salut, Travis. J'espère que tu as faim ?

— Oui. Je meurs de faim, en fait.

— Alors, asseyons-nous et mangeons.

À SEPT convives, ils durent ajouter une chaise et se serrer à table. Tout le monde fit compliment au chef, qui avait préparé un large assortiment de hors-d'œuvre provenant du monde entier.

Tout en croquant un rouleau de printemps coréen, Travis demanda :

— Vous êtes arrivés quand, *vouzautres* ?

Ben le regardait à la dérobée, en se demandant si son aspect négligé était dû à leur dispute du soir de la Saint-Sylvestre ou à l'arrivée de David.

— Tu sais, dit Colin, c'est une formule qu'il y a tout le temps dans les films, mais je ne croyais pas vraiment qu'elle était d'usage courant. Je vis un moment authentiquement texan.

Travis parut troublé.

— Colin, déclara Ben, arrête de faire le pitre !

— Désolé, Travis. Mais franchement, je n'avais jamais entendu *vouzautres*. Enfin si, mais pas dans la vie réelle. Et ça n'a rien d'une critique à ton égard, c'est juste que je devrais plus souvent quitter Manhattan.

Il se tourna vers Jason et murmura :

— Parfois, ton frère a honte de moi !

Jason se mit à rire. Manifestement, ces deux-là s'entendaient comme larrons en foire depuis leur expédition shopping.

— Quoi qu'il en soit, reprit Colin, s'adressant à Travis, pour répondre à ta question, nous sommes arrivés hier. Je pourrais ajouter : à l'improviste et sans être annoncés. Walsh a un gros problème pour réclamer de l'aide.

— Tous les hommes sont comme ça, déclara Travis.

— C'est pas faux, convint Colin.

— Et je suis sûr qu'il va vous manquer à New York.

— Pas du tout, j'ai d'autres projets.

Jason lâcha alors :

— Nous allons tous déménager à New York !

Sidéré, Travis regarda Ben. Celui-ci s'expliqua, d'un ton hésitant :

80

— Ce n'est pas pour tout de suite. Ils veulent… terminer ici leur année scolaire. Ensuite… oui, il est probable que nous irons tous à New York.

Travis prit son verre d'eau qu'il vida à moitié.

— Diable, tout a beaucoup changé depuis que je suis parti.

— Je serai dans une école exclusivement réservée aux garçons, dit Cade.

— Vraiment, Cade? C'est génial.

— Dommage que tu aies dû travailler aujourd'hui. Tu aurais pu venir avec nous au match de basket.

— Ouais, dommage, marmonna Travis.

Il eut un long silence à la table. Puis Colin changea de sujet :

— Au fait, Travis, tu étudies quoi?

Ben se figea.

Merde.

Il avait complètement oublié son mensonge à Colin, au téléphone. Il n'avait jamais envisagé que les deux hommes se rencontrent un jour. Il tenta de trouver une explication plausible, mais il s'était acculé dans une impasse. Il sentit le regard de Travis peser sur lui.

— Tu as dit à Colin que j'étais étudiant?

— Oui, répondit Colin. Pourquoi pas? Ça n'a rien de honteux. La plupart des doctorats réclament six ou sept ans d'études alors qu'il n'en faut que trois pour un diplôme en droit. Si nous n'étions pas devenus avocats, nous serions encore à l'école nous aussi.

Au premier abord, David et Colin ne remarquèrent rien d'anormal, bien sûr. Mais Quentin, Jason, et Cade, qui savaient que Travis gagnait sa vie en réparant des voitures, ne comprenaient pas pourquoi leur aîné avait menti à son sujet. Ben sentit son cœur se briser quand il vit le visage livide de Travis, son regard effondré. Il sut alors qu'il avait commis une terrible erreur.

— Pourquoi lui as-tu dit ça? demanda Travis, d'une voix atone.

— Je suis désolé, Travis. Je ne voulais pas…

— Tu as honte de moi?

— Qu'est-ce qui se passe? demanda David à Quentin.

— Travis n'est pas étudiant. Il est mécanicien. Si Ben a donné à Colin une autre version, il a menti, même si je ne comprends pas pourquoi.

— Quoi? se récria Colin. Ben, pourquoi m'as-tu raconté qu'il était en dernière année si ce n'est pas vrai?

Ben s'énerva :

— Parce que j'en avais marre de ton interrogatoire en règle sur mes fréquentations et je ne voulais pas entendre tes commentaires sur les ouvriers et le cambouis. C'était idiot de ma part. Si j'avais su…

David l'interrompit :

— Pourquoi parles-tu de fréquentations ?

— Tu t'es vraiment grillé cette fois, grand frère, déclara Quentin.

Travis se leva de table.

— Ne t'en va pas ! protesta Colin. D'accord, il a menti, mais c'était sans malice. Dans ce cas, pourquoi ne pas lui accorder les circonstances atténuantes et passer l'éponge ?

— Tu passes toujours ton temps à lui trouver des excuses ? demanda Travis.

— Pardon ?

Travis semblait prêt à vomir.

— Je dois filer, dit-il.

Il disparut en un clin d'œil, sans même se donner la peine de refermer la porte d'entrée. Ben baissa les yeux sur son assiette, conscient que tout le monde le regardait, en particulier Quentin et Cade. Enfin, il se tourna vers David, qui lui aussi affichait un air désappointé.

Colin chuchota à Jason :

— C'est comme dans *Bienvenue à Jersey Shore* !

— La ferme ! aboya David. Ben, je peux te parler ? En privé !

— Il faut vraiment que ce soit maintenant ?

— C'est toi qui vois, soit je pars directement, soit nous parlons et je pars ensuite.

— David, intervint Colin. Tu réagis de façon exagérée. Tout le monde réagit de façon exagérée.

David l'ignora.

— Ben ?

— Bien. Nous n'avons qu'à sortir. Vous autres, restez là.

Il suivit David jusqu'à la porte d'entrée, puis sous le porche. Il regarda de l'autre côté de la rue.

Pas la moindre lumière.

Il avait à peine refermé la porte sur eux deux que David lui demanda :

— Tu l'aimes ?

— Qu'est-ce que tu racontes ? Je le connais depuis deux semaines à peine.

82

— Et tu me connais depuis deux mois à peine. Si ce qu'il fait dans la vie te gêne tant, c'est que tu as des sentiments pour lui. Voilà pourquoi tu as menti à Colin. Tu as eu honte d'avouer à ton meilleur ami que tu étais attiré par un mécanicien.

— Tu es fou.

— Non, il y a anguille sous roche. Tu m'as dit qu'il n'avait aucune importance, mais ce n'est pas vrai. J'ai bien vu ta tête quand il est passé la nuit dernière. Il compte pour toi. Il avait besoin de te parler. Et ce matin, au réveil, tu rêvais d'un autre. J'en suis certain. Et c'était lui, pas vrai ?

— Non !

— Ne recommence pas à mentir, pas à moi.

Résigné, Ben céda.

— D'accord. C'était lui. Tu es content ? Je suis complètement paumé. Je ne sais pas où je vais ni où tout ça me mènera. Je sais que tu voudrais une relation stable, mais en ce moment, pour moi, ce n'est pas possible. J'ai trois ados sur les bras, je ne peux avoir en plus un compagnon ! J'ai dix ans de moins que toi, David. Je n'ai pas la tête à ça.

— Alors pourquoi tu m'as baisé la nuit dernière ? demanda David, d'un ton accusateur, les yeux brillant de larmes.

— Je ne sais pas. Je me sentais seul, j'étais excité, j'ai laissé ma queue penser pour moi. Mais j'étais sincèrement content de te voir. Tu es quelqu'un de merveilleux. C'est juste…

— Que nous ne serons jamais ensemble.

Ben s'arrêta le temps de réfléchir. Puis il admit :

— Non. Pas comme tu le souhaiterais.

Il tendit la main, mais David s'éloigna.

— C'était une erreur, après tout. De venir. Je n'aurais jamais dû écouter Colin.

— David, c'est mieux comme ça. Tu peux rentrer à New York et retrouver ta vie. Tu n'auras pas à m'attendre.

— Je l'aurais fait, tu sais. Je t'aurais attendu.

Silence. Puis David déclara :

— Je dormirais sur le canapé ce soir.

Ben hocha la tête.

— Je suis désolé.

David pivota sur lui-même et rentra dans la maison. Ben resta sur le porche pour réfléchir à ce qu'il allait dire à ses frères, et surtout à Travis. Un instant plus tard, Colin ouvrit la porte et passa la tête.

— Je peux t'approcher sans risque ? demanda-t-il.

— Oui, viens, répondit Ben, avec un signe de la main. Désolé de t'avoir impliqué dans cette histoire.

Colin sortit et referma la porte derrière lui.

— Tu n'as pas à t'excuser. Dis-moi juste qu'il s'agit de ta part d'une erreur de jugement momentanée. Tu crois vraiment que ça me gênerait de te voir sortir avec un mécanicien ?

— Je ne sors pas avec un mécanicien.

— Pas encore. Mais il y a manifestement anguille sous roche.

— Toi aussi !

— Que veux-tu dire ?

— Rien, laisse tomber, soupira Ben. Il y a quelque chose, d'accord, mais quoi ? J'en sais rien. Tout ça me fiche la migraine.

— Rien à battre. Ben, tu as été odieux. Un vrai trou du cul. Ce n'est pas un terme qui m'enchante, et tu le sais, mais il est approprié dans ton cas. Tu dois des excuses à Travis, qu'il soit ou non un potentiel amant. Et, si j'étais toi, je le ferais dès ce soir. Je suis sérieux : ne reviens pas affronter tes frères tant que tu n'as pas éclairci la situation avec lui. Il est juste en face de la rue. *File*, comme il dirait.

— D'accord, j'y vais. Dis aux garçons où je suis.

— Bien sûr. Comme cela m'a été reproché ce soir avec une remarquable éloquence, je passe mon temps à te trouver des excuses, Walsh.

— Je sais. Je t'en remercie.

Ben traversa la rue et frappa à la porte de Mme Wright. Il savait que Travis l'entendrait. Il vit de la lumière sous la porte fermée de sa chambre, à l'arrière. En réponse à son *toc-toc*, une ombre marqua le rai de lumière.

Mme Wright appela depuis le salon :

— *Travis ! On frappe à la porte.*

Peu après, Travis ouvrit sa porte. En apercevant Ben, à travers les carreaux, il parut à la fois paniqué et incertain. Finalement, il attrapa sa veste et traversa le salon jusqu'à la cuisine.

— *Qui est-ce, Travis ?*

— *Ben, Mme Wright. Le voisin d'en face.*

— *Oh oui, ces pauvres garçons ! Dites-lui bien que nous prierons pour sa famille demain à l'église.*

— *Je le ferai.*

Quand la porte s'ouvrit, Ben redescendit l'escalier jusqu'à la rue. Travis verrouilla la porte derrière lui, puis il se tourna vers lui.

— Tu as les yeux rouges, dit Ben.

Travis ignora sa réflexion.

— Nous devrions marcher un peu, déclara-t-il. Mme Wright te fait dire qu'elle priera pour vous tous demain.

— Ouais, j'ai entendu. Dieu sait que j'en ai besoin !

— Ça, je te l'accorde.

Ben se retourna et fit quelques pas sur le trottoir, assez lentement, pour que Travis le rattrape. Leur rue était un *cul-de-sac*, comme disent les Français, mais au Texas, on parlait juste d'une impasse. Les deux hommes marchèrent au milieu de la chaussée obscure, jusqu'à l'une des principales artères de la ville. Ils passèrent devant Saint-Paul, l'Église luthérienne, dont la cloche carillonnait tous les jours, à midi et dix-huit heures, son hymne familier. Ben considérait cette routine qui infusait le quartier d'une aura de grâce divine comme l'un des avantages de vivre dans son ombre tutélaire.

Finalement, Travis s'arrêta et prit place sur le banc d'un arrêt de bus. Ben sortit son téléphone portable pour consulter l'heure.

Vingt heures trente-huit.

Il s'assit à côté de Travis. Ils regardèrent devant eux, la rue et les voitures qui défilaient.

— Pourquoi sommes-nous là ? demanda Travis.

— Pour attendre le bus ?

Sa tentative pour alléger l'atmosphère tomba à plat.

— Désolé, reprit Ben. Je voulais m'excuser.

— Alors, fais-le.

— Mais d'abord, j'ai besoin de savoir un truc.

— Qu'est-ce que tu veux savoir ?

— À qui je vais m'excuser ?

Les sourcils froncés, Travis lui jeta un regard perplexe.

— Qu'est-ce que ça veut dire ?

Ben tourna la tête pour le dévisager.

— Je veux savoir à qui je vais m'excuser. Parce que la différence est d'importance. Es-tu le voisin d'en face, et même peut-être un bon ami, qui n'arrête pas de nous aider ? Ou es-tu davantage ?

— Par exemple ?

— C'est à toi de me dire. Tu as une sale tronche, Atwood.

— Sans blague ? Merci.

85

— Est-ce en relation avec ce qui est arrivé il y quelques jours ? Un homme ne perd pas le sommeil pour une simple dispute, sauf si...

Ben s'arrêta juste avant de révéler lui-même la vérité.

— Sauf si... quoi ?

— Sauf s'il ressent plus qu'une amitié.

— Je ne suis pas gay, tu t'en souviens ?

— Oui, bien sûr. Alors pourquoi toute cette *tempête et passion* [5] ?

— Je ne sais pas ce que cela signifie.

— Cela signifie qu'un soir, tu me traites de pédale et qu'ensuite, tu te pointes chez moi pour...

— D'accord, d'accord.

Travis fit une pause, avant de reprendre :

— Tu avais raison : je t'ai fait du genou sous la table le soir du réveillon.

Ben soupira.

— Enfin ! Tu admets avoir agi délibérément ?

— Peut-être. Je ne sais pas. Je pensais que nous étions amis, Ben. Au moins ça. Mais ensuite, quelque chose a changé et... merde quoi, je n'y comprends plus rien. Je ne pense plus qu'à ça, c'est devenu une obsession. Je ne peux plus ni manger ni dormir. Et je ne sais pas quoi faire.

Ben se tourna vers lui.

— Moi, je sais.

Sans aucun avertissement, il se pencha et l'embrassa. Les lèvres de Travis tremblèrent de stupéfaction, ses yeux s'écarquillèrent, mais il ne chercha pas à se libérer. Ben recula une seconde, puis il recommença. Encore et encore. Jusqu'au moment où Travis lui rendit son baiser.

Ben avait sa réponse.

Il s'écarta et regarda Travis dans les yeux. Un bus numéro 10 s'arrêta devant eux. Se retournant, Ben fit signe au chauffeur qu'ils ne montaient pas, puis il se renfonça dans son siège.

— David et moi avons rompu. Je ne veux pas que tu penses que je le trompe en t'embrassant. Maintenant, les excuses. Si j'étais avocat de la défense, concernant mon cas, je plaiderais la folie temporaire.

Il baissa les yeux, parlant à ses mains.

_____

5 Mouvement à la fois politique et littéraire allemand (*Sturm und Drang*) de la seconde moitié du XVIIIe siècle, qui correspond à une phase de radicalisation dans la longue période des Lumières (NdT)

— Je ne suis pas toujours fort. Comme tu l'as dit, je suis Lonely Boy, un solitaire. Je ne corresponds pas vraiment au monde de Colin, mais je fais de mon mieux pour que personne ne le réalise. J'ai eu un moment de faiblesse et je t'en demande pardon.

— Moi aussi, je suis désolé si mes paroles ont dépassé ma pensée.

— Considérons que c'est également un moment de faiblesse de ta part.

Travis tira sur le col de son manteau et le releva pour tenter de rester au chaud.

— Peut-être que je ne suis pas celui qu'il te faut, Ben. Tu as honte d'être… avec *quelqu'un* comme moi ?

— Non. Absolument pas. Je ne te donnerais plus jamais de raison de le croire, je te le promets. Je suis encore en formation, Travis. Dieu sait que j'en suis conscient. Mais tu ne seras jamais un problème. J'ai été complètement idiot de mentir à Colin. J'en suis vraiment désolé.

— Pourquoi m'as-tu embrassé ?

— Pourquoi m'as-tu rendu mes baisers ? Parce que tu l'as fait, je t'assure, à la… huitième fois. Tu m'as embrassé aussi.

Travis se détourna pour regarder passer les voitures.

— Je ne comprends rien à ce qui se passe.

— Je sais que tu n'as jamais essayé avec un gars. Mais la semaine dernière, tu n'as pas répondu à ma question. En as-tu déjà eu envie ?

Travis réfléchit en se mordillant la lèvre.

— Euh, j'y ai pensé. Récemment.

— Récemment ? En clair, depuis que tu m'as rencontré ?

— Oui.

— Mais pas avant ?

Travis secoua la tête en silence.

Ben ricana en levant les yeux au ciel.

— Tu vois, je n'y crois pas. Je sais que certains hétéros prétendent devenir gays en rencontrant un mec spécial, mais à mon avis, c'est du baratin. Un fantasme qui n'arrive que dans les romans d'amour et/ou les pornos gays.

— Alors, je ne peux pas l'expliquer.

Ben décida d'abandonner le sujet. Il avait plus important en tête.

— Dis que tu me pardonnes, Travis.

— Bien sûr. Tant que tu me pardonnes aussi.

— Marché conclu.

Ben tendit la main et Travis l'accepta et la serra. Une poignée ferme et solide. Après un dernier regard intense, Travis retira sa main et détourna les yeux.

Tous deux restèrent assis en silence pendant quelques instants.

— Alors, déclara Travis, nous y voilà.

— Nous y voilà, répéta Ben.

— Tu ne comptes pas me demander de prendre une décision dès ce soir, hein ?

— Bien sûr que non.

Ben regarda Travis et nota l'expression inquiète de son visage. Il en eut une soudaine révélation.

— Tu as du mal à l'accepter, pas vrai ?

— Accepter quoi ?

— De désirer un gars. De l'embrasser. D'envisager de coucher avec lui.

Travis se figea.

— Je…

Pendant un moment, il sembla prêt à passer aux aveux, mais il se reprit et se contenta de dire :

— Je ne sais pas.

Ben hocha pensivement la tête.

— D'accord. Les eaux troubles.

— Qu'est-ce que c'est ?

— Une formule de mon père. Quand tout est confus et vaseux, il nous disait de traiter la situation comme des eaux troubles. Il faut s'arrêter. Ne pas bouger. Laisser les particules retomber et attendre que l'eau s'éclaircisse.

— Ça signifie que tu préférerais ne plus me voir ?

Ben rit.

— Non, absolument pas. Je dis juste qu'il va nous falloir prendre un peu de recul. Et y aller tout doucement. Voir comment les choses progressent avant de décider si nous voulons faire évoluer notre *bromance* à l'étape suivante.

Travis rit et se frotta les yeux.

— Notre *bromance* ? Tu me fais marrer !

— Je sais. C'est une de mes grandes qualités. Maintenant, allons-y, rentrons. Je suis sûr qu'ils se demandent tous ce qui se passe.

88

Quittant le banc, ils retournèrent sur leurs pas, jusqu'à leur quartier. Devant la maison de Mme Wright, ils s'arrêtèrent sous un réverbère. Travis regardait ses pieds, manifestement, il avait quelque chose à dire.

— Quoi ? demanda Ben.

Travis donna un coup de pied dans un des pavés de la rue.

— Il y a quelque chose que tu dois savoir à mon sujet. Voilà, je suis plutôt lâche. Mais depuis que je t'ai rencontré, euh, j'aimerais changer, j'ai envie de prendre un risque, c'est que j'essaie de faire avec toi. Nous savons tous les deux que dans la vie, rien n'est jamais garanti. Donc, même si nous décidons de...

Il eut un petit sourire et releva les yeux :

— ... tu sais, ne pas faire évoluer notre *bromance*, tu pourrais recommencer au moins une fois ?

De prime abord, Ben ne comprit pas, puis il devina.

— Tu veux que je t'embrasse ?

Travis hocha la tête.

— Ouais. Juste pour que je me souvienne de cette sensation au cas où ça... ne marcherait pas entre nous.

Ben le fixa en déglutissant. Il n'eut pas besoin de se faire violence pour répondre à cette invite. Il se pencha lentement jusqu'à ce que leurs lèvres soient à quelques centimètres de distance, puis il s'arrêta. Tous deux se fixaient dans les yeux.

— Que vont penser les voisins ? demanda Ben à mi-voix.

— Le quartier apprécie toujours un scandale bien juteux.

Ben se plia davantage et effleura les lèvres de Travis. Légèrement d'abord, mais après un moment, il approfondit le baiser, le rendant plus intense. Travis lui passa les bras autour du cou et sa langue lui envahit la bouche. Ben le tira contre lui, enroula les bras autour de sa taille et libéra toute la frustration qui s'était accumulée en lui au cours des deux dernières semaines. Il empoigna Travis avec force et l'étrangla à moitié, ce qui ouvrit de façon inattendue les vannes de sa douleur. Bientôt, il sentit le sel de ses larmes se mêler à leurs baisers.

Il s'arrêta et pressa son front contre celui de Travis.

— Cette fois, je sens mon deuil, déclara-t-il. Tu avais raison. Mes parents ne reviendront jamais, hein ?

Travis le soutint tandis qu'il sanglotait.

— Non, Ben. C'est fini. Ils sont morts.

X

Peu à peu, Ben retrouva son calme. Travis et lui s'assirent sur le bord du trottoir pour parler une heure de plus. Ben expliqua comment la solution New York était apparue dans leur futur, une bonne raison de plus pour entamer leur nouvelle relation avec des pincettes. Enfin, ils échangèrent un « bonne nuit » et Ben rentra chez lui pour convaincre ses frères de sa réconciliation avec Travis.

Le lendemain, après le départ de Colin et David, Travis vint frapper à la porte des Walsh. Il avait une nouvelle recette et voulait savoir s'il pouvait l'essayer.

— Pétard ! marmonna Quentin entre ses dents. Il trouve vraiment les excuses les plus débiles pour passer un moment avec toi.

Il s'adressait à Ben pendant que Jason et Cade aidaient Travis à porter ses commissions dans la cuisine.

Ben afficha un air surpris.

— Qu'est-ce que tu racontes ? Il venait ici régulièrement des mois avant que je revienne.

— Mais il n'a jamais eu besoin d'inventer un truc comme essayer une nouvelle recette. J'ai comme un doute, grand frère. Il est peut-être devenu gay pour toi.

Quentin avait raison. Après le baiser échangé la veille, Ben en était à peu près sûr, mais son frère n'avait pas besoin de voir ses doutes confirmés. Il joua donc à l'idiot :

— On ne devient pas gay pour une personne, déclara-t-il, les yeux au ciel.

— D'après Kinsey...

— C'était un charlatan. Ses théories vaseuses n'ont aucune base solide. Au mieux, il n'a fait que récolter des anecdotes. La dernière recherche qui date de 2005 suggère que l'orientation sexuelle d'un homme est génétique. Regarde sur Google.

— Voilà un jour à marquer sur ton calendrier, annonça Quentin. Je sais quelque chose que tu ignores.

— Impossible.

— Je crains que non. Parce que j'ai *déjà* regardé sur Google, andouille. Une étude de l'an dernier, émanant du nord-ouest du pays, a choisi un panel de la population basé sur de nouveaux critères. D'après eux, la bisexualité existe bel et bien et provient de toutes sortes de configurations. Et je vois très bien ton manège. Tu te sers d'un concept dépassé pour cacher une vérité dont tu es parfaitement conscient.

— Je suis avocat, Quentin.

— Travis réagit différent depuis ton arrivée ici.

— Différemment, corrigea Ben.

— J'ai une aversion naturelle pour les adverbes, tu le sais très bien. Et puis la nuit dernière, tu as vu sa tête quand il a découvert que tu l'avais trahi ?

— Je ne l'ai pas trahi.

— Il avait le cœur brisé. C'est l'impression que j'ai eue en le voyant. Pas toi ?

— Il n'avait pas le cœur brisé. Et je te l'ai dit, nous nous sommes réconciliés.

— Et j'en suis impressionné. Vraiment. Je me demande pourquoi tout le monde te trouve tellement irrésistible !

— Si tu trouves un jour la réponse, dis-le-moi, s'il te plaît.

— Merde, déclara Quentin. Je te parie cent dollars qu'il est dingue de toi.

Ben réfléchit. D'après lui, il était gagnant à tous les coups.

— Je tiens le pari.

Cette nuit-là, ni Travis ni Ben ne mentionnèrent le baiser échangé la veille. Le lendemain, les garçons retourneraient à l'école, pour la première fois depuis la mort de leurs parents, aussi Travis ne s'attarda pas après le dîner. Pourtant, deux jours plus tard, il était de retour. Ben et lui s'entendaient parfaitement tant qu'ils évitaient d'évoquer l'éléphant dans la pièce. Ils ne le firent donc pas, d'un commun accord. Au bout de quelques jours, ils trouvèrent plus facile de prétendre que le baiser n'avait jamais eu lieu, même si Ben y pensait chaque fois que Travis lui disait bonne nuit.

Les eaux troubles, se morigénait-il.

En attendant, il s'occupait en apprenant à gérer une maisonnée, ou plutôt en cherchant qui engager pour le faire à sa place. Il était prêt à payer un sous-traitant pour alléger sa tâche, en partie sinon complètement. Il y avait le linge à laver, à trier et à repasser, le nettoyage régulier de la maison et la préparation des repas. Son père leur avait laissé l'argent de son assurance-vie, sans même compter le salaire que Ben recevait toujours de Wilson & Mead, si bien que les Walsh n'avaient aucun souci financier.

Ses frères s'adaptaient parce que la vie ne leur avait pas vraiment laissé d'autre choix, mais ils ne voulaient pas oublier. En fait, leur chagrin devint plus profond au cours de l'hiver. Devant un feu de cheminée qui chassait le froid de la maison, les Walsh passèrent de nombreuses soirées et leurs week-ends sur les canapés du salon devant la télévision à regarder des films, même si Travis ne cessait de leur suggérer d'aller dîner dehors ou d'assister à un match de basket, ce qui ferait du bien à Cade.

Travis était partie intégrante de leur vie. Il les aidait en cuisine et conduisait les garçons à droite à gauche. Ben avait besoin d'attention, tout autant que ses frères, et Travis tenait aussi ce rôle. Il écoutait Ben ressasser pendant des heures. Ayant subi le même deuil, il savait ce que c'était d'être orphelin et seul au monde. Quand Quentin, Jason, et Cade se tournaient vers Travis, ils voyaient en lui un ami fiable et solide, mais pour Ben c'était un héros.

Ben passait le reste de son temps à planifier leur déménagement à Manhattan. Son patron lui avait accordé un congé sabbatique de cinq mois – grâce à l'intervention de Colin, Ben en était certain. En attendant, il tentait d'apprendre à tenir le rôle d'un parent, et personne n'aurait osé dire que ça lui était inné.

Cade s'était battu à l'école en entendant son frère être traité de pédé. Ben ne demanda même pas s'il s'agissait de lui ou de Jason. Cade se livra peu sur l'incident, sauf pour dire qu'il recommencerait si besoin était. Après réflexion, Ben choisit de ne pas le punir. Le plus jeune des Walsh connaissait la définition du mot pédé, il savait aussi que son aîné était homosexuel. Ben sentait bien qu'il était censé apprendre à Cade qu'un conflit ne se réglait pas par la violence, qu'il existait d'autres moyens – pacifiques –, mais il n'en eut pas envie, il se contenta de laisser tomber.

Jason détestait son école, mais quand Ben lui demanda si d'autres élèves lui causaient des problèmes, il répondit que non. Il devenait de plus en plus renfermé et distant, il restait au salon pendant que ses frères regardaient la télévision, mais se séparait d'eux en lisant. Pour le moment, Ben avait réussi à éviter le sujet du baiser de Jason et son jeune camarade. Il n'avait jamais trouvé un moment qui lui semble adéquat. De plus, il était mal à l'aise à l'idée de confronter son frère, sans trop savoir pourquoi. Colin avait fermement refusé de lui divulguer la nature de ses conversations avec Jason, d'après lui, le garçon avait droit au respect de sa vie privée.

Et Quentin s'arrangeait pour maintenir Ben sous tension.

— Écoute, déclara-t-il un soir à son aîné, je sais que tu es stressé. Je t'assure, je comprends. Et je vais faire de mon mieux pour en tenir compte. Mais j'ai seize ans. Nous savons tous les deux que c'est l'âge des conneries. J'en ferai, c'est certain. Des petites et des grandes. Sauf de mettre une fille enceinte, mais je trouverai bien autre chose, j'en suis sûr. Pourtant, je promets de faire des efforts parce que je sais que tu en feras aussi.

Il s'interrompit un moment avant de reprendre :

— Et puisque j'ai seize ans, je veux passer le permis de conduire.

— Tu ne l'a pas déjà ?

— J'ai échoué la première fois.

— Vraiment ? Tu as calé au démarrage ?

— Plus ou moins.

Ben voulait épauler Quentin, pas se moquer de lui.

— C'est pas grave, Q. Colin ne sait même pas conduire. Nous irons t'inscrire la semaine prochaine et régler le problème.

Quentin obtint son permis à sa seconde tentative. Ben lui laissa une certaine liberté de manœuvre, même s'il décida d'utiliser à son avantage la technologie moderne en glissant une application GPS sur le téléphone de son frère, à son insu, pour au moins savoir où il se rendait.

Fin janvier, Ben remarqua que, jour après jour, et malgré leur terreur, ses frères et lui avaient survécu au choc initial d'une perte horrible. Il voyait enfin les lignes d'un futur se former pour eux tous. Peut-être que la vie serait tolérable après tout.

Enfin, Ben tenta de dénouer l'écheveau de sa situation avec Travis, un hétéro qui s'avérait ne pas vraiment l'être. Serait-il devenu gay pour lui ? Peut-être, mais c'était déroutant. Et vu qu'ils n'allaient pas tarder à déménager à New York, approfondir cette relation serait... fou ? Irresponsable ? Inutile ? Mais le baiser changeait complètement la donne. Ni Ben ni Travis ne pouvaient le nier.

Courant janvier, Ben évoquait ce baiser à chaque étreinte virile un peu trop accentuée de Travis au moment de se souhaiter bonne nuit, à chaque contact accidentel dans la cuisine, à chaque murmure à son oreille. Il n'avait pas oublié les raisons valides pour lesquelles ils avaient reculé, la première fois, mais il commençait à penser que, s'il agissait ouvertement, Travis et lui trouveraient peut-être le moyen d'avancer ensemble.

DÉBUT FÉVRIER, Ben décida de se lancer, un samedi soir, au salon. Le film venait de finir et Travis était en congé jusqu'à lundi. Ses frères étaient déjà montés se coucher. Travis remettait ses bottes lorsque Ben se releva pour aller jusqu'au secrétaire de son père, d'où il sortit deux blocs de papier. Il prit aussi quelques stylos et les jeta sur le canapé à côté de Travis.

— C'est pour quoi faire ?

— Pour un petit jeu, répondit Ben.

— Quel genre de jeu ?

Ben se rassit et prit un bloc et un stylo.

— Nous allons tous les deux établir une liste. Nos cinq plus grandes peurs…

— Qu'est-ce qui te prend ? Tu as trop regardé Oprah ?

— … concernant l'un l'autre, termina Ben.

Travis se figea. Sans mot dire, il ramassa le bloc qui restait.

— Mes cinq plus grandes peurs, hein ?

— Les cinq principales raisons qui expliquent que, un mois après ce baiser, nous sommes assis ici sans jamais avoir recommencé. Voilà, je l'ai dit. Tu t'en souviens ? Il y a un mois, nous nous sommes embrassés, puis nous sommes redevenus de simples amis. Mais je pense que la partie *bromance* de cette petite aventure est terminée.

Travis pesa la proposition. Il hocha la tête, prit un stylo, et écrivit : *Ma Liste* en haut de sa feuille.

— D'accord, au boulot, dit-il.

Ben baissa les yeux sur le feuillet vierge qu'il tenait à la main. Il ne voulait pas aller trop vite et risquer de troubler Travis. Après tout, c'était son idée et il avait déjà réfléchi à sa liste. Du coin de l'œil, il surveilla Travis qui réfléchissait et écrivait, s'interrompait, puis continuait. Quand il décida que Travis avait presque terminé, Ben se décida enfin à écrire.

Liste de Ben

1. J'ai peur que tu ne sois pas gay.

2. Je ne veux pas bousiller ta relation avec mes frères.

3. C'est une sacrée pression pour moi d'être ton seul et unique mec.

4. Je ne vois pas d'avenir pour nous deux.

5. Nous partons à New York dans quatre mois.

Ils lâchèrent leurs stylos en même temps.

— Comment on procède maintenant ? demanda Travis.

94

Ben ne répondit pas. Il arracha la feuille de son bloc et la tendit à Travis. Les deux hommes échangèrent leurs listes. Ben baissa les yeux et commença à lire.

Ma Liste

1. Je ne suis pas sûr d'être gay
2. Et si je ne suis pas un gay passif? :(
3. Quentin/Jason/Cade?
4. Je n'ai pas confiance en toi (enfoiré!)
5. *Vouzautres* partez à New York dans 4 mois

Ils restèrent silencieux pendant quelques instants. Ben prit le temps d'étudier chacun des mots que Travis avait écrits. Il était un peu vexé, mais au moins, ils se trouvaient plus ou moins sur la même longueur d'onde.

— Tu n'as pas confiance en moi? demanda-t-il.

— Pas à cent pour cent.

— Pourquoi me traites-tu d'enfoiré?

— C'était juste une vanne. En quelque sorte. Tout acte ou décision a ses conséquences, Ben. Tu as beau dire, tu as eu honte d'annoncer à Colin que je suis mécanicien. Je donnerais n'importe quoi pour effacer ça. Avec le temps, je finirai par oublier, mais pour le moment, je ne peux pas.

Ben décida d'aller au cœur du problème.

— Est-ce que tu penses au sexe? Avec moi?

Travis rougit, mais sans paraître gêné.

— Bien sûr. Tout le temps. Si tu veux un autre jeu, pourquoi pas énoncer les cinq raisons pour lesquelles nous devrions baiser?

Ben hocha la tête.

— D'accord. Commence.

— Reprenons nos listes. Numéro un. Quelle importance que je sois gay ou pas? Je n'ai pensé qu'à toi ce dernier mois, alors à l'heure actuelle, je me sens très gay. Et ça me va très bien.

— Mon numéro deux et ton numéro trois sont identiques. Mes frères.

— Nous ne devons surtout pas les perturber.

— Très bien, convenons alors de ne rien changer vis-à-vis d'eux, quoi que ce que nous fassions.

— Je suis d'accord.

— Il n'y a qu'un seul moyen de vérifier si tu es ou pas un gay passif.

— Et tu vas devoir être mon seul et unique mec. Tu penses supporter la pression, Obi-Wan?

— Tu n'as pas confiance en moi.

— Pas encore. Mais tu ne vois pas d'avenir pour nous deux.

— Pas encore.

Ils se turent pour relire leurs listes une fois de plus, chacun d'eux s'arrêtant au numéro cinq. Travis prit une profonde inspiration avant de parler.

— C'est dur de lire cette dernière ligne après ces six semaines que nous avons passées ensemble. Comme je te l'ai déjà dit, nous sommes particulièrement bien placés pour savoir que, dans la vie, rien n'est jamais garanti. Pourquoi devrions-nous baser nos décisions sur ce qui peut arriver dans quatre mois ?

— D'après toi, nous pourrions aussi mourir ?

— Exactement.

Ben fit une pause, puis il chuchota :

— J'ai rêvé de toi.

— Quand ? demanda Travis en souriant.

— La nuit que David a passée ici. C'était le matin. J'ai rêvé de toi. Tu étais dans mon lit, avec moi. Et j'ai revécu dans ma tête notre baiser dans la rue, encore et encore. Travis, je veux coucher avec toi. Il y a cinq très bonnes raisons qui font que nous ne devrions pas, je sais, mais j'en ai quand même terriblement envie.

Travis le regarda droit dans les yeux.

— Je comprends. Et je suis comme toi.

— Je ne veux pas que tu aies des doutes.

— Je suis un grand garçon, Ben. Je sais ce que je fais. J'avais peut-être des doutes il y a un mois, mais plus maintenant.

Ils se regardèrent.

— Si nous le faisons, ce sera ta première fois avec un mec.

Travis ne perdit pas son sourire. Ben vit même une lueur nouvelle dans ses yeux.

— Ce qui m'excite, c'est que ce sera ma première fois avec *toi*.

— Tu es sûr de toi ?

Travis se redressa.

— Ouaip. Certain.

Ben se releva et attendit que Travis s'approche de lui.

— Plus de chambre d'ami, alors ? reprit le jeune homme.

Ben rit. Lui prenant la main, il l'entraîna jusqu'à sa chambre et referma la porte. Les deux hommes s'assirent sur le lit, côte à côte.

— J'espère que les garçons ne vont pas débarquer à l'improviste. Ils respectent ton intimité?

— À ton avis? répondit Ben.

Travis enleva ses bottes avec un sourire.

— J'ai été debout toute la journée. J'aimerais bien un petit massage.

— Espèce d'andouille! plaisanta Ben.

D'un bond, Travis se déplaça sur le lit pour se mettre derrière Ben. Il plaqua sa poitrine à son dos et enroula les jambes autour de sa taille, posant les pieds sur ses genoux. Ben se pencha pour lui ôter ses chaussettes blanches, révélant peu à peu ses plantes cambrées – le paradis, pour lui. Il caressa et frotta ses pieds, appréciant leur perfection sous ses doigts. Repoussant Travis, Ben le fit tomber sur le dos et s'étendit sur lui, face à face, avec toujours ses jambes enroulées autour de la taille. Ben se pencha pour l'embrasser, pressant leurs deux corps ensemble sur toute leur longueur. Travis lui noua les bras autour du cou.

— Tu embrasses bien, déclara-t-il.

— Merci. Toi aussi.

— J'aime le contact rugueux de ta barbe. Mais nous sommes bien trop habillés.

Il se mit à tirer sur la chemise de Ben. Tous deux se levèrent et firent voler en même temps leurs vêtements. Quelques secondes plus tard, ils étaient nus l'un devant l'autre dans la chambre.

Travis fixait le sexe érigé de Ben

— Nom d'un pétard! déclara-t-il. Il est drôlement gros.

Ben prit la queue de Travis dans la main pour l'évaluer. Dix-huit centimètres, avec des veines bleues apparentes qui couraient sous la peau pâle. Travis gémit lorsque Ben passa le pouce à travers sa douce toison pubienne, du même roux que ses cheveux, puis soupesa dans sa paume les bourses lisses. Travis écarquilla les yeux en voyant le sexe de Ben atteindre sa pleine érection et pointer vers lui.

— Vas-y, ordonna Ben. Touche. Je veux que tu le fasses.

D'abord, Travis hésita, puis il tendit une main déterminée et referma les doigts à la base du sexe rigide, avant d'effectuer un lent mouvement de va-et-vient. Parfois, il serrait sa prise, mais parfois, il laissait juste ses doigts effleurer et titiller le membre frémissant.

— Qu'en penses-tu? demanda Ben.

Travis sourit, puis se mit à rire.

— C'est bandant!

Ben tomba à genoux. Il regarda Travis, puis la queue qui pulsait en face de lui. Il y posa la bouche et l'engloutit pour une pipe en gorge profonde, ayant assez d'expérience pour se savoir doué en la matière. Mais d'abord… Il saisit les mains de Travis et les positionna sur sa nuque, l'encourageant à être brutal. Lorsque Travis résista, Ben s'écarta, lâchant son sexe, pour le regarder sévèrement.

— Je suis solide. Le sexe gay peut être plus…

— Non, c'est pas ça. Mais si tu continues à me sucer, je vais jouir trop vite, et j'aimerais en profiter plus longtemps.

— Ah.

Ben se releva pour prendre Travis dans ses bras et l'embrasser.

— Allonge-toi, décida-t-il.

— Sur le ventre ?

— Comme tu le sens. Sur le ventre, sur le dos, sur le côté, c'est comme tu veux.

Travis se coucha sur le ventre. Il sourit et remua les fesses.

— Je sais ce qui t'intéresse, ricana-t-il. C'est mon cul, pas vrai ?

Ben baissa les yeux sur le spectacle que lui offrait Travis. Il en eut le souffle coupé. Son corps pâle était exactement comme dans son rêve, sculpté dans le marbre. Il se pencha et caressa le dos souple jusqu'aux fesses bombées qu'il écarta à deux mains, révélant l'anus vierge qui l'attendait, tout plissé et palpitant. Ben se rua dessus et l'attaqua de sa langue, sans retenue, avec une faim féroce. Travis réagit comme s'il comprenait son désir. Sans glapir ou chercher à s'écarter, il se pressa davantage contre lui, s'offrant à ses assauts et lui donnant meilleur accès pour y enfoncer plus profondément sa langue. Ben leva une main et colla une claque violente sur une des fesses d'albâtre, imprimant la marque rouge de ses cinq doigts. Travis se cambra encore plus.

Ils continuèrent leurs préliminaires plusieurs minutes, puis Travis se dégagea et roula sur le dos. Il leva les jambes en l'air et agita les pieds au visage de Ben. Celui-ci s'en empara et goûta chaque orteil. Satisfaire son fétichisme déchaîna son désir.

Il ouvrit le tiroir de la table de nuit, en sortit des préservatifs et du lubrifiant, et les jeta sur le lit. Travis changea d'expression et redevint inquiet, Ben le remarqua.

— Alors, chuchota Travis. Nous y voilà.

— Nous y voilà. Sauf si tu as changé d'avis.

98

— Non-on, c'est bon. Je veux savoir ce que c'est. Je ne veux plus être lâche.

— Tu es sûr?

Travis rejeta la tête en arrière avec un rire nerveux.

— Merde, oui, je suis sûr!

Ben enfila un préservatif en réfléchissant au meilleur moyen de procéder. Il pouvait installer Travis à califourchon sur lui, mais il devrait alors le contrôler. Il voulait regarder son amant dans les yeux et l'embrasser au moment de le prendre. Alors, il écarta les jambes de Travis et, lui relevant un genou, se positionna au milieu. Il ondula des hanches et plaça son gland contre l'anus découvert.

— Je suis le premier homme à te baiser? insista-t-il. C'est vrai?

— Oui.

— C'est jouissif.

Ben poussa un peu et sentit l'anneau de muscles résister, alors il s'écarta. Il se mit à embrasser Travis, léchant et mordillant ses lèvres pour le détendre et lui faire oublier qu'il frottait doucement sa queue contre le trou serré. Enfin, il pénétra un peu, Travis étouffa un cri.

— Ne bouge pas, ordonna Ben.

Travis se figea, mais il resserra l'étreinte de ses bras autour du cou de Ben.

— Ça fait mal! se plaignit-il.

— Compte jusqu'à huit.

— Pourquoi huit?

— Je ne sais pas, mais ça fonctionne toujours.

Travis se mit à compter :

— … cinq, six, sept, huit.

— Maintenant, embrasse-moi, demanda Ben.

Travis l'embrassa à pleine bouche, accroché à lui comme s'il se noyait. Dès que Ben sentit le corps de son amant se détendre, il en profita pour accentuer son invasion à un rythme si lent que c'en était une vraie torture.

— Tu as toujours mal?

— Non-on.

— Tu vois? Je te l'avais dit.

— Huit secondes, marmonna Travis.

— Et alors?

— Huit secondes. C'est le temps qu'un champion de rodéo doit rester sur un taureau. Pour valider sa qualification.

Travis frottait la nuque de Ben et passait les doigts dans ses cheveux. Ben l'embrassa encore, conscient que sa pénétration devenait plus facile.

— Travis ?

— Ouais ?

— Ça y est. J'y suis. Jusqu'à la garde.

Choqué, Travis prit une profonde inspiration. Ben le fit s'asseoir de façon à ce qu'ils se retrouvent « à l'indienne », face à face, sa queue bien imbriquée dans le cul de Travis.

— Mets les bras autour de mon cou, ordonna-t-il.

— Je ne suis pas trop lourd ?

Ben rit.

— Non. Je te tiens et je te garde. Crois-moi.

Travis obtempéra et plaça les bras autour du cou de Ben avant de recommencer à l'embrasser. Ils restèrent un moment ainsi, en lotus, à s'embrasser doucement, tout frissonnants de plaisir. De temps à autre, Travis bougeait les fesses sur Ben, pour mieux s'accoutumer à la sensation de son sexe en lui, ou bien il se soulevait et regardait le membre qui l'empalait. Ben recula un peu pour mieux le dévisager. À sa grande surprise, il vit les yeux de Travis se révulser et rouler en arrière, dans son crâne.

— C'est bon ? demanda-t-il.

— Nom d'un pétard, c'est divin, gémit Travis. Je n'aurais jamais cru que ce soit possible. C'est parfait.

Ben étira les jambes et fit rouler Travis sur le dos. Sans cesser de l'embrasser, il fit coulisser sa queue en lui, se retirant presque entièrement de l'étroit fourreau, avant d'y replonger lentement. Pantelant, Travis se cambra et souleva les jambes pour mieux s'offrir. Ben répéta son mouvement, encore et encore, de plus en plus fort, de plus en plus vite. Il se mit à lui pilonner le cul à un rythme régulier et profond. Puis il changea sa cadence, des petits coups secs et rapides, presque inexistants, en n'utilisant que le premier tiers de son sexe, mais en accéléré.

— Qu'est-ce que tu fais ? gémit Travis.

— Je détends ton trou du cul.

— Tu te fous de moi ? Allumeur ! À mon avis, tu me tortures… délibérément.

— Ça marche ?

— Merde! Ouais, ça marche. Baise-moi, caïd, baise-moi pour de bon. Baise-moi à fond.

En réponse, Ben s'enfonça profondément, puis il se déchaîna, laissant libre cours à sa passion, augmentant son rythme à chaque poussée. Le lit tremblait sous ses coups de boutoir. Travis resserra les bras autour de son cou, le souffle de plus en plus pantelant.

— Ben? Je crois que…

— Qu'est-ce qui ne va pas?

— Rien. Ne t'arrête surtout pas. Baise-moi. Mais je crois que je vais jouir.

Ben ne répondit pas, mais il martela Travis plus fort encore, éperonné par le grondement sourd qui sortait de la gorge de son amant. Il se pencha et lui dévora la bouche, buvant ses cris sur ses lèvres. Quand il le sentit se raidir, il sut ce qu'il devait faire. Il ralentit sa cadence, mais augmenta la puissance de sa pénétration, donnant à Travis l'impulsion qui le fit basculer. Celui-ci rejeta sa tête en arrière et poussa un long cri inarticulé.

— Merde. Oh putain! Que c'est… oh putain!

Son sperme commença à jaillir, en saccades qui se déversèrent entre leurs deux corps plaqués l'un à l'autre. La sensation chaude et collante déclencha l'orgasme de Ben. Redressé sur ses bras tendus, il se vida dans l'intimité de Travis, à longs jets pulsatiles qui le secouèrent des pieds à la tête. Puis il baissa la tête et fixa Travis dans les yeux.

Ce dernier lui prit la tête et l'attira vers lui pour chuchoter à son oreille :

— Mon cul t'appartient.

Ben craignit de se mettre à pleurer. Il se reprit et s'effondra sur Travis, laissant toute la tension accumulée disparaître par chacun de ses pores. Il venait de vivre les ébats sexuels les plus intenses de sa vie. Cet orgasme mutuel et révélateur, combiné avec ce qu'il éprouvait déjà envers Travis, créait en lui une émotion entièrement nouvelle. Était-ce ce qui lui avait toujours manqué jusqu'à ce jour?

Au bout d'un moment, Ben roula sur le dos, à côté de son amant.

— Je ne savais même pas que c'était possible! souffla Travis.

— De quoi parles-tu?

— De jouir sans même me toucher. Je n'ai rien pu contrôler. Est-ce que c'est toujours comme ça, dis-moi?

— Je ne sais pas, répondit Ben en riant. Je l'ai vu faire, mais c'est rare. Peut-être que pour toi, ce sera toujours comme ça. Qui sait?

— Zut, je suis mal barré, alors.

— Pourquoi ?

Travis secoua la tête.

— Non. Je préfère fermer mon clapet.

Il roula sur lui-même et s'étendit sur Ben.

— Tu as des regrets ? chuchota-t-il.

Ben sursauta.

— Tu plaisantes ? Absolument pas. Et toi ?

— Non-on. Mais maintenant, j'ai faim. Je t'échangerais bien contre une pizza.

— Ah, c'est bien masculin, déclara Ben. Tu veux faire un brin de toilette ?

— Non. J'aime l'odeur.

— Bonne réponse. Allons à la cuisine, tu trouveras bien un truc à nous faire à manger.

Mais alors, ils recommencèrent à s'embrasser et oublièrent tout le reste. Quand ils durent se séparer pour respirer, ils eurent le même sourire béat, suivi d'un fou rire en se regardant.

— Quoi ? demanda Ben, gaiement.

— Je passe la nuit avec toi ?

— Ça me plairait beaucoup.

— Tu as d'autres préservatifs ?

— Bien sûr ! Une boîte entière !

Ben se leva et récupéra leurs caleçons qui traînaient par terre. Il jeta son boxer à Travis, qui l'enfila, les deux jambes en l'air. Ben secoua la tête et déclara, d'un ton faussement sérieux :

— Fais quand même attention à ce que tu réclames.

— Pourquoi ?

Ben mit son boxer et ouvrit la porte de la chambre, se dirigeant vers la cuisine, avant de répondre :

— À cause d'un ancien proverbe chinois : *qui se fait baiser toute la nuit se réveille avec très mal au cul.*

Travis, qui le suivait, éclata de rire.

— Tant pis ! Maman disait toujours : *si ce que tu fais ne te laisse pas des crampes, c'est que tu ne l'as pas fait à fond.*

XI

QUAND BEN se réveilla le lendemain matin, il crut qu'il rêvait à nouveau de Travis. Après tout, il l'avait dans les bras, exactement comme il l'avait imaginé quelques jours plus tôt. Il sentit alors son amant presser les fesses contre son érection matinale et récupéra vite un autre préservatif sur sa table de nuit. Peu après, il pénétrait Travis. Tous deux gémirent ensemble.

— J'adore ça, déclara Travis.

Ce n'était pas un rêve.

— Bonjour, murmura Ben.

— Quelle heure est-il?

Ben regarda le réveil.

— Sept heures, passées de deux minutes.

— Tes frères se réveillent quand?

— Cade se lève le premier. Nous disposons d'environ une heure.

— Ils ne vont plus à l'église?

— Non. Mais ils en ont décidé d'eux-mêmes.

Tout en parlant, il continuait à baiser doucement Travis.

— Tu vas leur parler de nous?

Ben n'y avait pas vraiment réfléchi. Le cul de Travis l'avait obnubilé toute la nuit.

— Que voudrais-tu leur dire?

Travis grogna et passa la main derrière lui pour s'accrocher à ses fesses, l'attirant plus profondément en lui.

— Tu es parfois exaspérant, tu le savais? Tu réponds toujours à une question par une autre question. Tu le fais exprès?

— Oui. On nous apprend ça à l'école de droit.

— Eh ben, c'est sacrément énervant.

Quand Ben tenta de s'écarter, Travis l'en empêcha fermement.

— Oh, non, pas question, protesta-t-il. Maintenant que tu as commencé, termine. Je ne t'en veux pas. Je n'ai pas l'intention de te demander de changer qui tu es. C'est juste… parfois, j'ai envie de te frapper un grand coup.

Ben sourit et lui embrassa la nuque.

— Quand même, reprit Travis, que pourrions-nous leur dire ?

Ben n'eut pas besoin de réfléchir longtemps.

— La vérité.

— Quelle vérité ? Tu es prêt à DNR ?

— C'est quoi DNR ?

— Définir Notre Relation.

Avec un ricanement, Ben l'empala davantage.

— Non, je n'y suis pas prêt. Et si nous gardions le secret, pour le moment ?

Pendant quelques secondes, Travis ne répondit pas, puis il dit :

— D'accord. Pour le moment.

Donc, au cours des deux semaines suivantes, Ben et Travis couchèrent en secret. Comme ils avaient du mal à ne pas se jeter l'un sur l'autre, ils profitaient de chaque occasion. Travis s'arrêtait tous les jours pour déjeuner chez les Walsh. Dans la soirée, les deux hommes attendaient que les frères aillent au lit, puis se remettaient à baiser. Au réveil, Travis, avant de se glisser hors de la chambre, posait un préservatif sur la queue de Ben et le chevauchait à peine les yeux ouverts. Ils baisaient à la moindre opportunité, sans même perdre du temps pour une pipe ou autres préliminaires. Travis voulait du sexe en permanence – tant qu'il s'agissait d'avoir la queue de Ben en lui. Par contre, une fois imbriqués l'un dans l'autre, ils exploraient toutes les positions et tous les changements de rythme. Dès que Ben tentait de se retirer, Travis protestait d'un ton geignard. Et Ben devait admettre qu'une telle addiction l'excitait, surtout que Travis était prêt à baiser pendant des heures. Il leur arrivait souvent d'avoir de vraies conversations tout en s'activant à une cadence lascive et paresseuse. D'autres fois, ils baisaient sauvagement, comme des chiens en rut, une image d'autant plus vraie que Travis avait une prédilection pour la position de la levrette, à quatre pattes, le cul en l'air. Quand Ben voulait le faire jouir, il n'avait qu'à changer l'angle de sa pénétration et très vite, son amant éjaculait dans un cri d'extase.

Enfin, un vendredi matin, qui se trouvait être aussi la Saint-Valentin, Travis refusa de quitter la chambre. Il se blottit dans les bras de Ben et frotta le nez dans le creux de son cou.

— Je veux tout avouer. J'en ai marre de devoir filer en cachette avant que tes frères se réveillent. Ça suffit. C'est la Saint Valentin. Ce serait sympa de prendre le petit déjeuner tous ensemble, non ? Nous devons leur dire ce qui se passe entre nous.

Ben en convint.

— D'accord. Reste pour le petit déjeuner et nous leur parlerons ensemble. Mieux encore, prépare le petit déjeuner et nous leur parlerons. Tout passera mieux avec des pancakes.

La conversation se déroula comme prévu. Sans tourner autour du pot, Ben annonça simplement que dorénavant, Travis passerait ses nuits avec lui, dans sa chambre. Ne voulant pas décider seul de la durée de cet arrangement, il jeta à son amant désormais officiel un regard furtif, mais celui-ci souriait gaiement sans paraître inquiet.

Bien entendu, Quentin ne sembla pas surpris de la nouvelle. Avec un soupir, Ben posa cinq billets de vingt dollars sur la table et les poussa vers lui. Quentin les prit et les fourra dans sa poche.

— Merci, déclara-t-il. Tant mieux pour vous, les tourtereaux. Bienvenue dans la famille, Trav. Une fois de plus.

— C'est quoi, cet argent ? s'étonna Travis.

— Je t'expliquerai plus tard, déclara Ben.

Cade n'arrivait pas à comprendre comment, après avoir toute sa vie apprécié les filles, on pouvait tout d'un coup s'intéresser aux garçons. Ben lui affirma qu'il se posait la même question. Travis tenta de se justifier :

— La vie est pleine de surprises. On découvre parfois une vérité évidente, même sans savoir comment l'expliquer.

— Quand même, c'est bizarre, déclara Cade. Cette maison devient super gay. Mais si vous êtes tous les deux heureux, alors ça me suffit. Je crois.

Jason n'eut pas grand-chose à dire. Ben savait qu'il lui faudrait prendre son cadet entre quatre yeux. Mais pas aujourd'hui. Il allait procrastiner – *encore !* – parce qu'il projetait de fêter la Saint Valentin, et sa première sortie officielle avec Travis, et il lui restait quelques détails à régler. Donc, après avoir déposé ses frères à l'école, Travis étant parti au travail, Ben s'assit au salon, devant le piano de sa mère. À Austin, l'Association artistique avait installé des pianos un peu partout au centre-ville. L'un d'eux se trouvait sur le pont Lamar, réservé aux piétons. Ben, qui avait pris des cours de musique à l'école secondaire, était capable de jouer quelques accords. En feuilletant les livrets musicaux de sa mère, qu'elle gardait sous le couvercle du banc de piano, il trouva un classique de Rodgers et Hart : *My Funny Valentine*.

105

Parfait. Il s'entraîna un moment, simplifiant les accords pour les adapter à son niveau.

Puisque ses frères avaient d'autres projets pour le dîner de la Saint Valentin, Ben commanda des plats à emporter qu'il comptait manger à la maison avec Travis. Il savait désormais que rien ne faisait plus plaisir à son amant qu'une assiette de rôti de bœuf et de saucisson.

Quand Travis revint du boulot, Ben le conduisit dans la cour où il avait installé le couvert sur la petite table entre les deux chaises de jardin.

— Qu'as-tu manigancé, Obi-Wan ?

— Je pensais que nous pourrions dîner ici de façon romantique. Pour célébrer notre coming-out. Devant mes frères.

— Nom d'un pétard ! J'ai encore du mal à y croire.

— Tu as dit que tu le voulais, répondit Ben, en souriant. Plus de cachotteries. Donc, nous y voilà.

Travis lui jeta les bras autour du cou et l'embrassa.

— Nous y voilà, répéta-t-il. Tu as pris du rôti *et* du saucisson ?

— C'est la Saint Valentin, Travis. Bien sûr que j'ai pris les deux.

Ils s'assirent pour manger. Ben avait aussi prévu deux bouteilles de bière Shiner Bock, chacun leva la sienne pour porter un toast à leur soirée. Travis dévora tout ce que contenait son assiette, y compris les haricots épicés, la salade de pommes de terre mayonnaise (qui, au Texas, était tout à fait différente de la salade de pommes de terre moutarde qu'on servait à Manhattan), les cornichons et oignons, le tout accompagné de plusieurs tranches de pain blanc.

— Tu devrais passer au garage, suggéra Travis entre deux bouchées.

— Tu es sûr d'être prêt à un autre coming-out ?

— Eh ben, disons dans une semaine ou deux. Il faut d'abord que je l'annonce aux autres gars.

— Et si nous allions en ville ce soir, faire une promenade au bord du lac ? La nuit est si belle.

— Dis-moi, voilà qui me paraît être un sacré pas en avant.

— Et alors ? Si je sors avec toi, je tiens à parader à ton bras.

Travis rougit.

— Franchement, Ben. Tu es incroyable.

APRÈS LE dîner, Ben emmena donc Travis au centre-ville dans le pick-up de son père, qu'il gara dans un parking près de la 7e rue.

106

— Marchons vers la rive, suggéra-t-il. Mais d'abord, arrêtons-nous chez Whole Foods pour leur acheter des fraises enrobées de chocolat. C'est un cliché que je ne veux pas manquer ce soir.

Une fois leur dessert fini, Ben dirigea Travis vers le pont Lamar.

— Je peux te tenir la main ? demanda-t-il.

Travis rit.

— Ça ne risque rien, tu crois ?

— Non. Austin n'est pas homophobe. C'est une chance.

— Je sais. J'ai souvent vu des garçons marcher en ville main dans la main.

Il prit une profonde inspiration avant d'ajouter :

— D'accord, tu peux me tenir la main.

Avec un sourire jusqu'aux oreilles, Ben se pencha et noua ses doigts à ceux de Travis. Il savait que les gens les regardaient, mais cela faisait partie de son plan. En atteignant le pont, il repéra le piano et poussa un soupir de soulagement en le voyant inoccupé.

— Regarde, dit-il, le doigt pointé.

— Quoi ? répondit Travis. Il y a des chauves-souris ?

— Désolé, Atwood. Mais les chauves-souris ne volent qu'en été. Non, je parlais du piano là-bas. Tu le vois ?

— Ouais, et alors ?

— Je me demande à quoi il sert.

Il s'arrêta pour interpeller une jeune femme qui se tenait près la balustrade avec son amoureux.

— Excusez-moi. Sauriez-vous pourquoi il y a un piano sur le pont ?

— Ils en ont mis un peu partout au centre-ville, répondit l'homme pour sa compagne. Les gens n'ont qu'à s'asseoir pour jouer.

— Excellente idée. Merci.

Il s'éloigna du couple, entraînant Travis par la main.

— Tu sais jouer ? demanda Ben.

— Non-on ! protesta Travis en riant. Ma mère n'aurait jamais dépensé son argent durement gagné pour les leçons de musique. Et toi, tu joues ?

Ben haussa les épaules.

— Allons le vérifier.

Il s'assit sur le banc de piano et vérifia la justesse des touches. Puis il entonna *My Funny Valentine*.

— Qu'est-ce que tu fais, Obi-Wan ?

107

Les badauds s'arrêtaient déjà pour écouter. Très à l'aise, Ben s'adressa à la foule assemblée sans cesser de jouer :

— Mesdames et messieurs, annonça-t-il, à pleine voix. Mon nom est Ben et voici Travis, mon compagnon.

Plusieurs *Bonsoir, Ben* ou *Salut, Travis* lui répondirent.

Ben continua :

— C'est une première pour Travis, il n'est encore jamais sorti avec un homme. Ce qui signifie que moi, aujourd'hui, j'ai gagné le gros lot.

— Bienvenue au club, Travis ! cria un jeune, un peu à l'écart de la foule.

— Merci, répondit Travis, devenu écarlate.

Ben commença à chanter :

— *My Funny Valentine…*

Travis se redressa de toute sa taille et écouta, à la fois émerveillé et rayonnant de fierté et de bonheur.

— *Mais ne change rien pour moi…* fredonnait Ben.

Plusieurs personnes sortirent leurs téléphones portables, prirent des photos et/ou se mirent à *tweeter* l'événement. Ben termina vaillamment sa chanson en plaquant la dernière note. Il marqua une pause théâtrale et soudain, il demanda à haute et intelligible voix :

— Travis, veux-tu être mon Valentin ?

Travis regarda la foule autour de lui.

— Eh ben, je ne peux pas te mettre la honte en public, pas vrai ? Alors, je crois que la réponse est oui.

Sous les applaudissements, Ben se leva pour lui planter un gros baiser sur la bouche.

Dimanche soir, Ben décida qu'il était temps de parler à Jason. Il abandonna Quentin et Cade aux bons soins de Travis et emmena son cadet au grill de Hyde Park pour dîner.

Une fois assis, il demanda :

— Comment ça se passe pour toi ?

Un serveur posa deux verres d'eau sur leur table avant de s'éloigner. Jason haussa les épaules.

— Bien, je suppose.

— Quentin m'a tout expliqué. Le garçon dans ta chambre. Désolé d'avoir mis aussi longtemps à t'en parler.

108

Jason resta un moment silencieux, puis il demanda :

— Tu es en colère ?

— Non, bien sûr, et je ne compte pas te punir.

Un jeune homme s'approcha de la table et se présenta comme étant Joe.

— Vous voulez boire quelque chose ? demanda-t-il.

— Pour moi, un Dr Pepper, répondit Ben.

— Pareil, dit Jason. Et pour commencer, je voudrais des frites HP, s'il vous plaît. Avec plein de sauce.

— Pas de problème. Ça arrive tout de suite.

Joe s'éloigna. Jason prit une gorgée de son eau.

— Ce n'est pas moi, tu sais.

— Que veux-tu dire ?

— Ce n'est pas moi qui ai commencé, c'est lui qui m'a embrassé.

— Et tu crois que c'est important ?

Jason haussa les épaules. Sans répondre.

— Qui est ce garçon ? insista Ben.

— Jake McAlister. Il est au lycée, en première année.

— Tu es plus âgé que lui. Comment l'as-tu rencontré ?

— Au rassemblement des jeunes LGBT.

— Tu y es allé ? Tout seul ?

— Bien sûr, pourquoi pas ? Je n'ai pas encore l'âge de me pointer chez Oilcan Harry [6].

— Et tu l'as revu depuis ?

— Non, pas vraiment. Maman a vraiment flippé et Jake a eu la trouille, vu que sa mère n'a aucun problème avec… Peu importe. Il m'a envoyé un ou deux textos et je l'ai revu au rassemblement de Noël, mais il n'avait rien à me dire. Juste « hé, comment ça va ? ». Des trucs nuls.

— Il est mignon ?

Jason rougit.

— Adorable – avec un A majuscule. Un vrai Justin.

— Pardon ? Qui est Justin ?

— Personne, c'est juste les filles de l'école qui disent ça d'un gars mignon.

— Comme Justin Timberlake ?

— Non, comme Justin Bieber.

---

6 Célèbre boîte de nuit d'Austin (NdT)

Ben secoua la tête et se mit à rire. Joe revint avec leurs boissons et les frites de Jason. Les Hyde Park étaient une légende locale, moelleuses à souhait et servies avec une sauce tartare maison. Dès que Joe posa l'assiette au milieu de la table, Ben en picora une. Il avait oublié à quel point elles étaient délicieuses.

— Dis donc, Colin et toi avez paru bien vous entendre.

Jason croquait ses frites, les yeux brillants.

— Mince, j'ai enfin trouvé un oncle qui me plaît.

— Un oncle ?

— Il m'a demandé de l'appeler oncle Colin. Tu es d'accord ? Tu savais que sa famille a un yacht ?

— Oui, j'y suis déjà monté. Et tu iras aussi, un jour.

— C'est vrai ?

— Bien sûr. Quand nous serons à New York, je parie que tu recevras très vite une invitation.

Ben prit une autre frite.

— Et Travis ? demanda Jason.

— Quoi Travis ? s'étonna Ben.

Jason parut perplexe.

— Je croyais que c'était ton partenaire maintenant.

— Je… Je ne sais pas ce que nous sommes exactement. Mais partenaires, non. Pas encore.

— Il m'a raconté ce que tu as fait sur le pont. Tu es incroyable, Ben. Mais si tu imagines qu'il n'est pas ton partenaire, eh bien… tu ferais mieux de DTR.

— Nous ne sommes pas prêts à DNR, merci quand même.

— Nous irons à New York sans lui ?

Ben baissa les yeux sur le menu.

— Voyons ce qu'il y a de bon…

Jason mâchonnait toujours ses frites. Il comprit que son frère désirait changer de sujet.

— As-tu pensé à me téléphoner ? demanda Ben.

— Quand ?

— Quand les parents t'ont découvert en train d'embrasser un garçon. Pourquoi ne m'as-tu pas appelé ?

À son tour, Jason regarda son menu.

— Je l'ai fait.

— Quoi ?

— Je t'ai appelé. Tu as dit que tu étais au milieu d'une déposition et que tu me rappellerais.

Ben en resta stupéfait. Il se souvenait de cet appel à présent.

— Et je ne l'ai jamais fait.

Jason secoua la tête.

— Non.

— Je suis désolé.

Jason hocha la tête.

— C'est pas grave.

— Si, c'est inadmissible. Je n'arrive pas à comprendre la façon dont je me suis comporté ces dernières années. J'aurais dû t'épauler.

— Maintenant, tu es là. Pourquoi n'irions-nous pas là-bas aux vacances de printemps ?

— À New York ?

— Ouais. Avec Travis. Connaître la ville lui donnera peut-être envie de déménager avec nous.

Ben réfléchit.

— Ce n'est pas une mauvaise idée. Colin ne s'est pas trompé à ton sujet. Tu es brillant.

EN RENTRANT à la maison, Ben annonça à Travis qu'il devait appeler Colin de toute urgence. Il passa dans sa chambre et ferma la porte. Dès que Colin décrocha, Ben annonça :

— Ça y est.

— *Quoi ?*

— Travis et moi. Nous baisons comme des Mormons.

— *Depuis quand ?*

— Environ deux semaines.

— *Bon Dieu. Qu'est-ce qui te prend, Walsh ? Je pensais que tu ne touchais pas aux hétéros.*

— Je passe mon temps à violer mes propres règles. D'ailleurs, il ne ressemble pas tellement à un hétéro avec ma queue dans le cul. Je l'ai dans la peau, Colin. Je ne peux plus m'en passer.

— *Eh bien, je ne peux pas dire que j'en suis surpris. Je l'ai vu venir de loin.*

— Nous avons eu notre première sortie officielle pour la Saint Valentin. Que dirais-tu si je l'amenais avec moi à New York ? En même

111

temps que mes frères ? J'aimerais leur faire visiter la ville aux vacances de printemps.

— *Bon sang, Ben, tu es accro. Tu veux emménager avec lui ?*

— Je n'ai pas dit ça.

— *Inutile de t'en défendre. À mon avis, tu as la tête dans le cul, pardonne-moi l'expression. Mais tu sais bien que je suis avec toi, quoi que tu fasses.*

— Tu n'aimes pas Travis ?

— *Si, il est sympa, mais je ne vois pas pourquoi tu cherches à transformer une petite aventure provinciale en relation à long terme. Une transplantation aussi radiale ne prend jamais. Au final, il finira juste par t'en vouloir.*

— Je ne compte pas l'emmener de force. D'ailleurs, je ne lui en ai même pas encore parlé. Je compte juste lui proposer un court séjour et laisser agir le charme new-yorkais. Il décidera tout seul de ce qu'il veut faire. Je ne vois pas pourquoi je ne lui montrerais pas différentes options !

— *Bien sûr. Mais que feras-tu s'il ne réagit pas comme tu l'espères ?*

— Je verrai bien à ce moment-là.

— *C'est une façon de procéder que je déteste. Je suis un fervent partisan du concept de la planification. Au fait, j'ai reçu un texto de Jason pendant votre dîner ensemble. Il m'a dit que tu lui avais infligé « le sermon du paternel ». Tu as pris le temps !*

— Ce Jake McAlister paraît être le gars idéal.

— *Je trouve que c'est un sale con. Il n'a plus adressé la parole à Jason après s'être fait jeter par ta mère.*

— Il n'a que quinze ans. Et si tu avais déjà vu ma mère en colère, tu ne pourrais en vouloir à ce gamin. D'ailleurs, je pensais que tu n'étais rien censé me dire des confidences de mon frère.

— *Oups. Revenons-en à Travis. Comment est-il au lit ?*

Ben ne put cacher son excitation.

— Admirable – avec un A majuscule.

Plus tard, cette même nuit, après des ébats torrides, Travis se pelotonna dans les bras de Ben et lui chatouilla les flancs

— Tu veux que je te chante une chanson ? plaisanta-t-il.

— Tu sais chanter ?

Travis se racla la gorge et entonna *Ben*, la chanson de Michael Jackson. Il avait une claire voix de ténor, pas tout à fait juste.

Ben l'interrompit pour demander :

— Tu sais que le Ben en question est un rat ?

— Tu te fiches de moi ?

— Absolument pas. Au fait, au resto, ce soir, Jason a eu une idée.

— Ah oui ? Laquelle ?

— Il voudrait que nous allions tous visiter New York pendant les vacances de printemps. Qu'est-ce que tu en penses ? J'aimerais te montrer où j'habite.

Travis ne répondit pas.

— Qu'est-ce qui ne va pas ? s'étonna Ben.

— Rien. Tout. Tu veux une période d'essai, c'est ça ? Ça me paraît dingue d'y penser, mais est-ce que tu envisages que je déménage à New York avec *vouzautres* ?

— Je t'invite juste à venir visiter New York avec nous. Sans arrière-pensée. Travis, allez ! Tu vois bien qu'il y a plus que du sexe entre nous. C'est évident. Au moins, pour moi. Et si c'est pareil en mai, quand tous les meubles seront dans le camion, je serai sacrément triste de partir sans toi.

— Ouais, pareil pour moi.

— Dans ce cas, pourquoi ne pas y réfléchir ? Ce serait une façon d'avancer ensemble. Vers un avenir à deux.

— D'accord, d'accord. Je vais demander une semaine de congé. Mais je paierai mon billet et le reste. Je peux me le permettre, j'ai quelques économies.

— Garde-les. Nous serons hébergés chez les Mead, la famille de Colin.

— Je ne pense pas que ce soit une bonne idée.

— Arrête. Ils ne résisteront pas à ton charme.

— Je ne suis pas certain que l'élite new-yorkaise sera à mon égard aussi indulgente que toi.

— Foutaises, déclara Ben.

Il l'embrassa à pleine bouche avant d'ajouter :

— Tu seras ma petite Molly Brown.

— Qui diable est Molly Brown ?

— Kathy Bates dans *Titanic*.

Travis parut éberlué.

— Elle a vraiment existé ?

LE LENDEMAIN matin, Ben se réveilla avec de la fièvre, un mal de gorge, une migraine et des courbatures. Il avait la grippe, ce qui le mit au tapis. Trop occupé à l'automne, il avait oublié de se faire vacciner, contrairement aux autres membres de la maisonnée, qui eux, tenaient la forme. Ben dormit cinq jours d'affilée, à peine conscient que Travis le réveillait à intervalles réguliers pour lui faire ingurgiter de la soupe. Il réussissait à se lever tout seul pour aller à la salle de bain, mais il réclamait souvent de l'aide pour retourner dans son lit. Au bout de quelques jours, il perdit toute notion du temps, plongé dans des cauchemars enfiévrés où il réécrivait sa thèse de droit, encore et encore, dans sa tête. Il se demanda même s'il n'allait pas devoir aller se faire soigner à l'hôpital.

Une nuit, il se réveilla et consulta le réveil : 3 h 14. Il se tourna vers la fenêtre, la nuit était noire.

Ses draps étaient trempés, mais il avait l'esprit clair. Il était enfin débarrassé de sa fièvre. Il regarda autour de lui et ne vit pas Travis. Il se leva et passa dans la salle de bain où il enleva son tee-shirt pour se sécher avec une serviette. Il retourna dans sa chambre mettre un vêtement propre. Il entendit alors du bruit venant de la cuisine. *Travis, sans doute*, pensa-t-il. Qui d'autre y serait à cette heure de la nuit ? *Probablement malade d'inquiétude.*

Ben se dirigea vers la cuisine pour le rassurer sur son état de santé. Il s'attendait à voir son amant devant le fourneau.

— Hé, Trav, dit-il en ouvrant la porte. Je me sens…

Il se figea.

— Ben, je t'ai réveillé ? Je n'en avais certainement pas l'intention, mais puisque te voilà, prends un siège. Je prépare des *migas* [7] et je sais que tu adores ça.

Ben n'en croyait pas ses yeux. C'était impossible.

Parce que devant lui, occupé à trancher une tomate dans des œufs brouillés, il y avait son père.

---

7 Plat paysan espagnol utilisant du pain sec coupé en tranches, frotté à l'ail et frit à l'huile d'olive. (ndt)

XII

— Qu'est-ce qui se passe ? demanda Ben.

— Assois-toi, nous allons prendre le petit déjeuner ensemble.

— C'est le milieu de la nuit.

— Et alors ? Cela ne t'a jamais arrêté. Tu te rappelles quand tu étais petit et que tu n'arrivais pas à t'endormir ? Nous venions dans la cuisine tous les deux, te préparer un encas. Ensuite, tout allait très bien.

— Qu'est-ce que tu fais là, papa ? Tu es mort.

— La vie est pleine de surprises, répondit-il, en levant les mains dans un geste fataliste. Assieds-toi.

Ben prit place à la table de cuisine. Son père finit de battre sa préparation qu'il versa à la dernière minute sur le pain doré dans la poêle. Il éteignit ensuite le feu et prépara deux assiettes, qu'il saupoudra de cheddar râpé, et posa sur la table. Il retourna jusqu'au réfrigérateur pour prendre un pot de sauce salsa. Enfin, il s'assit et inhala l'arôme de son repas.

— Ah, que ça sent bon !

Il mit quelques cuillerées de sauce sur ses œufs tex-mex, puis en prit une bouchée.

— Vas-y, Ben. Mange.

Ben leva sa fourchette et goûta aux *migas*. Ils étaient délicieux. Il ajouta un peu de salsa et regarda son père, tout en mangeant.

— Qu'est-ce que tu fais là ? répéta-t-il.

— Je viens juste vérifier que tout va bien. Tu as pris une sacrée secousse, pas vrai, fils ?

— C'est vrai, papa. J'aimerais pouvoir dire que j'ai été le superhéros de la situation, arrivé in extremis pour sauver le monde, mais jusqu'à présent, je suis franchement nul. Et j'ai bien cru que j'allais devoir revenir au Texas, ce qui ne m'enchantait guère. C'est un euphémisme : j'étais furieux.

— Oui, je sais. Vide ton sac. Tu as toujours été un tantinet égoïste. Même enfant, tu ne voulais jamais partager tes jouets avec les autres. Je suppose que tu ne te souviens pas d'un de tes caprices au milieu du salon chez Julie ? Avec ton cousin Billy, vous vous disputiez un camion Tonka, pas moins. Mais, fils, peu importe que tu te sois mis en route à contrecœur, tu as bien agi. Tu as parfaitement le droit de râler et de te plaindre, tu sais. Tu es toujours là, c'est tout ce qui compte à mes yeux. Et tu n'es pas nul. Tant que tes frères survivent, tu t'en sors très bien, et la dernière fois que j'ai vérifié, ils respiraient encore, tous les trois. Tu n'as pas besoin d'être un superhéros.

— Tu te contentes de peu.

— Je ne serais pas vexé si tu te révèles un homme meilleur que je l'ai été.

— Je n'ai pas passé mon temps à râler et à me plaindre. J'aime mes frères. Je ne m'étais pas donné la peine de *vraiment* les connaître avant ce malheur. J'ignorais qu'ils étaient aussi intéressants. Bien sûr, Quentin n'est pas facile à gérer, mais je l'adore. Et j'aimerais protéger Jason. Quant à Cade… eh bien, c'est incroyable comme il te ressemble. Chaque jour, ça devient de plus en plus flagrant. Je suis sûr que Quentin le pense aussi. Je le surprends souvent qui regarde Cade avec l'air triste et nostalgique. C'est à lui que tu manqueras le plus, papa.

— À qui ? Cade ou Quentin ?

— Cade.

— Eh bien, c'est là que Travis entre en jeu.

Ben sourit.

— Travis fait partie de la famille à présent ?

— Fiston, la vie consiste plus ou moins à résoudre les problèmes au fur et à mesure qu'ils se présentent. Bien sûr, en tant que professeur d'anglais, j'ai étudié la philosophie, mais au final, ceux qui réussissent le mieux sont ceux qui sont capables de trouver une solution à chacun de leurs problèmes. Cade a d'autres centres d'intérêt que vous autres. C'est un problème. Si vous ne voyez pas en Travis une solution – et une partie de votre avenir –, c'est que vous n'êtes pas assez attentifs. Je vais te raconter une anecdote, 100 % authentique. Après avoir croisé Tarvis pour la première fois, sur le trottoir, je suis revenu dans cette cuisine et j'ai déclaré à ta mère : « *Grace, ce garçon serait parfait pour Ben.* » Elle m'a cru fou à lier et pourtant, regarde un peu comment les choses ont tourné. Quentin vous appelle déjà « *les tourtereaux* », non ?

— Tu n'as jamais vraiment accepté que je sois gay !

— Foutaises ! Je me fichais que tu sois gay. Toute la famille l'a accepté.

— Alors, pourquoi as-tu raconté toute ma vie à Travis, sauf ça ?

116

— Parce que *je savais* qu'il devait l'entendre de ta bouche. Tu as un problème d'estime de toi, fils, tu joues de ton homosexualité parce que tu crois que sinon, tu n'as rien d'intéressant ou d'original.

— Ce n'est pas...

— Ne le nie pas !

— ... vrai. La famille de maman ne l'accepte pas.

— P't-être bien qu'oui, p't-être ben qu'non. Tu veux un scoop ? Travis et toi seriez ensemble même si tu n'étais pas gay. Vous ne vous êtes pas trouvés par hasard, vous avez plus en commun que tu ne le réalises. Mais tu n'as rien d'un homme facile à vivre. Votre route sera pleine d'ornières. Un de ces jours, tu te demanderas si ça en vaut le...

Son père s'interrompit. Puis il secoua la tête et reprit :

— Ça suffit. Je ne dois rien dire de plus. Souviens-toi de mon conseil : cherche une solution à chacun de tes problèmes. Et si tu te perds en chemin, écoute Quentin.

— Quentin ?

— C'est un sage.

Sidéré, Ben regarda son père en clignant des yeux.

— Je ne sais pas vraiment quoi faire.

— C'est normal. J'étais dans le même cas.

— Tu étais un père génial.

— Nous savons tous les deux que j'ai commis des erreurs. Je n'ai jamais trouvé le temps de mettre des lumières de Noël sur la maison.

— Eh bien, je ne compte pas me plaindre de la façon dont j'ai été élevé. D'après Travis, tu as fait du bon boulot.

Après une brève pause, Ben enchaîna :

— J'ai quand même l'impression que j'attends, que ma vie recommence à avoir un sens. J'aimerais oublier ma colère. Je sais que tu es parti, même si je te parle, même si je suis assis là avec toi. Je l'ai accepté. Mais nos vies n'ont plus rien... de dynamique. Je ne sais pas si tu comprends ce que je veux dire ?

— Je vais te raconter une histoire. Il y a bien longtemps, lorsque j'étais enfant, mes parents nous emmenaient chaque été, Tommy et moi, en vacances dans leur maison du lac. C'était dans les années 70. J'avais treize ou quatorze ans. Mon père conduisait une Chevrolet Impala – un vrai bateau cette voiture ! La banquette arrière était si grande que mon frère et moi pouvions y dormir tous les deux allongés. Mon père avait construit un banc qui allait de l'arrière jusqu'aux sièges avant. Ma mère utilisait en guise de matelas les serviettes et les draps que nous apportions pour la location du chalet. Donc, durant les dix heures de trajet, nous restions à l'arrière. Tommy dormait tout le temps. Moi, beaucoup moins. Je préférais m'asseoir, les bras posés sur les dossiers des sièges avant, la tête entre maman et papa. J'aimais regarder mon père conduire. Il avait toujours la main droite à midi sur le volant et la gauche posée sur sa cuisse. Assez souvent, il ouvrait la main et la tournait à droite, comme pour la détendre, puis il la remettait en place. Il faisait ce geste toutes les dix minutes environ. Un vrai rituel.

— Tu ne lui as jamais demandé pourquoi ?

— Jamais. Je me contentais de regarder. C'était un secret que je partageais avec lui. Je savais qu'il devait y avoir une raison, même si j'ignorais laquelle. Je savais que c'était dans ses gènes – et donc aussi dans les miens. Ce mystère a perduré toute mon enfance. Lorsque j'ai eu seize ans, j'ai commencé à conduire. Nous avions toujours cette vieille Impala en deuxième voiture. D'après mon père, c'était ce qu'il me fallait pour me faire la main, puisque j'allais la cabosser de toute façon. Je n'étais pas autorisé à conduire la nouvelle voiture. Un jour, Maman et moi devions aller à Dallas pour les achats de la rentrée scolaire. Comme je voulais conduire, cela nous obligeait à prendre l'Impala. Maman n'était pas contente, mais elle a fini par céder. Nous étions sur l'I-35 et c'était mon plus long trajet de jeune conducteur sur autoroute. Je parlais avec ma mère tout en essayant de prêter attention aux panneaux de signalisation. Sans même m'en apercevoir, je me suis retrouvé avec la main droite à midi sur le volant et la gauche posée sur ma cuisse.

— Comme ton père.

Son père lui fit un clin d'œil.

— J'ai regardé le tableau de bord. Il s'agissait d'un de ces vieux modèles, où le compteur de vitesse est long d'au moins vingt-cinq centimètres. Pas ces tout petits cadrans qu'on voit aujourd'hui. C'était un grand panneau allant de zéro, à l'extrême gauche, jusqu'à 190 à l'extrême droite. Et au milieu, il y avait le 90, la vitesse autorisée à l'époque. Le gouvernement tentait de nous faire économiser l'essence. Moi, avec ma mère à mes côtés, je veillais à ne pas commettre d'infraction. Donc, je surveillais mon compteur. Et le tableau de bord. Mais je n'arrivais pas à voir l'aiguille du compteur à cause de ma main placée au milieu, là où se trouvait le 90. Pour résoudre mon dilemme, sans même y penser, sans même réaliser ce que je m'apprêtais à faire, j'ai ouvert la main en la tournant à droite, pour voir l'aiguille et m'assurer que je respectais bien la limitation, et…

Ben resta bouche bée.

— Comme ton père !

— Oui. À cet instant, j'ai compris. Pendant toutes ces années, je suis resté derrière lui, à le regarder conduire. Pendant toutes ces années, je me suis demandé pourquoi il écartait la main de son volant toutes les dix minutes. La réponse était simple. *C'était pour voir le compteur de vitesse.* Mais moi, depuis le siège arrière, je ne le voyais pas. Donc, de mon point de vue, je ne pouvais pas savoir.

— Tu lui en as parlé ?

— Bien sûr. Il a confirmé ma découverte. C'est bien ce qu'il avait fait tout au long et il me l'aurait dit plus tôt si je lui avais posé la question. Ce jour-là, mon père a perdu son mystère à mes yeux. Définitivement. C'était une réaction œdipienne, je crois. *Je voyais du même point de vue que lui.*

— Et c'est ce que je fais aussi ?

— Eh bien, tu n'en es pas encore là, mais quand cela t'arrivera, tu le sauras. Et c'est là que tu retrouveras cette dynamique dont tu m'as parlé.

— Hmm, murmura Ben. Je vois.

Son père ajouta plus de salsa à ses *migas*.

— Tu vas emmener les garçons à New York ?

— C'est ce que j'envisage. Qu'en penses-tu ?

— Qui va payer tous ces frais ?

— La famille de Colin.

— Et ça ne te pose aucun problème ?

— J'ai un travail là-bas, papa. Ma vie est là-bas. Les Mead sont disposés à m'aider et en ce moment, j'en ai bien besoin. J'ai trouvé une solution à un problème.

— D'accord. Mais tu ne crains pas que cette solution te crée des obligations ?

— Que veux-tu dire ?

— S'ils paient pour tout, tu leur en seras redevable, non ? Et si tu veux changer de cabinet dans dix ans ? Ou mieux encore, si tu souhaites t'installer à ton compte ? Penses-tu qu'ils te libéreront ?

— Je n'y avais pas pensé.

Son père termina son assiette avant de l'examiner avec attention.

— Tu devrais. Tu es revenu à Austin, prêt à y résider comme si c'était ta seule option. Ensuite, tu acceptes de retourner à New York comme si c'était ta seule option. Pourquoi ne pas garder l'esprit ouvert sans rien signer ni décider trop vite ? S'ils sont prêts à payer, c'est qu'ils cherchent à

119

t'acheter. Je ne sais pas au juste quel est leur objectif, mais je peux t'assurer qu'un jour ou l'autre, ils te présenteront la facture.

— Ils ne sont pas comme ça.

— S'il te plaît, prends une garantie.

— Laquelle ?

— Inscris-toi à l'examen du barreau au Texas. Il y a deux sessions par an, en février et en août. Si tu déménages, tu n'auras pas à utiliser ton diplôme, ni même peut-être à le passer. Mais au moins, inscris-toi pour rassurer ton vieux père. Tu ferais ça pour moi ?

— Bien sûr, papa.

— Parfait. Merci.

Ils restèrent silencieux un moment.

— Combien de temps peux-tu encore rester ? demanda Ben.

— Pas longtemps. Ta mère s'inquiéterait si je rentre tard.

Il ricana de sa petite plaisanterie, puis reprit :

— Pour parler sérieusement, Ben, tu t'en sors très bien avec tes frères. Je suis fier de toi. Essaye juste d'être patient avec Travis. Il lui faudra un certain temps pour…

— Je suis amoureux de lui, papa.

Son père hocha la tête.

— Je sais.

— Je suis amoureux, mais je ne sais pas quoi faire. Il n'envisage rien de permanent. Tu te souviens quand j'ai joué dans *Brigadoon* à l'école secondaire ?

— Cette histoire où un village écossais n'apparaît qu'un seul jour tous les cent ans ?

— Oui. J'étais Tommy, celui qui tombe amoureux de Fiona, ce fameux jour. Ensuite, elle disparaît. J'éprouve la même chose avec Travis. Comme s'il n'était là que brièvement pour bientôt s'en aller. Et moi, je resterai à errer à sa recherche en parcourant les hautes terres écossaises. Je suis piégé dans une comédie musicale de Broadway ! Ma vie est devenue surréaliste.

— Les eaux troubles, Ben.

— Oui, je le sais. Mais pour combien de temps ?

Son père se leva de table et débarrassa les assiettes qu'il emporta dans l'évier. Il les rinça, comme il le faisait toujours, avant de les placer dans le lave-vaisselle.

— Tu devrais retourner au lit. Cette fièvre t'a épuisé. Va dormir, tu te sentiras mieux demain.

Ben ne bougea pas.

— Pour combien de temps ?

— Aussi longtemps qu'il le faudra, répondit son père. Ce qui ne durera pas éternellement, Ben. Pendant un certain temps, oui. Mais pas toujours.

— Merci, papa.

— Je t'aime, mon fils.

Ben se leva de la table.

— Une dernière chose, déclara son père. Comment se termine cette comédie musicale, tu t'en souviens ?

Ben s'arrêta à la porte de la cuisine, mais il ne se retourna pas.

— Oui. Il l'aime tellement que le village réapparaît et qu'il la retrouve.

— Garde ça à l'esprit.

EN QUITTANT la cuisine, Ben chercha Travis au salon, mais sans le trouver. Quand il revint dans sa chambre, il la trouva vide aussi. Peut-être que Travis avait traversé la rue pour retourner chez Mme Wright. Ou peut-être qu'il n'était que le fruit de son imagination, tout comme son père, un personnage virtuel que Ben avait créé pour faire face à la mort de ses parents.

Ou peut-être qu'il délirait encore à cause de la fièvre…

Ben se glissa sous les couvertures et laissa ses paupières lourdes se refermer d'elles-mêmes. *Demain, il tenterait de comprendre*, pensa-t-il, juste avant que l'épuisement ait raison de lui. Il dériva lentement dans ce flou brumeux entre conscience et sommeil. Et ce fut alors qu'une vision lui traversa esprit.

Il était assis avec Travis, lui tenant la main. L'horizon avait disparu. Il n'y avait plus que des nuages et du ciel, sans terre apparente, ni ligne séparant les deux.

Le présent s'effaça, seul demeurait cet avenir potentiel.

Avant de s'abandonner au sommeil, un sourire aux lèvres, Ben souffla une ultime question :

— Tu vas mettre les lumières de Noël sur la maison cette année ?

XIII

— Ben? Réveille-toi.

Il ouvrit les yeux et les plissa pour bloquer la lumière du matin.

— Quelle heure est-il? demanda-t-il.

— Neuf heures passées.

— Quel jour?

— Samedi, répondit Travis en riant. Ta fièvre a cédé la nuit dernière.

— Où étais-tu? Je me suis levé et je ne t'ai pas trouvé.

— Tu as dû rêver. Je n'ai pas bougé.

Quentin passa la tête à la porte.

— Tu vas survivre, grand frère?

Ben se frotta la tête.

— Je pense que oui. J'ai parlé à papa la nuit dernière.

Son cadet regarda Travis avant de lever les yeux au ciel.

— Ah, vraiment? dit-il à son frère. Tu t'es joué un flash-back comme dans *LOST*?

— Quelque chose comme ça.

Travis les interrompit :

— Maintenant que tu es sorti d'affaires, je dois me préparer pour aller au garage. Je serai de retour vers 18 heures.

Il se pencha et embrassa Ben sur les lèvres.

— Franchement! déclara Quentin. Tenez-vous bien.

Travis lui jeta un regard noir en se dirigeant vers la porte.

— Occupe-toi de ton frère pendant mon absence.

— Bye, dit Ben dans son dos.

Il attendit que Travis ait disparu pour demander à Quentin :

— Qu'est-ce qu'il a?

— À ton avis, qui a géré la situation durant toute la semaine? Il est devenu à la fois Nurse Jackie et Phil Dunphy.

— Il va bien?

Quentin repoussa la question d'un geste nonchalant.

— Mais oui, très bien. Il est juste lessivé. Il s'est pas mal absenté et son patron n'a pas trop apprécié. Tu as été très mal en point pendant un certain temps. Nous avons même envisagé de t'abattre pour abréger tes souffrances.

— Très drôle, déclara Ben.

— Tu comptes sortir du ton lit ou non ? Si tu peux marcher, j'aurais besoin d'un coup de main pour un devoir d'histoire.

— Je peux marcher, affirma Ben, rejetant les couvertures. Quel est le sujet de ton devoir ?

— Nous sommes censés retracer les difficultés d'une minorité de notre choix – Afro-Américains, Latinos ou homosexuels – pour faire valoir leurs droits civils à Austin. Je vais opter pour les gays puisque... eh bien, puisque j'ai deux frères homosexuels. Mais je n'ai pas trouvé grand-chose sur internet.

— Je peux t'aider, répondit Ben, assis au bord du lit. Je connais quelqu'un à l'UT qui a fait sa thèse de maîtrise sur le mouvement pour les droits des homosexuels à Austin. Il y a un exemplaire papier à la bibliothèque de l'université.

Ben se leva et passa dans la salle de bain.

— Hé, cria-t-il, tu sais si Travis a demandé sa semaine de congé ?

— Oui, répondit Quentin sur le même ton. Mais ça ne marchera jamais, tu sais. De l'emmener là-bas.

— Je ne vois pas pourquoi. Et d'ailleurs, qu'est-ce que tu en sais ? Il n'a jamais été à New York. Tout est possible.

Il prit son rince-bouche et en but une gorgée.

— Cette fille, Stephanie, elle m'a appelé.

Ben passa la tête par la porte, essayant de parler tout en se gargarisant.

— Chelle à qui Colin a montré ta cherviette ?

Quentin ricana.

— Ouais. Ce n'était pas une blague, elle aime vraiment mes dessins.

Ben retira la tête pour cracher le rince-bouche dans le lavabo.

— Elle dit qu'il y a un créneau, continua Quentin. D'après elle, un jeune artiste se vendrait. Le public adore ce qui sort de l'ordinaire. Et d'après elle, que je sois aussi beau est un bonus intéressant.

— Ce physique exceptionnel est notre malédiction commune, déclara Ben.

Il traversa la pièce et sortit dans le couloir en direction de la cuisine. Quentin continuait à parler dans son dos :

— De nos jours, l'art est à 90 % une question de marketing. Elle m'a demandé si je pouvais prendre l'accent texan. Sérieusement ?

123

— Et tu vas le faire ?

Pendant que Ben ouvrait le réfrigérateur pour en sortir une brique de jus d'orange, Quentin haussa les épaules.

— Je ne vais certainement pas prétendre parler comme Travis, déclara-t-il, en imitant sa voix traînante.

Ben prit un verre dans le placard et le remplit de jus.

— Non. Je parlais de dessiner. Tu vas le faire ?

— Je ne sais pas. Je crois que oui. Elle dit que si je veux entrer à LaGuardia, une exposition dans une galerie de Soho m'ouvrirait grand les portes. Je pourrais devenir un artiste célèbre à seize ans.

Ben but une gorgée de jus. Il grimaça avant de se retourner pour cracher dans l'évier.

— Berk. Le goût du rince-bouche n'arrange pas le jus d'orange. Quoi qu'il en soit, merci, Q. Merci de tenter le coup. New York t'ouvrira de grandes perspectives, je te le promets. Tu as du talent.

— On verra. Maintenant, habille-toi, je voudrais aller à cet endroit bizarre que tu as mentionné. Comment tu l'appelais ? Une bibliothèque ?

— Exactement, gamin. Avant Wikipédia, nous utilisions ces objets démodés qu'on appelle des livres.

LE LUNDI suivant, Ben se sentait redevenu lui-même. Au cours des deux derniers jours, Travis s'était montré étonnamment silencieux et les deux amants n'avaient pas eu de relations sexuelles depuis plus d'une semaine. Lorsque ses frères rentrèrent de l'école, en fin d'après-midi, Ben leur expliqua qu'il avait besoin d'un tête-à-tête avec Travis.

— Je m'occupe de tout, grand frère. Maintenant que j'ai mon permis, je peux emmener tout le monde au cinéma sur Highland 10. Jason tient à voir *Le Discours d'un roi*.

— Oui ! confirma son cadet avec entrain.

— Cela devrait vous donner jusqu'à 21 heures.

— Merci, Q.

— Bien sûr, c'est toi qui payes nos places.

— Et le pop-corn, ajouta Cade.

Les trois garçons quittèrent la maison vers 18 h 30 et Travis arriva peu après. Ben remarqua qu'il ne frappait plus. Il entrait directement. Cette transition datait probablement du temps où il gisait dans son lit, à moitié mort.

Travis accrocha son manteau sur l'une des patères près de la porte d'entrée et demanda :

— Qu'est-ce que ça sent ?

— Le rôti, répondit Ben.

Il s'assit sur un des canapés du salon et enchaîna :

— Viens ici.

Travis se dirigea vers lui.

— Assois-toi, dit Ben, avec un sourire lubrique. Les pieds en l'air.

— Un rôti, hein ? C'est toi qui fais la cuisine ?

— J'ai quelques atouts dans ma manche.

— Tu as mis du vinaigre balsamique avec le bouillon de bœuf ?

— Assis, insista Ben.

— Mais cela fait vraiment un…

— J'ai dit : assis !

— D'accord, d'accord.

Travis s'installa et mit les pieds sur les genoux de Ben. Ce dernier délaça ses bottes et les lui ôta, ainsi que ses chaussettes blanches d'épais coton. Dès que Ben commença à lui masser les pieds, Travis se laissa tomber en arrière en fermant les yeux.

— C'est hyper agréable. Qu'est-ce que j'ai fait pour mériter ça ?

— Tu as pris soin de moi quand j'étais malade. Merci.

— J'étais bien malheureux la semaine dernière, Obi-Wan. J'ai multiplié les absences au boulot et je ne cessais de me demander s'il fallait ou non que je t'emmène à l'hôpital ou que j'appelle un médecin.

Il rouvrit les yeux et se redressa sur ses coudes.

— Mais Quentin a dit non, continua-t-il. D'après lui, c'était juste une grippe, inutile de dramatiser. Il avait raison. Il n'a que seize ans et il avait raison. Mais avec toi dans le coma, j'étais le seul adulte à proximité. *Moi !* Je les ai conduits à l'école, je leur ai fait à manger. J'étais ton suppléant et ça m'a fichu une trouille bleue.

— Waouh ! Je vois que tu en as gros sur la patate.

— Désolé.

— Il n'y a vraiment pas de quoi. Je ne m'y attendais pas, c'est tout. Et je peux t'assurer que question panique, je vois tout à fait ce que tu as dû traverser. C'est *pareil* pour moi.

— Ouais, je sais.

Travis referma les yeux et retomba en arrière, sans cacher combien il appréciait l'attention que Ben prodiguait à ses pieds.

— Tu m'as manqué, chuchota-t-il.

— Tu m'as manqué aussi, répondit Ben, avec un sourire.

— Je suis bien content de te rendre la charge de la maisonnée. J'aime être ton bras droit, mais je ne veux pas de ta place. Ce n'est pas étrange ?

— Pas du tout. Je n'aime pas non plus ma place. Mais, je n'ai pas le choix. Alors, nous y voilà.

— Ouaip. Nous y voilà.

— Quoi que nous fassions, nos actes ont des répercussions sur ces trois garçons. Les erreurs sont inévitables, et c'est normal que ça nous fiche la trouille. Le plus important, c'est qu'ils ne se sentent pas seuls. Là, nous marquons un point

— Et qu'allons-nous faire au juste ?

Ben se figea.

— Tu veux DNR ?

— Oui, et tu le sais très bien, répondit Travis, à nouveau redressé.

— D'accord, je suis prêt. Mais je préfère que tu commences. Que veux-tu obtenir de cette relation ? Tu vas déjà visiter New York, ce qui m'enchante, mais est-ce que tu te vois vraiment vivre avec un autre homme ? Et je parle à long terme ?

Travis prit une profonde inspiration.

— Où sont tes frères ?

— Ils sont allés voir *Le Discours d'un roi*.

— Zut, je voulais le voir aussi.

— Pas de panique, Atwood. Nous irons à la dernière séance, si tu y tiens vraiment. Maintenant, parle.

Ben continuait à lui frotter les pieds.

— D'accord. Évidemment, toute cette histoire a été dingue. Je ne m'y attendais pas. Mais comme je te l'ai déjà dit, je n'ai plus aucun doute. Je ne peux pas l'expliquer. Pourquoi un jour, j'ai décidé que je voulais me réveiller dans le lit d'un homme ? Mais ne rien comprendre n'implique pas que je le regrette ou que je le nie. Je veux être avec toi, Ben.

— Exclusivement ?

— Ouaip, à 110 %.

— Et si tu n'aimes pas New York et que nous finissons par déménager là-bas ?

— Je verrai le moment venu.

— Mais sinon, tu es d'accord pour être gay ?

— Eh ben, je n'envisage pas de parader dans un défilé arc-en-ciel. Je dois acheter un tee-shirt pour entrer dans le club ?

Ben secoua la tête et se mit à rire.

— Non, le tee-shirt est en option. En théorie, chacun a le droit de se définir comme ça lui chante. Ou ne rien faire. Mais nous ne vivons pas dans un monde théorique. Si nous nous tenons par la main en public et que quelqu'un te traite de pédé, il ne s'excusera pas si tu lui expliques ton cas : que tu n'es gay rien qu'avec moi. Et n'oublions pas que nous ne pourrons jamais nous marier. Tu réaliseras peu à peu qu'être avec moi te rabaisse dans l'échelle sociale et dans tes droits de citoyen – quelle que soit ta façon de voir les choses – tu changeras peut-être d'avis sur *les parades arc-en-ciel*.

— D'accord, alors je suis gay. Pas de problème. Je l'ai déjà annoncé aux gars avec qui je travaille.

— C'est vrai ?

— Bien sûr. Je t'en avais parlé, non ? J'ai été souvent absent la semaine dernière, j'ai trouvé que l'occasion était parfaite pour un coming-out.

— Et ils l'ont pris comment ?

— Ils ont été un peu distants pendant un jour ou deux. À mon avis, ils craignaient que tu casses ta pipe. Mais maintenant, ils n'arrêtent pas de se ficher de moi, ce qui signifie que tout va bien.

— Donc, je peux passer un jour au garage et t'apporter ton déjeuner ?

— Tu peux passer quand tu veux, répondit Travis en riant.

— C'est noté, dit Ben, avec un sourire.

— À ton tour, déclara Travis.

Ben prit un moment pour réfléchir.

— Je me sens vulnérable. Je sais, ça fait femmelette de l'admettre, mais c'est la vérité. Je suis fou de toi. J'aimerais que ça dure entre nous, et c'est bien là le problème. Nous déménagerons probablement dans trois mois et je ne sais pas si tu nous suivras. J'aimerais avoir ton fatalisme sur ce que l'avenir nous réserve, mais ce n'est pas le cas. Comment définir notre relation avant que tu prennes cette décision ? Je voulais que tu voies New York. Et tu as accepté. Mais si tu choisis de rester à Austin, je ne vois pas d'avenir pour nous deux. Mon travail compte beaucoup pour moi et c'est là-bas que j'exerce. Je n'ai pas encore vendu mon âme, mais j'ai plus ou moins accepté un arrangement, et nous savons tous les deux que l'échéance approche. Vite.

Travis sourit.

— On dirait que tout va mal finir. Pour tous les deux. Donc, il ne reste qu'une seule question à poser.

— Laquelle ?

— Est-ce que huit secondes de gloire valent le risque d'être piétiné par un taureau ?

Ben réfléchit.

— Oui. Absolument. Et j'aime beaucoup cette métaphore. Et si ça ne marche pas, nous recollerons les morceaux et reprendrons le cours de nos vies. Travis, je n'ai jamais rien ressenti de tel. Je n'ai jamais voulu à ce point être avec quelqu'un.

Sur ce, il éclata de rire avant de poursuivre :

— Je voudrais te baiser tout le temps. J'ai mal au ventre quand tu pars travailler, alors, je consulte mes messages pour voir si tu m'as envoyé un coucou ou si tu n'as pas oublié un truc. Malgré tout ça, je dois retourner à New York.

— Je comprends, acquiesça Travis. Je ne suis pas contre, je t'assure. Pour moi aussi, ça vaut la peine de courir un risque. Mais franchement, je suis mort de trouille et je compte y aller sur la pointe des pieds.

— C'est tout à fait naturel. D'être prudent, je veux dire, pas d'être mort de trouille. Je ne veux pas que tu aies peur. Tu te vois user du grand mot ?

— Quel grand mot ?

— Partenaire.

— Je ne l'ai pas encore envisagé, admit Travis.

— Je sais. C'est juste que l'autre soir, Jason m'a demandé si nous étions partenaires. Je n'ai pas su quoi lui répondre. Je ne sais toujours pas.

— Donc, tu veux attendre jusqu'à ce que je me décide ? Pour savoir si je le mérite ?

— Quelque chose comme ça.

Travis soupira et leva les yeux, clairement mécontent de cette réponse. Mais Ben garda le silence et resta sur sa position.

— Très bien, concéda Travis. Mais j'aimerais que tu ne couches avec personne d'autre. Tu peux au moins m'accorder ça ?

— Ne sois pas ridicule ! s'emporta Ben. Tu sais très bien que je ne coucherai qu'avec toi.

Travis essaya de retirer ses pieds, mais Ben les rattrapa.

— Je ne suis pas ridicule ! protesta Travis.

Pour alléger l'atmosphère, Ben se jeta sur son amant et commença à le chatouiller.

— Ridiculement sexy, peut-être ?

— Arrête ! cria Travis entre deux fous rires.

— Je devrais peut-être te baiser.

— Pas trop tôt, caïd. Je ne sais pas si un mec qui me laisse une semaine sans sexe mérite le titre de *partenaire*.

— Ouille.

Travis imita la voix de Ben et une de ses expressions favorites :

— C'était juste une réflexion. Tu ne peux pas me rendre accro au sexe puis fermer la porte de la grange.

— Et si nous la rouvrions ?

— Et ton rôti ?

— Il ne se sauvera pas. Nous prendrons un dîner tardif avec les garçons.

S'agitant sous Ben, Travis se dégagea et sauta sur ses pieds. Il enlevait déjà son tee-shirt en se dirigeant vers la chambre.

— Tu viens, Obi-Wan ? demanda-t-il, par-dessus son épaule. Je ne compte pas baiser tout seul.

Ben le suivit et se déshabilla en chemin. En moins d'une minute, ils étaient l'un sur l'autre. Travis glissa un préservatif sur le sexe rigide de Ben et l'enduisit de lubrifiant. Il leva les jambes en l'air et attira Ben sur lui. Passant la main entre leurs deux corps, il guida la pointe de sa queue entre ses cuisses ouvertes, prêt à se faire empaler.

— Regarde-moi, exigea Travis.

Au lit, Ben n'acceptait d'ordres de personne. Néanmoins, il obtempéra et fixa Travis droit dans les yeux.

— Tu es le seul à m'avoir jamais baisé, aucun autre ne le fera jamais.

— Travis, je te serai fidèle, je te le promets. Je serai digne de toi.

Et même si ça sonnait franchement ringard, Ben était sincère. Il fit *l'amour* à Travis, même s'il n'osait pas encore utiliser ce mot. Il l'aurait pourtant voulu. Après une semaine sans sexe, Travis éjacula très vite. Quelques gouttes lui tombant sur le menton, Ben se pencha pour les lécher, puis il embrassa son amant, partageant son goût avec lui. Il maintint ensuite d'une main le préservatif en place.

— Ne t'arrête pas parce que je viens de jouir, déclara Travis.

— Je pensais plutôt que nous pourrions essayer autre chose. Du nouveau.

— Quoi ?

Travis se redressa et laissa Ben se retirer. Avec un sourire, celui-ci ôta son préservatif.

— Quel est ton numéro préféré ?

Travis comprit tout de suite.

— Soixante-neuf ?

— Écoute, je n'arrive pas à croire que ce soit moi qui parle. J'ai toujours considéré qu'une pipe était un apéritif avant le plat principal, c'est-à-dire baiser. Mais maintenant, ça me manque. Tu n'as jamais pris ma queue dans ta bouche. Jamais. D'après Dan Savage, un gay non équipé pour la pipe doit être retourné à l'usine.

— Qui diable est Dan Savage ?

— C'est sans importance.

— Alors, tu vas me rendre à l'usine si je ne te suce pas ?

— C'était juste une réflexion.

— Non, sans blague ? D'accord, viens ici, je vais essayer.

Travis glissa le long du corps de Ben jusqu'à se trouver en position. Il prit dans la main le sexe engorgé et le caressa. Il approcha la tête et leva les yeux vers Ben.

— Donc, tu veux que je te lèche ? Comme ça ?

Il passa la langue le long du membre, très lentement, de la base jusqu'à la pointe. Il titilla le gland de la langue ce qui poussa Ben à un sursaut involontaire. Mais Travis s'écarta.

— Où as-tu appris à faire ça ? demanda Ben, haletant.

— J'ai regardé du porno gay. Pendant que tu étais malade. Tu as aimé ?

— Euh, ouais.

— Tu en veux encore ?

— S'il te plaît.

Travis recommença à le taquiner de sa langue, faisant courir ses lèvres sur sa queue maintenant lancinante, s'écartant chaque fois que son amant poussait ses hanches en avant. Quand Ben l'attrapa par la nuque pour tenter de le maintenir en place, Travis réagit en lui bloquant les poignets, immobilisant ses bras le long de ses flancs. Au moment où il réalisa que Ben allait se révolter et user de sa force, il céda et engloutit toute sa queue, refermant les lèvres autour de la base. Il s'activa avec vigueur sans cacher le plaisir qu'il y prenait. Novice, il ne réussissait pas encore à maîtriser son réflexe nauséeux quand le sexe heurtait le fond de sa gorge, mais au championnat de la pipe, il se qualifiait néanmoins. Ben soulevait ses hanches du lit, en rythme avec les succions. Il tendit aussi la main et

130

découvrit que Travis bandait à nouveau. D'instinct, et sans lâcher Ben, Travis pivota en position soixante-neuf. Ben sourit en voyant le sexe rigide qui le surplombait. Il l'attira jusqu'à ses lèvres, caressa le gland humide de la langue, et en savoura le goût avant de se mettre sérieusement à l'ouvrage.

Moins d'une minute, Travis se redressa, le souffle coupé.

— Jésus, Marie, Joseph ! Voilà ce que doit être une pipe ?

Puis, il se pencha à nouveau sur le sexe de Ben. Ils roulèrent de côté. Ben engloutit entièrement Travis, l'encourageant à baiser le fond de sa gorge. Travis le fit et se mit à tressauter de façon sauvage. Ben sentit monter son orgasme lorsque son amant s'activa sur lui de plus belle, de la main et des lèvres. Sans avertissement, sa bouche se remplit du sperme de Travis, ce qui le fit basculer à son tour dans la jouissance. En réponse, Travis l'avala aussi loin que possible, mâchoire grande ouverte. Il ne s'écarta qu'à la fin, recueillant les dernières gouttes sur les lèvres et la joue.

— Nom d'un pétard ! haleta-t-il. C'est le truc le plus dément que j'aie jamais fait.

Ben laissa lentement la queue flaccide lui échapper.

— C'est vrai ?

— Absolument, répondit Travis, le souffle toujours erratique. J'adore baiser, je ne le nie pas. Mais là, c'était plus intime – aussi brûlant qu'un bouc avec un chalumeau. J'adore le goût de ton sperme. Et la sensation de le sentir jaillir dans ma bouche, au fond de ma gorge. J'aime en avoir sur le visage. On n'a jamais ça avec une femme.

— Tu te fais vraiment au sexe gay, pas vrai ?

— Bien sûr. J'aime que tu aies une queue. Je ne me suis jamais intéressé à un gars, mais c'est ce que je préfère chez toi. Il n'y a plus de retour en arrière possible.

Ben pivota pour l'embrasser. Abandonnant toute logique, il laissa son cœur le guider, incapable d'ailleurs de l'arrêter.

— Alors, reste. Reste avec moi. Dis que tu viendras avec moi à New York.

— Mais j'ai d'abord droit à une visite d'essai, lui rappela Travis.

— Non. Dis-le maintenant, avant même de découvrir la ville. Dis que tu vas venir avec moi. Aie confiance en moi, Travis. Aie confiance en nous.

— C'est pas juste.

— Je sais ! admit Ben, plié de rire. La vie n'est jamais juste. Je te demande un acte de foi à l'aveugle. Avec moi. Dis que toi et moi, c'est pour de bon. Que c'est permanent. S'il te plaît. Dis-moi que tu ne vas pas disparaître pendant cent ans. Je veux ta réponse maintenant.

— Waouh, du calme. Qu'est-ce que tu racontes ? Pourquoi cent ans ? Et puis, pourquoi *maintenant* ? Qu'est-ce que tu as ? C'est toi qui disais que nous devions être prudents. Qu'il fallait attendre pour utiliser le grand mot, tu t'en souviens ?

— Je sais. Mais tout ce qui m'est arrivé d'incroyable dans ma vie a été la conséquence de *ne pas* être prudent. Et je voulais juste te dire que tu fais partie de mon futur, quoi qu'il arrive.

Mais Travis secoua la tête avec obstination.

— Non-on. Je ne dirai rien si tu ne te lances pas le premier.

— Je t'aime, lâcha Ben. Je suis amoureux de toi depuis la Saint Valentin, et probablement même avant. Je crois que tu es mon présent, mon avenir... et même mon passé, pour une raison que je ne peux expliquer. Je peux réaliser de grandes choses si tu es avec moi, Travis. Je tiens à t'appeler mon partenaire. Je suis prêt à faire de toi le plus heureux des hommes du Texas, si tu acceptes. Alors, s'il te plaît, dis-moi oui. Maintenant. Avant d'aller à New York.

L'air accablé, Travis leva la tête et l'embrassa doucement.

— D'accord. Oui. J'irai à New York avec toi.

DÈS LE lendemain matin, Ben s'inscrivit à l'examen du barreau au Texas.

XIV

PENDANT LES trois semaines suivantes et jusqu'aux vacances, le temps se réchauffa à Austin. Les frères Walsh et Travis commencèrent à passer le week-end à Barton Springs, où les chutes d'eau formaient une piscine naturelle à température constante : vingt degrés toute l'année. Trop froid pour mars, mais durant l'été, en pleine chaleur texane, un plongeon vous rafraîchissait pendant presque une heure. Les Springs étaient également les jardins publics de la ville, les gens se réunissant sur les pentes herbeuses pour papoter. Quentin s'y rendait en général avec ses copains ou sa petite amie, Dakota, une jeune blonde gracile avec les hautes pommettes d'un mannequin.

— C'est plutôt cool ce que vous faites, les gars, dit-elle un jour à Ben et à Travis. Prendre soin de tout le monde, je veux dire.

— Merci, Dakota, répondit Ben.

Puis il décida soudain d'être direct en ce qui concernait ses inquiétudes parentales :

— Est-ce que Quentin t'a parlé de notre politique anti-grossesse ?

— Oh mer…credi ! se plaignit Quentin.

Mais Dakota se mit à rire.

— Inutile de vous inquiéter, M. Walsh. Votre déménagement va nous freiner.

— Ah, répondit Ben. Désolé.

Travis se pencha pour l'embrasser.

— M. Walsh ?

— Ça te plaît de me manifester ton affection en public, pas vrai ?

— Je m'y fais.

— Je vais vomir, déclara Quentin, la mine écœurée.

Travis passait beaucoup de temps avec Cade, à lancer un ballon de foot ou une balle de baseball. De leur côté, Ben et Jason préféraient rester allongés pour profiter du soleil printanier ou lire, assis sous l'un des grands chênes. Ensuite, ils allaient souvent chez Huts prendre un hamburger garni de rondelles d'oignon.

— Cherchez l'erreur, annonça la serveuse, amusée.

C'était une femme multicolore avec de lumineux cheveux orange et un maquillage épais. Elle étudiait leur petit groupe en tentant de comprendre pourquoi Travis différait tant. Elle se pencha et chuchota :

— J'espère que le facteur n'a pas les cheveux roux !

— Je suis son partenaire, expliqua Travis en désignant Ben.

Elle lui adressa un clin d'œil.

— Je vois. Vous avez bien de la chance, alors.

UN JOUR, Ben fit à Travis la surprise de se présenter inopinément au garage avec des beignets, qu'il avait faits lui-même. Tous interrompirent leur travail pour faire sa connaissance. Un Travis rayonnant fit les présentations. Darrell Cook, le patron, serra la main de Ben. Il ne pesait pas plus de soixante-cinq kilos tout mouillé, mais, avec sa mâchoire carrée, sa coupe rasée et ses tatouages du Corps des Marines des États-Unis, Ben était certain que personne ne s'avisait de le charrier. Les trois mécaniciens, Ed, Topher et Royce, le saluèrent également d'une ferme poignée de main avant de goûter à ses beignets.

— Bon sang, déclara Royce. Ils sont meilleurs que les Krispy Kreme.

— Je ne suis pas si bon pâtissier, expliqua Ben. J'ai juste beaucoup de temps libre actuellement.

Il regarda les voitures et pick-up placés sur les chariots élévateurs. Travis exécutait un travail de force. *Tous les soirs*, pensa Ben, *Travis revient à la maison en quittant cet endroit, avec ses fantasmes érotiques plein la tête. Malgré ses muscles douloureux, il envisage déjà de se faire baiser.*

Il fut soulagé d'avoir enfilé un pantalon baggy : au moins, son érection restait invisible.

— Donc, c'est vous qui emmenez notre rouquin à New York, déclara Darrell. C'est mon meilleur mécano. Vous n'auriez pas pu me débarrasser d'un de ces abrutis ?

Il désignait les trois autres mécaniciens – tout aussi baisables d'ailleurs, selon Ben.

— Merci beaucoup, déclara Topher la bouche pleine.

Ben rit en regardant Travis, qui continuait à sourire. *Je le rends heureux*, pensa-t-il.

— Je le ferais si je pouvais, M. Cook. Mais Travis a une stricte politique de non-retour à l'usine, donc j'ai bien peur de devoir le garder et de l'emmener partout où je vais.

Darrell se fourra un beignet dans sa bouche.

— Eh bien, déclara-t-il, ça valait le coup d'essayer. Sérieusement, je vous souhaite bonne chance à tous les deux. Dieu sait que notre rouquin le mérite plus que personne.

Ben aurait aimé s'attarder, mais il ne restait plus que quelques jours avant leur départ. Plus ils en parlaient le soir au dîner, plus tout le monde devenait excité, même Quentin, qui avait pris rendez-vous avec Stephanie. Ils avaient établi ensemble un circuit de visites autour de la ville et prévu des dessins de serviette de l'intérieur de plusieurs restaurants célèbres. Travis avait acheté pour Cade et lui des billets pour un match des Knicks au Madison Square Garden. Quant à Colin, il avait prévu de faire visiter plusieurs écoles préparatoires à Jason, qui continuait à exprimer un enthousiasme sans fin pour New York et ses nombreuses possibilités.

LE SAMEDI, tout commença bien. Après un vol sans histoire, ils atterrirent à l'aéroport, à Newark, où il y eut un premier incident. Leurs bagages enregistrés étaient bien arrivés… sauf celui de Jason. Après deux heures d'attente, ils apprirent que le sac égaré ne serait pas là avant minuit. Le représentant de la compagnie leur présenta ses excuses et leur assura que le bagage serait livré dès que possible à l'adresse indiquée, chez les Mead. Le petit groupe prit un taxi pour rejoindre l'Upper East Side. Les parents de Colin résidaient dans une brownstone de quatre étages sur la 68e rue. Il y avait largement assez de chambres pour accueillir tout le monde. La sœur de Colin, Catherine, qui avait dix-sept ans, se trouvait à New York, ayant quitté son pensionnat pour ses vacances de printemps. Elle s'enticha de Quentin au premier coup d'œil.

Au dîner ce soir-là, les frères Walsh se montrèrent plus silencieux que d'habitude. L'opulente demeure des Mead, décorée avec un goût parfait, avec d'imposants tableaux sur tous les murs, éclipsait de loin leur maison familiale d'Austin. Deux ans plus tôt, elle avait été sélectionnée pour paraître dans l'*Architectural Digest*. Ben, bien sûr, y avait été reçu plusieurs fois, mais il se rappelait avoir été tout aussi intimidé à sa première visite. M. Mead, au lieu de faire faire droit, avait préféré tenter sa chance dans l'immobilier où il avait fait fortune. Homme énergique et chaleureux, il accueillit les jeunes Walsh comme ses petits-enfants et se montra particulièrement attentif envers Cade, qu'il interrogea sur le football universitaire. « *Le club Longhorn réussira-t-il encore à devenir champion national à la saison prochaine ?* »

Colin, arrivé en retard, s'assit à côté de Jason pour le dessert et se mit à lui parler à voix basse.

— Cette stupide compagnie aérienne a perdu mes bagages, se plaignit Jason.

— Ne t'inquiète pas, le rassura Colin. Si ton sac n'est pas là demain, je t'emmènerai faire du shopping pour tout remplacer.

— C'est vrai, oncle Colin ? C'est possible ?

— Jason, répondit-il, tout est possible avec une American Express Black.

— Oncle Colin ? ricana Catherine, en levant des sourcils parfaitement épilés. Je ne me souviens pas avoir eu des enfants.

— Cathy, tu sais que Ben est comme un frère pour moi.

— Je t'interdis de m'appeler Cathy !

Effectivement, Ben savait que c'était le plus sûr moyen de se mettre Catherine à dos. Ignorant son frère, la jeune fille interrogea Quentin sur ses dessins de serviette, mais celui-ci changea vite de sujet.

— Tu as vu notre Manet au premier ? demanda-t-elle.

— Non, répondit Quentin. C'est un original ?

— Oui. Grand-papa l'a acheté aux enchères il y a quelques années, mais il n'avait plus de place pour l'accrocher. C'est fou, non ? Avoir un Manet sans savoir où le mettre ! Absurde, vraiment ! Alors, il l'a donné à mes parents pour leur vingt-cinquième anniversaire de mariage.

Ben sentit Travis tirer sur son pantalon sous la table. Il posa le bras sur le dossier de la chaise voisine et se pencha discrètement, approchant son oreille de Travis.

— Qui est Manet ? chuchota ce dernier

— Un peintre, répondit Ben sur le même ton. Un impressionniste français.

— Il est connu ?

— Très.

Norma Mead, hôtesse calme et gracieuse, les interrompit :

— Travis, vous avez à peine dit un mot depuis votre arrivée. Ben me disait que c'est votre premier séjour à New York ?

— Oui, madame.

Elle esquissa un sourire doux-amer.

— Je me souviens encore de ma première visite. Qu'en pensez-vous jusqu'ici ?

— Eh bien, madame, je n'ai encore rien vu, mais on dirait que c'est grand comme la moitié du Texas, sacrément grand, pardonnez mon langage.

Enchantée, Mme Mead se mit à rire.

— Depuis combien de temps connaissez-vous notre Ben ?

Travis prit le temps d'en faire le calcul dans sa tête.

— Trois mois.

Elle eut un autre sourire doux-amer.

— Seigneur ! C'est une décision bien importante pour un temps aussi court.

Le lendemain, un agent de la compagnie aérienne apporta le sac de Jason. Par contre, mère Nature déversa sur New York une pluie torrentielle qui dura toute la semaine. Manhattan, merveilleux à visiter quand le temps était tempéré et accueillant, devenait déprimant et difficile sous la pluie. Le petit groupe tenta de jouer les touristes, mais le froid humide les empêcha d'en profiter.

Le lundi, Ben se rendit au cabinet Wilson & Mead afin de parler à son patron. Travis, qui avait prévu d'emmener Cade au mémorial Ground Zero, insista pour se débrouiller seul. Ben lui donna un plan du réseau de métro et des instructions détaillées sur la façon d'y arriver. Une heure plus tard, Travis lui téléphona, terrifié. Il avait pris la rame dans le mauvais sens, s'éloignant du centre-ville au lieu de s'en approcher, et il s'était retrouvé à Harlem, en plein quartier latino. Ben lui indiqua exactement quoi faire pour rentrer à bon port. Travis et Cade finirent par retrouver la résidence Mead, tous les deux trempés et visiblement ébranlés.

Le lendemain matin, Cade se réveilla avec un mauvais rhume qui le garda au lit le reste de la semaine. Ben se porta volontaire pour assister au match de basket avec Travis, le soir même, mais, après toute la journée à son bureau, il ne s'intéressait nullement au sport. Ils rentrèrent à la mi-temps, au grand dam de Travis. Le mercredi, Cade était encore au lit, lorsque l'agent immobilier de M. Mead, une femme enjouée nommée Gail D'Angelo, emmena le reste du groupe faire la tournée des appartements disponibles à Manhattan. Elle leur en montra dix, au moins, mais aucun d'eux ne fit l'unanimité. Travis ne cacha pas son choc devant l'étroitesse générale des lieux. Quentin et Jason refusèrent l'éventualité de partager une chambre avec Cade. En les écoutant se chamailler, Ben se sentit de plus en plus frustré. À la fin de la tournée, il vibrait de ressentiment. Travis, qui ne savait pas du tout comment gérer tant de mauvaise humeur, préféra donc l'éviter autant que possible. Quand les deux hommes se couchèrent cette nuit-là, dans le même lit, ce fut sans un mot ni une caresse.

Les projets qu'avait eus Quentin de passer l'essentiel de sa semaine à faire des dessins tournèrent mal dès le premier jour. Déjà, la pluie rendait toute la ville grise et trouble, mais l'artiste avait aussi des soucis d'inspiration. Jusqu'ici, il dessinait au gré de sa fantaisie, à la fin d'un repas. À présent, ses dessins devenaient une tâche, sinon une corvée, il n'arrivait plus à les fournir. Le jeudi, lorsqu'il montra à Stephanie ses premières productions, elle émit ses critiques avec tact, mais sans pour autant omettre de dire qu'elle s'était sans doute avancée en envisageant une exposition. Quentin fit semblant de prendre ce revers avec flegme, mais Ben devina son humiliation. Il n'avait aucun mal à déchiffrer Quentin, dont le caractère était proche du sien. Tous deux détestaient l'échec, quel qu'en soit le domaine ou la raison.

Le vendredi soir, Colin invita Ben et Travis à dîner chez lui, à Chelsea, où il avait un appartement. Catherine demanda à Quentin de l'accompagner à la soirée d'anniversaire d'une de ses amies. En l'apprenant, Jason insista pour les suivre, et les deux autres finirent par céder. Cade, enfin sorti de son lit, se sentait mieux. Il passa l'après-midi avec M. Mead dans son bureau, à apprendre à jouer aux échecs.

— Il est dangereux, déclara par la suite M. Mead à Ben

Il venait de le croiser, ainsi que Travis, dans l'entrée, alors que tous deux s'apprêtaient à sortir dîner.

— Merci d'avoir pris soin de lui cette semaine.

— C'était un plaisir, déclara Mme Mead. Cela me brise le cœur que ces garçons aient à grandir sans leur mère.

— Passez une bonne soirée, tous les deux, coupa son époux. Et dites à mon fils que nous l'attendons dimanche à dîner.

— Je n'y manquerai pas, monsieur.

Une fois dans la rue, ils se dirigèrent vers Lexington Avenue où Ben héla un taxi. Travis et lui restèrent silencieux pendant le trajet du centre-ville jusqu'à l'appartement de Colin, sur la 23e rue. Un Ben plutôt épuisé commençait à penser qu'il s'apprêtait peut-être à commettre une énorme erreur.

Chez Colin, il trouva David au salon. Son meilleur ami avait omis de mentionner qu'il serait là ce soir. Son ex le serra dans ses bras… un peu trop longuement. Travis les regardait, mais Ben choisit d'ignorer son expression troublée. Il salua les autres convives, Martin et Johnny, deux hommes qui avaient toujours eu le don de lui remonter le moral. Colin et Ben avaient connu Johnny à l'école de droit, et, au cours des années, Martin et lui étaient devenus de vrais et fiables amis. Tous l'accueillirent avec enthousiasme en prenant la peine de lui offrir leurs condoléances pour la disparition de ses parents. Ensuite, Martin se présenta à Travis et fit immédiatement l'effort de le mettre à l'aise. À première vue, ce n'était pas gagné, le visage de Travis indiquant qu'il y avait fort à faire. Blaine Webster, un ami de Colin de l'école préparatoire, et Steward, son compagnon actuel, complétait le groupe. Une fois les présentations terminées, Colin s'excusa et disparut dans la cuisine. Martin parlant toujours avec Travis, Ben décida de le suivre.

Une fois hors de portée de voix des autres, il demanda :

— Qu'est-ce que David fait là ?

— Cela ressemble à une accusation, Walsh.

— Pourquoi as-tu invité mon ex et mon partenaire au même dîner ?

— Parce qu'il me fallait un nombre pair. Et aussi parce que la dernière fois que j'ai vérifié, c'était toujours *mon* appartement et *ma* liste d'invités. Tout ne tourne pas autour de toi, cher ami.

— Mais…

Ben se tut lorsque Colin leva la main.

— Tu agis comme un enfant. David est un gars super et c'est toi qui l'as amené dans nos vies. Nous ne sommes plus à l'école secondaire. Tu as rompu avec lui, mais pas nous.

Ben le regarda, les rouages de son cerveau tournant à plein régime.

— Il te plaît ?

Colin repoussa la suggestion d'un rire.

— Tu es parti depuis trois mois, Ben. La vie continue. Tu ferais mieux de retourner au salon et de surveiller ton copain. Tu ne vas quand même pas laisser Blaine planter ses griffes dedans.

Ben préféra abandonner le sujet.

— Ton père m'a demandé de te rappeler le dîner de dimanche soir.

— C'est noté. Maintenant, laisse-moi tranquille pour que je puisse finir ici.

— Pourquoi n'as-tu pas appelé un traiteur ?

139

— Parce que je n'en ai pas besoin, je suis capable d'être autonome. Maintenant, s'il te plaît, file.

Ben retourna au salon. Travis, assis à côté Martin, leva les yeux en le voyant et tenta de sourire. Ben comprit que son amant avait besoin d'être rassuré, mais il ne le fit pas. Il prit place dans le seul siège disponible qui restait, à côté de David. Aussitôt, ce dernier l'interrogea sur ses frères et Ben lui donna un bref aperçu de leur visite.

— On dirait que vous avez tous vécu une semaine difficile.

— C'est un euphémisme. La loi de Murphy dans toute sa splendeur.

Ben examina la pièce et baissa la voix :

— Désolé si ce n'est pas très facile pour toi. De revoir Travis.

— Aucun problème, répondit David. C'était il y a trois mois. J'ai tourné la page.

Blaine entra dans leur conversation.

— Ben, encore une fois, désolé pour tes parents !

— Merci, Blaine.

— C'est tragique, ajouta Stewart.

— Mieux vaut changer le sujet, insista Ben. Que fais-tu actuellement, Blaine ? Toujours sur ta thèse de doctorat ?

— Oui, j'en ai peur.

— Sur quoi porte-t-elle ? demanda Travis.

— Je fais une lecture poststructuraliste du *Portrait de l'artiste en jeune homme* de Joyce. Tu connais ?

— Non-on, répondit Travis. Jamais entendu parler d'elle.

Stewart réprima un ricanement et tous les autres baissèrent les yeux, gênés.

— Qu'est-ce que j'ai dit ? s'étonna Travis.

— Rien, jeta Ben. C'est un homme. James Joyce.

— Ah. Désolé, je…

Ben l'interrompit en se tournant vers Martin :

— Tu comptes aller voir la nouvelle présentation des *Follies* ?

— Bien sûr. Nous irons en mai. Ce sera épique. Chaque fois que Bernadette fait du Sondheim, c'est épique.

— Nous l'avons prévu dans notre budget, ajouta Johnny. Des billets pour les *Follies* dès que la troupe reviendra à Broadway.

Martin repoussa la moquerie d'un geste de la main. Ben regarda Travis qui, les yeux baissés tentait de retirer les restes du cambouis toujours

140

plus ou moins incrusté sous ses ongles. Ben se sentit mal pour lui, mais il ne fit toujours rien.

— Je suis impatient de voir ce que Bernadette va faire de ce spécimen, continua Martin. La chanson *In Buddy's Eyes* m'intéresse moins, mais *Losing My Mind*? Je parle de l'original avec Dorothy Collins, c'est emblématique. De tout le répertoire musical théâtral, c'est la seule des chansons géniales qui concerne un chagrin d'amour, alors… comment pourrait-elle la foirer?

Tout le monde resta silencieux un moment. Puis David demanda :

— Travis, que penses-tu de New York ?

Ben lui en fut reconnaissant : sa question tentait de changer le sujet de la conversation, oubliant de la littérature moderniste et les comédies musicales de Sondheim. Pourtant, Travis sembla d'un avis différent.

— Je déteste.

— Pardon ? s'étonna Blaine.

— C'est une question qu'on me pose régulièrement depuis notre arrivée ici. Jusqu'ici, j'ai tenté de rester poli. Pour dire la vérité, cette ville est aussi nulle qu'une chiure de poulet sur la poignée de la pompe. Elle est froide et humide. Franchement, c'est pour quand la fin de l'inondation ? J'ai failli me faire agresser dès notre second jour. Tout est surpeuplé et étroit. Ma penderie à la maison est plus grande que les appartements que nous avons visités. Ben y étouffera la moitié du temps. Quentin a eu le cœur brisé hier quand cette Stephanie a critiqué ses dessins. Je n'arrive pas à comprendre qu'on puisse avoir envie de vivre dans une ville pareille !

Ses mots tombèrent dans un silence stupéfait. Après quelques instants, Stewart fut le premier à reprendre ses esprits.

— Eh bien, déclara-t-il, voilà un jugement bien négatif !

Ben intervint, en essayant de donner le contexte des commentaires de Travis.

— Nous avons eu une semaine difficile.

Colin revint de la cuisine.

— Le dîner est servi, annonça-t-il.

Il regarda autour de lui et nota les regards vides.

— Qu'est-ce que j'ai raté ?

— Rien, déclara David. Nous parlions simplement de Joyce et de Sondheim.

— Pfut, c'est d'un ennuyeux ! Tout le monde dans la salle à manger.

Travis ne dit plus un mot de toute la soirée et toucha à peine à son assiette, repoussant juste la nourriture avec sa fourchette. Les autres l'ignorèrent et s'engagèrent dans un débat politique animé sur la prochaine élection présidentielle. Ben essaya de participer, sans trop de succès. Il ne pouvait s'empêcher de se demander si Travis venait de rompre avec lui devant ses amis. Avait-il changé d'avis ? Était-ce le point de non-retour, au moins pour lui ?

Ben perdit l'appétit et s'excusa.

— Je vais aux toilettes.

— Charmant, Walsh. Au milieu du repas ?

Sans répondre à Colin, Ben se leva et traversa le couloir jusqu'à la salle de bain. Il commença par pisser, puis s'aspergea le visage d'eau froide. En se séchant, il fixa son reflet dans le miroir.

Est-ce que ça en vaut la peine ?

À peine cette idée lui avait-elle traversé l'esprit qu'il se figea en se souvenant de sa conversation avec son père, dans la cuisine. Il replaça la serviette sur la patère, à côté du lavabo, et ouvrit la porte. En sortant, il faillit se heurter à David.

— Désolé, dit ce dernier. J'ai moi aussi eu envie d'y aller.

Ben sortit dans le couloir.

— C'est ma faute. Je devrais regarder où je vais. Mon Dieu, ça a été la pire… une des pires semaines de ma vie. Je n'arrive pas à croire ce qu'il a sorti !

— Il a des excuses. Ce n'est pas facile pour lui.

— J'en ai assez de faire des efforts pour lui !

— Ne dis pas ça.

— Je voudrais me ficher au lit, les couvertures sur la tête.

— Tu l'aimes ?

— Je croyais l'aimer. Mais maintenant, il a tout gâché.

David lui effleura le bras, une caresse douce et réconfortante. Ben entendit un froissement de tissu et se retourna. Il vit Travis, les larmes aux yeux, l'air effondré et solitaire. David retira immédiatement sa main.

— Travis, s'empressa-t-il de dire. Ce n'est pas ce que tu penses.

— Ce que je pense n'a plus aucune importance.

Travis attrapa sa veste sur le portemanteau près de la porte.

— Je trouverai un taxi pour rentrer, déclara-t-il, très vite.

Ben le regarda ouvrir la porte et s'enfuir.

— Merde ! David, dis à Colin que nous avons dû partir. Je le rappellerai plus tard.

Il prit son manteau et courut après Travis, descendit deux volées d'escaliers et se retrouva dans la rue. Il regarda les deux côtés et le vit se diriger vers la 8e avenue. Il cria son nom, mais Travis ne s'arrêta pas. Ben se lança à sa poursuite. Lorsqu'il le rattrapa, il le saisit par le coude et le força à se retourner.

— Attends !

— À quoi bon ?

Là, Ben resta silencieux, planté sur le trottoir. Il n'avait aucune réponse à fournir.

— Quoi, tu n'as plus rien à dire à présent ? s'emporta Travis. Toi et moi savons très bien que je n'ai pas ma place ici. Comment as-tu pu me faire un truc pareil ?

— Alors, c'est ma faute si tu ignores qui est James Joyce ?

— Va te faire foutre ! Tu aurais pu m'aider.

— Comment ?

— Ça t'aurait tué de t'asseoir à côté de moi ? Et peut-être… oh, je ne sais pas, peut-être me traiter comme si j'étais ton putain de partenaire ?

— Tu es un adulte, Travis. J'ignorais que j'étais censé te tenir la main au cours d'un dîner. Merde, j'ai déjà trois gamins à charge. Je n'ai pas besoin d'un quatrième.

— Tu n'as pas de cœur, Ben Walsh.

Il commença à s'éloigner, mais il se retourna pour ajouter :

— Et en passant, merci pour cette petite exhibition avec David. C'était vraiment agréable.

— Très bien. Tu as raison. Autant tout laisser tomber.

Enragé, Travis lui balança son poing dans la mâchoire.

— Qu'est-ce qui… ? bredouilla Ben, sonné.

Les yeux de Travis brûlaient de fureur.

— Tu m'as arraché une promesse ! Tu m'as obligé à accepter de t'accompagner avant même que je sache dans quoi je m'embarquais. Toi et ton putain d'acte de foi ! Je m'en sortais très bien avant de te connaître. Et maintenant, regarde-moi. Je ne me reconnais même plus !

— Je ne t'ai pas menacé d'une arme.

— Je suis tombé amoureux de toi, Ben. Je marchais la tête dans les nuages. J'avais enfin une vraie famille. Quelqu'un à aimer, quelqu'un qui prendrait soin de moi et me laisserait l'aimer aussi. S'il fallait être gay pour obtenir tout ça, alors d'accord, parce que c'était le rêve de ma vie.

— Nous avons eu une mauvaise semaine.

— Je t'ai entendu dans le couloir. J'étais là quand David t'a demandé si tu m'aimais. Je t'ai entendu lui répondre.

— Je suis fatigué, Travis. Ne fais pas attention à ce que j'ai dit.

— Tu croyais m'aimer, mais j'ai tout gâché ? Alors maintenant, tu as changé d'avis ?

— Travis…

— Non. Tu as foutu ma vie en l'air. Si tu en as assez de faire des efforts, c'est pareil pour moi.

Ben ne savait plus quoi dire. Deux femmes qui passaient devant eux détournèrent les yeux pour ne pas les déranger pendant ce moment douloureux et privé. Ben remarqua aussi que la pluie avait cessé.

— Donc, c'est fini ? demanda-t-il.

Il s'était déjà trouvé dans cette situation, au point de rupture d'une relation. Il en reconnaissait les symptômes. Quelques mots bien choisis suffiraient pour basculer par-dessus bord, tomber au pied de la falaise et s'écraser sur les rochers. D'habitude, Ben exhalait ensuite un grand soupir soulagé. Mais d'habitude, c'était *lui* qui poussait son compagnon du moment à ce stade. Il n'aimait pas du tout s'y retrouver contre son gré. Il voulut tenter d'arranger les choses, mais…

Son téléphone sonna. Il le sortit de sa poche.

Quentin.

Il glissa le pouce sur l'écran et mit son portable à son oreille.

— *Ben, il faut que tu viennes nous chercher. C'est Jason. Il lui est arrivé un truc.*

— Que veux-tu dire ? Qu'est-ce qui lui est arrivé ? Où êtes-vous ?

Pas de réponse. Il entendit Quentin parler à quelqu'un. Travis le regarda, Ben était sûr que la panique qu'il éprouvait se lisait sur son visage.

— Qu'est-ce qui ne va pas ? demanda Travis.

— Je ne sais pas encore, chuchota Ben, la main sur son portable.

Quentin revint en ligne.

— *À Broadway, sur la 10e rue.*

— D'accord, j'arrive d'ici dix minutes. Attendez-moi et garde ton téléphone à portée de main. Je t'appellerai dès que nous arriverons.

— *Je suis désolé, Ben*, dit Quentin avant de raccrocher.

— Merde, jeta Ben. Allons-y.

— Qu'est-ce qui ne va pas ?

— Aucune idée.

Ils coururent jusqu'au coin de la rue et gesticulèrent furieusement pour arrêter un taxi. Ben donna au chauffeur l'adresse de l'intersection en question en indiquant qu'il s'agissait d'une urgence. Il ne cessa de tapoter nerveusement du pied et d'agiter les genoux durant tout le trajet jusqu'au centre-ville. Le taxi traversa le Village, puis prit à l'est, vers Broadway.

— Est-il possible d'aller plus vite ? demanda Ben.

Le chauffeur fit semblant de ne pas l'entendre.

— Tout finira par s'arranger, assura Travis.

Ben regarda par la fenêtre.

— Foutaises. Rien ne va.

Ils finirent par s'arrêter au carrefour devant l'église Grace Church. Ben lança plusieurs billets au conducteur et quitta le taxi d'un bond. Il vit Quentin et Catherine côte à côte, devant un dortoir universitaire. Jason était assis par terre, sur le trottoir. Ben et Travis coururent vers eux, et Ben s'accroupit immédiatement devant Jason.

— Que s'est-il passé ? aboya-t-il.

Ce fut Catherine qui répondit :

— C'est ma faute, Ben. Je n'ai pas fait attention.

— Ce n'est pas à toi que je parlais, Catherine. Que s'est-il passé, Q. ?

— C'était comme dans *Twelve*, expliqua Quentin. Ils avaient écrit *Joyeux anniversaire* sur la table basse. En lignes de coke.

Ben le regarda.

— Tu as laissé ton frère prendre de la coke ?

— Bien sûr que non ! Catherine lui a présenté ses amis gays et j'ai cru que tout irait bien.

— Il s'amusait bien, ajouta Catherine. Puis Nathan est venu me dire qu'il réagissait mal à un cachet d'ecstasy.

Ben s'adressa à son jeune frère.

— Jason ? Tu peux parler ?

— Je t'aime, Ben, répondit son cadet, désorienté, mais lucide. Tu es le meilleur frère du monde entier.

Ben regarda Catherine.

— Tu sais combien il en a pris ?

— D'après Nathan, un seul. De la pure.

— Tu es sûre que ça n'a pas été dosé avec une saloperie quelconque ?

— Certaine. Nathan n'achète que des produits de qualité pharmaceutique.

— Jason a-t-il déjà vomi ?

— Ouais, dit Quentin. Juste après je t'ai appelé. Qu'est-ce que tu as à la lèvre ? Vous vous êtes battus ? Contre qui ?

Ben ne répondit pas. Il voulait réfléchir à la situation. Il ne pouvait ramener Jason chez les Mead dans cet état. Il se demanda ce que son père ferait à sa place. Il le savait : son père l'emmenait d'urgence à l'hôpital. Mais Ben pensait avoir une meilleure idée. Et c'est alors qu'il le ressentit.

La dynamique.

C'était Ben qui tenait le volant à présent, il devait suivre son instinct. Le seul point de vue qui comptait était le sien, pas celui de son père. Si Jason se retrouvait à l'hôpital, il paniquerait. Aussi peu orthodoxe que cela paraisse, Ben tenait à ce que cette expérience serve à son frère de leçon constructive.

— Jason, tu peux te lever et t'appuyer sur moi ?

Son cadet lui mit les bras autour du cou et se laissa remettre debout. Il garda un bras autour de l'épaule de Ben et s'appuya contre lui.

— Catherine, pourrais-tu raccompagner Quentin et Travis chez toi ?

— Que vas-tu faire de Jason ? demanda Quentin.

— Pas maintenant, Quentin. Je m'occuperai de toi plus tard. Catherine ?

— Bien sûr. Comme tu veux, Ben. Tout ce que tu veux. Nous allons tout de suite prendre un taxi.

— Ne dis rien à tes parents, s'il te plaît. S'ils demandent où nous sommes, dis-leur juste que Jason voulait voir le Village de nuit. Ou invente autre chose, je m'en fiche.

— Je comprends.

Elle tira Quentin par la manche de son manteau et l'entraîna vers Broadway.

— Ben… commença Travis.

— Je t'en prie. Va avec eux. Je n'ai besoin de personne, je te le promets. Laisse-moi seul avec lui.

Travis hésita un instant, puis suivit Quentin et Catherine qui avaient déjà traversé Broadway et hélaient un taxi. Ben poussa Jason dans la direction opposée, vers University Place. Au bout de quelques pas, Jason cessa de marcher de guingois, comme un marin par gros temps, et retrouva un peu d'équilibre, s'appuyant moins sur Ben. Il renversa la tête pour fixer le ciel.

— Il ne pleut plus.

— C'est vrai, bonhomme. Comment tu te sens ?

146

— Comme si plus rien ne pouvait plus jamais me faire souffrir. Parce que je vois que tout est dans l'ordre des choses.

— Je sais, Jason. Tu veux en parler?

— Parler de quoi?

— De tout. De la vie. De l'univers. Des parents, peut-être.

— Tu penses que nous les retrouverons un jour?

— Je l'espère bien.

Jason fit une pause, puis il hocha la tête.

— Moi aussi. Ben, je peux te dire quelque chose?

— Tout ce que tu veux, Jason.

— Tu m'as sauvé la vie. Tu nous as tous sauvés. Quentin m'a dit qu'ils s'apprêtaient à nous séparer. Je ne sais pas ce que j'aurais fait si tu m'avais envoyé chez oncle Nick. Ou oncle Sam. Ils me détestent.

— Bien sûr que non!

— Si. Et ils te détestent aussi. Tu ne le savais pas?

— Personne ne nous séparera. Et plus rien ne t'arrivera jamais. Je suis là.

— Ah, Ben. Tu ne peux faire de telles promesses ni les réaliser! Je lis, tu sais. Je lis beaucoup. Tu n'as pas idée du nombre de livres qui portent sur la perte de l'innocence. Je n'ai que quatorze ans, aussi je ne suis pas censé être au courant, mais c'est le cas. Tu ne pourras jamais nous protéger éternellement.

— Je peux au moins essayer!

Jason se mit à rire.

— Ben, tu me crois trop jeune pour aimer?

— Peut-être. Inutile de te précipiter. En outre, beaucoup de gens t'aiment.

— Je ne parlais pas de cet amour-là. Regarde Travis et toi. Tu crois que je rencontrerai un homme qui m'aimera comme ça?

Ben songea alors à leur dîner catastrophique et leur dispute dans la rue.

— Tu n'auras que l'embarras du choix, jeune homme. Et celui qui t'aimera sera le gars le plus chanceux du monde.

— Ben, je ne m'intéresse pas au nombre. Pour te dire la vérité, j'aimais Jake. Beaucoup.

Ils traversèrent University Place et continuèrent à descendre la 10e rue vers la 5e avenue.

— Tu peux marcher tout seul? demanda Ben.

147

Ils s'arrêtèrent et Jason libéra l'épaule de son frère du poids de son bras. Il ne s'écroula pas.

— Où sommes-nous ?

— À l'ouest du Village.

— Pourquoi les réverbères sont-ils aussi brillants ? Et pourquoi j'ai des picotements partout sur la peau ?

— Tu te souviens d'avoir avalé un cachet au cours de la soirée ?

Avec un sourire, Jason se remit à marcher.

— Nathan. Il m'a demandé si j'avais déjà tenté de prendre de l'Ecstasy. Je n'ai pas voulu paraître plouc alors j'ai dit oui. Tu es fâché contre moi ?

— Non, le rassura Ben, qui marchait à ses côtés. Je ne compte même pas te punir. Si j'étais en colère, ce serait contre moi. Mais peu importe, parle-moi de Jake.

— Il m'a embrassé, Ben. J'ai senti mes orteils se recroqueviller. Est-ce que tu ressens ça aussi avec Travis ?

— Oui.

— C'est bien ce que je pensais. Mais maintenant, Jake ne veut plus me parler. Enfin si, il me parle, mais il ne veut plus rester seul avec moi. Maman a tellement flippé lorsqu'elle nous a trouvés ensemble qu'il ne s'en est jamais remis.

— Quand on connaît maman, qui lui en voudrait ?

À nouveau, Jason rit, plus fort encore.

— C'était la meilleure des mères, pas vrai ? Mais Jake a dit que c'était trop dramatique pour lui. Et bien sûr, je ne l'ai pas revu depuis la mort des parents.

Il s'interrompit un moment avant de reprendre :

— C'est la première fois que je le dis à voix haute. Ils sont vraiment partis, hein ?

— Oui, Jason. Ils ont vraiment disparu. Mais je suis là.

Ben remit le bras autour de son frère et continua à marcher.

— Hé, dit Jason, peut-être que nous pourrions aller ensemble à un rassemblement LGBT, « à la fortune du pot ». Toi et moi. Chacun apporte un plat et c'est très sympa.

— Bien sûr. Mais en attendant, arrêtons-nous dans cette épicerie. Je veux que tu boives. Et ne dis rien devant le caissier, d'accord ? Je préfère garder notre conversation privée.

— C'est un secret. Je comprends.

148

Ben les dirigea dans le magasin où il sélectionna rapidement un jus d'orange et une bouteille d'eau dans une armoire réfrigérée. Il ajouta un paquet de bonbons sans sucre et passa à la caisse. Une fois dans la rue, il ouvrit la canette et la tendit à Jason.

— Bois.

Son frère en prit une grande gorgée puis la rendit à Ben, qui entretemps avait décapsulé la bouteille d'eau.

— Maintenant, prends de l'eau, indiqua-t-il.

Jason obtempéra, puis voulut également se débarrasser de la bouteille. Ben refusa. Il ouvrit le paquet de bonbons et en sortit un pour enlever le papier qui le protégeait.

— Non, garde-la. Et prends ça.

Jason accepta le bonbon qu'il se fourra dans sa bouche.

— Miam. C'est au raisin. Au fait, qu'est-ce qui t'est arrivé ? Tu as pris un coup au visage ?

— Travis m'a frappé.

Jason se mit à rire.

— Sans blague ? Qu'est-ce que tu avais fait ?

— Je lui ai extorqué une promesse qu'il ne peut pas tenir.

— Ben, pour un homme censé être intelligent, tu es vraiment obtus parfois.

— Ouais, je sais. Continuons à marcher. N'abuse pas des bonbons, mais sans eux, tu risques de grincer des dents. Et je veux que tu boives régulièrement pour ne pas te déshydrater.

— D'accord.

Jason se dirigeait à présent vers la 6e avenue. Il regarda les bâtiments, les arbres de la rue, les lumières aux fenêtres et les passants.

— Tu m'as terriblement manqué lorsque tu es parti, reprit-il, mais maintenant, je comprends pourquoi ça te plaisait tant de vivre ici. On se croirait dans un autre monde. Tu crois qu'on va déménager pour de vrai ?

— Je ne sais pas, répondit Ben.

Dorénavant, il doutait sérieusement de la viabilité de son projet de vivre tous ensemble à New York.

— Ça te plairait ? ajouta-t-il.

— Je ne sais pas trop. Je t'ai menti en te disant que personne ne m'embêtait à l'école. Certains garçons me traitent de pédé et veulent me forcer à utiliser les toilettes des filles. Comment le savent-ils ? Je n'en ai pas

149

parlé à personne à l'école et ça m'étonnerait que ceux du rassemblement LGBT aient cafté.

— Personne n'a besoin de cafter, Jason. Ça se sent. En rentrant à la maison, j'irai parler à ton proviseur. Je te le promets. Et l'an prochain, tu seras dans une école privée. Que ce soit à New York ou ailleurs.

— C'est vrai ? Tu ferais ça pour moi ?

— Je ferais n'importe quoi pour chacun de mes frères.

— Papa disait que le public était l'épine dorsale de notre système éducatif et ça lui avait bien réussi.

— Oui, je le sais. Mais il ne comprenait peut-être pas les spécificités de ton cas. Sinon, je pense qu'il serait d'accord avec ma décision.

— Je l'ai déçu. Tu crois qu'il nous a pardonné d'être gays ?

Éberlué, Ben regarda son frère.

— Il n'y a *rien* à pardonner. Nous n'avons rien fait de mal.

— Tu sais bien ce que je veux dire.

— Oui, il nous a pardonné.

— Comment le sais-tu ?

— Parce que je lui ai parlé, il y a environ un mois. Il m'a fait des *migas* au milieu de la nuit.

Jason le frappa sur le bras.

— Tu es fou ou quoi ? Il est mort, il n'a pas pu te faire à manger.

— Je sais. Mais il m'a quand même dit qu'il se fichait que je sois gay. Donc, pas de souci, d'accord ?

— D'accord. On peut marcher encore un peu ? Il doit y avoir plein de trucs cool dans ce quartier.

— Bien sûr, Jason. Avance et je vais te montrer un truc vraiment cool. Tu te souviens de Thomas Wolfe ? Le gars qui a écrit *Ange exilé, une histoire d'une vie ensevelie* ?

— C'est un des livres préférés de papa ! Je viens de terminer, déclara Jason, avant de déclamer : *Nous croyons au néant de la vie, nous croyons au néant de la mort et à la vie après la mort, mais qui croit au néant de Ben ?*

— C'est ça. J'adore ce passage. Eh bien, Thomas Wolf a vécu ici même. Comme E. E. Cummings. Et Edgar Allan Poe.

— Ils ont tous habité par ici ?

— Ouaip. Viens, je vais te montrer.

Ils arpentèrent Greenwich Village pendant plus d'une heure et Ben montra à son frère chaque maison des grands auteurs qu'il connaissait. Puis ils allèrent jusqu'à Christopher Street, où Ben lui désigna le Stonewall, un bar ayant été site des émeutes de 1969, un événement marquant du mouvement des droits civiques des homosexuels aux États-Unis. Enfin, Jason s'arrêta net et regarda autour de lui, éberlué, comme s'il venait d'atterrir dans la rue.

— Que s'est-il passé ? demanda-t-il.

Ben se tourna pour le regarder dans les yeux. Ses prunelles avaient perdu leur dilatation anormale. Son trip était terminé.

— Tu es à nouveau lucide ?

Muet, Jason hocha la tête.

— Très bien. Dans ce cas, je veux que tu m'écoutes très attentivement. Au cours de la soirée, tu as accepté de prendre de la drogue. De l'ecstasy. Tu sais ce que c'est ?

À nouveau, Jason acquiesça. Toujours en silence.

— Je n'ai pas l'intention de te punir. Pas cette fois. Mais si tu recommences, tu auras affaire à moi. C'est compris ?

— Oui.

— Maintenant, voici ce qui va se passer. Tu n'arriveras pas à dormir et demain, tu seras dans un sale état. Mais nous allons retourner chez les Mead sans rien dire à personne. C'est bien compris ?

— Oui.

— Une fois de retour à la maison, j'aurai une longue conversation avec Quentin et toi. Et ni l'un ni l'autre ne recommencerez jamais une connerie pareille. Dans le cas contraire, vous serez consignés dans votre chambre jusqu'à vos majorités respectives. C'est compris ?

— Oui.

— Parfait. Maintenant, nous allons prendre un taxi et rentrer avant que Mme Mead prévienne les flics.

LE LENDEMAIN matin, tous étaient dans l'avion pour rentrer au Texas. Les Mead n'avaient pas posé de questions concernant leur soirée, malgré la lèvre enflée de Ben. Comme prévu, Jason avait la sensation qu'un train de marchandises lui avait roulé dessus. Quentin ne pipait mot et Cade regardait un film sur son téléphone, sans avoir conscience de l'humeur sombre de ses frères. En apprenant que Travis avait frappé Ben à la mâchoire, le cadet avait manifesté son empathie.

— Moi aussi, j'ai souvent eu envie de faire pareil.

Une fois en vol, Ben décida que Travis et lui devaient conclure leur discussion de la veille au soir.

— Il faut qu'on parle, commença-t-il.

— Ouais, je sais.

— Je regrette de t'avoir poussé à accepter sans que tu aies toutes les cartes en main. Ce n'était pas loyal de ma part.

— J'accepte tes excuses. Je regrette de t'avoir frappé.

— Je le méritais sans doute.

L'hôtesse fit avancer son charriot jusqu'à leurs sièges et leur demanda ce qu'ils voulaient boire. Tous deux demandèrent un coca et des biscuits salés.

— Et maintenant? demanda Travis.

— Sans cette histoire avec Jason la nuit dernière... tout pourrait être différent. Mais à quoi bon se leurrer? J'avoue, j'ai été distrait. Par ma douleur. Par mon idée fixe de revenir à New York.

Il fit une pause avant d'ajouter :

— ... et par ma relation avec toi. Je n'ai pas été assez attentif. J'aimerais reporter tout le blâme de ce qui est arrivé la nuit dernière sur Quentin, mais je ne leur ai même pas demandé où ils allaient. Ni chez qui se passait cette soirée. Ni si c'était sous le contrôle d'un adulte. Ce que devrait faire tout parent digne de ce nom. J'ai juste fait confiance à Catherine, même si je suis le seul responsable de mes frères. Apparemment, Julie avait raison : je ne suis pas prêt. Je n'ai aucune idée de ce qu'être parent signifie. S'il arrivait quelque chose à un des garçons, je ne me le pardonnerais jamais. La liste de mes regrets est déjà bien trop longue.

— Je comprends.

— Tu crois ça?

— Ben, j'étais mort de peur la nuit dernière. Si j'avais été à ta place, je n'aurais pas su quoi faire. D'ailleurs, qu'est-ce que tu as fait?

— J'ai tenté de transformer un *very bad trip* en leçon. Quand ils m'ont dit que Jason avait vomi, j'ai su qu'il avait déjà assimilé une bonne partie de la drogue. Par ailleurs, je savais aussi qu'une pilule pure n'est pas mortelle. Donc, Jason allait planer un moment et je ne pouvais plus rien empêcher. Il avait besoin d'un frère, pas d'un hôpital.

— Comment savais-tu tout cela?

— Allez, Travis. J'ai vingt-sept ans, je suis gay et je vis à Manhattan. J'ai tout essayé, même l'ecstasy. Pour qui me prends-tu?

— Qu'est-ce que tu as fait avec Jason?

— Nous avons arpenté le Village et parlé. Il avait beaucoup à dire! L'ecstasy a tout d'un sérum de vérité. Il a vidé son sac. J'ai découvert qu'il

152

est brutalisé à l'école. J'ignore ce que mes oncles lui ont dit, mais Jason, apparemment, pense qu'ils le détestent. Il a le béguin pour un dénommé Jake. Et pendant que nous parlions... je ne sais pas, il est devenu ma priorité. Désormais, mes frères passeront les premiers. Avant mon travail. Avant moi et...

— Et avant moi.

— Je suis désolé.

Travis détourna la tête et regarda par son hublot. Ben lutta pour retenir ses larmes. Il vit que Travis avait le même problème lorsque celui-ci s'essuya les yeux.

— Tu comptes toujours déménager à New York en mai prochain ?

Ben n'avait pas de réponse à cette question.

— Je ne sais pas. Je vais en reparler avec eux. Cette semaine a été un désastre, mais ce n'était qu'un concours de circonstances. Je veux savoir s'il y a un vrai problème. Et pour appliquer ma nouvelle résolution de les faire passer les premiers, ce sera à eux de décider. Je leur en donnerai le pouvoir.

— Ni Quentin ni Jason ne te diront jamais non. Pas après la nuit dernière. Je suis resté deux heures assis avec Q. à t'attendre. Il n'a pas cessé de battre sa coulpe, de parler de votre père et de la déception qu'il représentait pour lui. Mais il chantait aussi tes louanges.

Ben essaya de sourire.

— Peut-être que ce séjour nous était nécessaire. Pendant trois mois, nous avons tous vécu dans une bulle. Il fallait bien qu'elle éclate à un moment ou à un autre.

Travis détourna la tête vers son hublot. Pendant quelques instants, tous deux gardèrent le silence.

— Alors, qu'est-ce qu'on fait maintenant ? demanda Travis, les yeux toujours fixés sur les nuages qui flottaient.

— Je voudrais pouvoir te répondre. Franchement, j'aimerais bien. Si nous déménageons, je comprendrai que tu ne viennes pas avec nous. Je sais que tu ne te sens pas chez toi à New York. Mais si nous restons à Austin... eh bien, j'ai encore mes priorités à suivre. Peut-être que je ne suis pas celui qu'il te faut, Travis, du moins, pas en ce moment. Je veux que tu fasses partie de leur vie. Je veux que tu fasses partie de la mienne. Mais je ne sais pas comment être en même temps un partenaire et un parent.

Travis lui tourna le dos.

— J'attendrai jusqu'à ce que tu prennes une décision.

— Non. Je ne peux pas te demander ça.

— Tu ne m'as rien demandé.

Ils se turent. Puis Ben céda.

— D'accord. Mais j'ai besoin d'un break.

— Combien de temps ?

— Je ne sais pas, répondit Ben qui secoua la tête.

Travis prit une gorgée de son coca.

— D'accord. Laisse-moi au moins te dire que je ne pense pas la moitié de ce que je t'ai jeté à la tête hier soir. Certaines paroles étaient vraies, mais je ne me souviens pas d'avoir jamais été aussi en colère. Je ne sais pas ce qui m'a pris. J'ai eu tort de t'accuser d'avoir fichu ma vie en l'air. En vérité, c'est tout le contraire. Tu m'as réveillé, Ben, et je ne parle pas de devenir gay. Je sais qu'un jour, je regarderai en arrière en réalisant que notre rencontre a été pour moi un tournant. Peu importe ce qui se passera entre nous.

Il s'étrangla et dut à nouveau se détourner. Après un moment, il s'essuya les yeux et continua :

— Je ne sais pas si j'éprouverai un jour les mêmes sentiments pour un autre, mais au moins, je sais en être capable. Je parle d'aimer. Je sais que c'est en moi, ce dont je n'avais jusque-là aucune idée. Je t'aime, Ben, et je ne l'ai jamais dit auparavant, parce que cela ne signifiait rien pour moi.

— Je t'aime aussi, Travis. Je n'aurais jamais pu survivre à ces trois derniers mois sans toi.

— Ce n'est pas vrai, mais c'est agréable à entendre.

Ils gardèrent essentiellement le silence tout le reste du vol.

Une fois arrivé à la maison, Travis traversa la rue pour retourner chez Mme Wright. Les frères Walsh entrèrent chez eux et se laissèrent tomber sur les canapés du salon et allumèrent la télévision, heureux d'être de retour et de voir la fin de leur épreuve new-yorkaise.

Par la suite, Travis ne revint pas. Quand Cade demanda de ses nouvelles, Ben lui expliqua que pendant un moment, leur voisin et ami ne passerait plus tout son temps libre avec eux. Cade n'insista pas.

La même semaine, Ben s'assit avec Quentin et Jason pour une longue conversation. Il leur expliqua ce qui s'était passé entre Travis et lui et les deux garçons se sentirent désolés d'avoir joué un rôle dans cette séparation. Ils parlèrent de la soirée en particulier et des drogues en général. Ben ne pouvait leur faire un sermon paternel, mais il réforma sa première approche trop laxiste et fixa de nouvelles règles. Quand ses frères lui démontreraient qu'ils étaient capables de bon sens, alors « peut-être » qu'il relâcherait la bride.

Une semaine plus tard, Ben reçut un courrier de Wilson & Mead. En quinze pages, leur proposition de contrat détaillait les termes de l'assistance financière que la firme accordait aux frères Walsh. Ben mit près d'une heure à tout parcourir. Il s'arrêta à la page quatorze qu'il relut à plusieurs reprises tandis que les paroles de son père résonnaient à ses oreilles. Le contrat contenait une clause de non-concurrence ! Si Ben le signait en acceptant leur argent, il n'aurait jamais plus la liberté de quitter Wilson & Mead, sous aucun prétexte. Il ne pourrait pas davantage exercer dans l'État de New York durant les prochains vingt-cinq ans.

Après la semaine fatidique, Ben avait commencé à sérieusement remettre en question son projet de déménager ses frères à New York. Cette clause contractuelle ne fit que renforcer sa décision d'y renoncer. Il ne l'accepterait jamais et savait que même Colin ne pourrait l'en persuader. En outre, Ben ressentait le besoin de mûrir enfin et de cesser de dépendre autant de son meilleur ami. Il songea à ce jour, à New York, quand il avait pris l'appel du père Davenport, et que son principal problème était le choix du cadeau de Noël qu'il devait acheter à David. Cela lui semblait dater d'une éternité, d'une autre vie. Il réalisa combien il s'était montré puéril après la mort de ses parents.

Au dîner ce soir-là, il annonça à ses frères sa décision de rester à Austin. Il passerait en août prochain l'examen du barreau au Texas et espérait retrouver un emploi d'ici le *Labor Day*, le premier lundi de septembre, traditionnellement chômé pour marquer la rentrée après les vacances d'été. Les trois garçons exprimèrent leur soulagement, même Jason. Son premier contact avec les riches adolescents de Manhattan l'avait laissé réticent.

Un après-midi de début avril, Ben remarqua que depuis plusieurs jours, il ne voyait plus le vieux pick-up garé en face de chez lui. Travis lui manquait. Et Ben regrettait leur discussion durant leur retour en avion de New York. Il décida de traverser la rue et d'enquêter. Il frappa à la porte d'entrée et attendit. Mme Wright remua à l'intérieur et cria :

— *Qui est-ce ?*

— Ben Walsh. Le voisin d'en face.

Quelques secondes plus tard, elle lui ouvrait la porte avec un sourire.

— Ah, je vous attendais, Ben.

— Vraiment ?

— Oui, répondit-elle. Mais d'abord, j'ai une question à vous poser.

— Je vous écoute, Mme Wright.

— Vous comptez déménager à New York ou rester à Austin ?

— Eh bien, finalement, nous allons rester. Pourquoi ?

— Parce que Travis m'a recommandé de ne vous donner ceci que si vous restiez.

Elle retourna sur ses pas pour prendre une enveloppe kraft posée sur la table à côté de son canapé, elle revint ensuite la remettre à Ben.

— Voici.

Il baissa les yeux sur l'enveloppe. Sur l'avant, Travis avait griffonné son nom au marqueur noir. *BEN.*

— Où est-il parti ?

— Il ne m'a rien dit. Il a juste emballé ses affaires, il y a quelques jours, avant de s'en aller. Il a dit vous comprendriez en lisant ceci.

Ben sentit le sang quitter son visage. Sa bouche devint si sèche qu'il dut s'éclaircir la gorge avant de parler.

— Merci, Mme Wright.

— Comment vont vos frères ?

— Très bien, merci de vous en inquiéter. Je vais devoir vous laisser, il faut que je passe bientôt les chercher à l'école.

— Vous savez, notre cercle à l'église vous inclut toujours dans nos prières. Dieu sait que cela ne peut vous faire de mal.

— Je vous en remercie. Vous avez raison.

Il se tourna pour s'en aller puis s'arrêta net.

— Si Travis vous téléphone ou prend contact, pourriez-vous me le dire ?

— Bien sûr, cher enfant.

Il la quitta et retraversa la rue, le cœur battant. Se précipitant par la porte arrière pour entrer chez lui, il s'assit à la table de la cuisine. Il fixa l'enveloppe plusieurs minutes, terrifié à l'idée que cette lettre soit probablement un adieu. Il ramassa enfin l'enveloppe et en tâta le contenu. Ce n'était pas une lettre. Il l'ouvrit et la vida sur la table devant lui. Il s'agissait de la carte d'Alaska qu'il avait offerte à Travis pour Noël. Sur l'avant, il y avait deux mots, griffonnés au même marqueur noir.

Je reviendrai.

XV

— QU'EST-CE QUE C'EST ? demanda Quentin

Il brandissait la carte de l'Alaska. Ben avait été les chercher à l'école, après quoi, tous s'étaient réunis dans la cuisine pour discuter des plans du dîner.

— Ça veut dire quoi, « *je reviendrai* » ? insista-t-il.

— C'est ce que Travis a laissé pour moi. Je suis allé chez Mme Wright cet après-midi pour lui demander ce qu'il devenait, parce que je n'avais plus vu son pick-up depuis quelques jours. Elle a dit qu'il avait pris ses affaires et qu'il était parti. Mais sans lui dire où il allait.

Cade fit le tour de la table et prit la carte des mains de Quentin.

— Peuh ! Il est allé en Alaska.

— Ça n'a aucun sens, répliqua Ben. S'il est en Alaska, il aurait pris la carte. Je la lui ai donnée pour ça.

— Tu ne vois pas les choses comme lui, insista Cade. Il aime les films policiers, les énigmes. S'il t'a laissé sa carte, c'est sa façon de te dire où il est parti. Il a toujours voulu voir un endroit où le soleil ne se couche jamais. Tu l'as ouverte ?

— Non, répondit Ben. Pourquoi ?

— L'un des films préférés de Travis est *Indiana Jones et la Dernière Croisade*. Un X marque l'endroit fatidique. Tu t'en rappelles ? Dans la bibliothèque ?

Cade ouvrit la carte et la posa sur la table.

— Tu vois ? dit-il, pointant la partie nord de l'État.

Du même marqueur noir, Travis avait mis un X sur la ville de Barrow.

— C'est sur la côte, dit Jason, dans le cercle arctique. Le soleil ne se couchera pas pendant deux mois et demi, de mi-mai à fin juillet.

— Comment le sais-tu ? demanda Ben.

— Travis nous en avait parlé, répondit Quentin. Il faisait des recherches depuis un certain temps. Je pense même qu'il avait un emploi sous le coude. Deux mois et demi non-stop de lumière ! Il était super excité.

Ben en resta coi de stupéfaction. Il avait demandé un break et c'était exactement ce que Travis lui offrait. *Je reviendrai.* Il n'avait pas dit quand,

157

mais d'après lui, ce serait quelque temps après le *Labor Day*. Il n'en avait aucune garantie, bien sûr, juste une note griffonnée sur une carte. Pourtant, c'était peut-être ce qui pouvait leur arriver de mieux. Ben *devait* se concentrer sur sa famille et retrouver ses bases. Et de toute façon, il passerait sans doute l'essentiel de son été à réviser son examen juridique. Peut-être aussi à renouer avec certains de ses amis en ville pour retrouver une vie sociale. Très brièvement, Ben envisagea d'oublier Travis et de tourner la page, mais il continuait à entendre les paroles de son père résonner à ses oreilles.

Les eaux troubles.

Alors, il décida d'attendre.

PEU APRÈS la disparition de Travis, Ben prit rendez-vous avec l'école de Jason pour évoquer le problème de son frère. Le proviseur l'écouta et lui promit de régler la question, mais Ben doutait qu'il en ait le pouvoir. Il lui fallait sortir Jason de là à la prochaine rentrée scolaire. Quand il prit des renseignements sur les meilleures écoles privées, tous ceux qu'il interrogea lui répondirent par les mêmes noms : St Andrew et St Stephen. Toutes deux dépendaient de l'Église épiscopale des États-Unis. Ben prit rendez-vous avec chacune d'elles et discuta du cas de Jason. Après avoir pris connaissance de ses résultats, les deux écoles exprimèrent un vif intérêt. D'après Ben, des parents décédés et un cas d'homophobie à régler ajoutaient un bonus au dossier, l'église épiscopale étant aussi tolérante que le christianisme le permettait. Il savait que ce genre d'institutions aimait la diversité et luttait contre l'exclusion, sous toutes ses formes. Jason, après avoir à son tour rendu visite aux deux établissements, se décida en faveur de St Stephen. Il créa un calendrier qu'il posa sur le réfrigérateur, afin de décompter ses derniers jours dans le public.

— L'année prochaine, disait-il, tout ira mieux.

EN MAI, Ben accompagna Jason au rassemblement mensuel des jeunes LGBT « à la fortune du pot ».

Alors qu'ils entraient dans la salle commune avec dans leur assiette un bifteck grillé et une brochette de légumes, Ben demanda à son frère :

— Alors, où est ce fameux Jack McAlister ?

— Il s'appelle Jake, le corrigea Jason, balayant la pièce des yeux. Il est là-bas, avec les deux lesbiennes. Celles qui ont des crêtes iroquoises assorties. Et sa mère est assise à la table d'à côté. La dame en Chanel qui téléphone.

— Voilà qui démontre son ouverture d'esprit. Où va-t-il à l'école?

— À Westlake.

Ben hocha la tête.

— Tu as bon goût! Tu avais raison, il est Justin.

— C'est dégueu!

— Quoi? Je ne peux pas te donner mon avis et trouver ton copain sexy?

— Non. Je préférerais que tu t'en abstiennes. Et tu sais très bien que c'est pas *mon copain*, du moins, pas dans ce sens-là, aussi ne me fiche pas la honte devant lui, s'il te plaît.

— Fais-moi confiance, Jason. Je ne suis pas papa. Tu sais à quoi Jake s'intéresse ?

— Il veut travailler dans l'industrie cinématographique. Il est imbattable sur les films.

— Hmm. Un Dawson Leery version moderne.

— Qui c'est?

— Quels sont ses hobbies?

— Il aime l'eau. Son père a un hors-bord, mais lui préférerait apprendre à faire de la voile.

— Que fait son père?

— Il est avocat.

Ben rit.

— Ça devient trop facile. Bon, je vais m'occuper du gros œuvre, mais quand je te ferai ce signe...

Il frotta son index sur l'arête de son nez, comme dans *l'Arnaque*, avec Paul Newman et Robert Redford.

— ... tu l'inviteras.

— Je l'inviterai à quoi?

— Tu comprendras le moment venu. Prête-moi juste attention.

Après avoir déposé leur assiette chaude sur la table, Ben et Jason se dirigèrent vers l'endroit où Jake McAlister était attablé avec ses amies. Sa mère se trouvait proche, mais à une table voisine.

— Salut, Jake, dit Jason.

Les deux filles, qui leur faisaient face, levèrent les yeux. Et Jake se retourna.

— Hé, Jas, quoi de neuf? C'est ton frère?

Jake se leva tandis que sa mère, toujours au téléphone, les examinait.

— Oui, c'est Ben. Ben, voici Jake.

Ben tendit la main, Jake la serra, poliment.

— Ravi de te rencontrer, Jake.

— Pareil pour moi. Voici ma mère.

Celle-ci se détourna, le téléphone sur l'épaule, et tendit la main droite.

— Sarah McAlister. Ravie de vous rencontrer.

— Ben Walsh, dit-il en lui serrant la main. Ça vous ennuierait que nous nous joignions à vous ? C'est la première fois que je viens, autant choisir une tablée sympathique.

Tout le monde rit.

— Bien sûr, dit-elle, prenez place.

Ben fit le tour de ta table pour s'asseoir face à Sarah McAlister. Jason prit place près de Jake, Brenda et Debbie, le couple de lesbiennes, étant de l'autre côté.

— Je te rappellerai, déclara Sarah au téléphone. À plus… Oui, je sais, je suis d'accord. Nous en reparlerons quand je rentrerai à la maison. C'est promis.

Elle referma son portable et le rangea dans son sac.

— Excusez-moi, je ne voulais pas être impolie. Ben, je suis tellement désolée pour vos parents. Puis-je vous appeler Ben ?

— Bien volontiers. Puis-je vous appeler Sarah ?

— Bien sûr.

Ben l'examina avec une attention discrète. Elle avait de l'argent, mais sans être pourrie de fric, loin de là. Elle ne faisait pas teindre ses racines aussi souvent qu'elle le devrait. Moins de trente-cinq ans. Probablement devenue mère encore adolescente.

— Merci, l'hiver a été difficile pour nous tous, mais maintenant que voilà le printemps, nous commençons à nous remettre. Au fait, votre tenue vous sied à merveille. Du Chanel ?

— Oui, répondit-elle en rougissant. Merci.

Jake leva les yeux au ciel.

— Jason m'a dit que vous viviez à New York. Vous avez dû revenir ici ? Après… vous savez…

— Ouais, c'est exact.

— C'est chiatique.

— Jake, voyons, gronda sa mère.

— Ben quoi, c'est vrai ! se défendit-il. Ça doit être dur de quitter New York pour revenir ici et tout recommencer ? Tu dirais quoi si ça t'arrivait ?

Ben appréciait déjà ce garçon.

— Vous avez retrouvé un job ? continua Jake.

— Non, pas encore.

— Vous êtes dans quelle branche ? demanda Sarah.

— Je suis avocat au pénal.

— Vraiment ? Mon mari est également avocat. Peut-être pourrait-il vous aider pour votre CV ou je ne sais quoi.

— C'est une bonne idée. Travaillerait-il par hasard chez Harrison & Pope ?

Ben vit Sarah McAlister perdre son sourire, mais il continua comme si de rien était :

— Ils veulent me faire signer un contrat dès maintenant, mais je préfère attendre jusqu'à l'automne pour prendre ma décision. Mon père m'a toujours conseillé de ne pas me précipiter.

— C'est un des cabinets où papa a postulé, non ? demanda Jake à sa mère.

Parfait, pensa Ben.

— Vous avez reçu une offre de Harrison & Pope ? demanda-t-elle, ignorant son fils.

— Oui, mais comme je vous l'ai dit, je ne veux rien décider avant septembre. J'ai l'intention de passer l'été avec mes frères, je vais peut-être aussi les amener faire de la voile à Southampton.

Jake se redressa.

— Vous faites de la voile, Ben ?

— Oui. Il y a quelques années, un de mes amis de Columbia m'a emmené sur son voilier et depuis lors, je suis accro. L'été dernier, nous avons navigué entre New York et Miami. Aller-retour.

— Sans blague ! s'écria Jake.

— Vous étiez à Columbia ? murmura Sarah.

— Jason ? Tu peux confirmer mes dires à Jake ?

— C'est vrai.

— Avant toute chose, enchaîna Ben, je tiens à ce que mes frères sachent naviguer. Dans ce but, j'envisage de louer un bateau pour le week-end du Memorial Day [8], le dernier lundi de mai. Nous irons sur le

8 Jour de congé officiel aux États-Unis, qui rend hommage aux soldats morts au combat. (NdT)

161

lac Travis pour leur apprendre les bases de la voile. Et peut-être même y camper la nuit.

— Ça semble…. commença Jake.

Il s'arrêta quelques secondes avant de continuer :

— J'aimerais bien que mon père fasse un truc comme ça. Mais il ne s'intéresse qu'à son stupide hors-bord.

À ce moment-là, Ben promena son index sur son nez. Jason écarquilla les yeux.

— Tu veux venir avec nous ? demanda-t-il à Jake.

Celui-ci en resta bouche bée.

— Sérieusement ?

— Tu es d'accord, Ben ? demanda Jason, l'air innocent.

— Bien sûr !

Il se tourna vers Sarah.

— Je suis un marin confirmé et mon ami Colin, qui m'a initié à la voile, sera avec moi. Il navigue depuis qu'il est tout petit. Et Jake pourra partager une tente avec l'un de mes frères.

— Maman, je peux y aller ? S'il te plaît ? plaida Jake.

— Eh bien, je vais devoir en parler d'abord à ton père, mais je suis sûre qu'il sera d'accord.

— Oh mon Dieu ! déclara Jake, se tournant vers Jason. Ça va être génial !

Jason paraissait également prêt à éclater d'enthousiasme.

— Je sais ! applaudit-il.

— Allons chercher un truc à manger, Jas, suggéra Jake.

Déjà, il se levait et reculait la chaise de Jason. Ben se pencha pour murmurer à Brenda et Debbie :

— Je vous conseille les steaks et les brochettes végétariennes. Je les ai faits moi-même.

Elles lui sourirent en lui assurant qu'elles y goûteraient, mais un autre groupe d'amis arrivant peu après, les deux filles changèrent de table. Jake et Jason se retrouvèrent à parler entre eux, tandis que Ben interrogeait longuement Sarah sur la dure tâche d'élever des adolescents. Quand il fut temps de partir, ils avaient échangé leurs numéros de portable. Ben lui promit de la contacter la semaine suivante pour organiser le séjour.

— Auparavant, vous devriez passer dîner à la maison, suggéra-t-elle. Dan aimerait vous rencontrer, j'en suis sûre. Et ça le pousserait aussi à donner son autorisation pour Jake.

— Excellente idée. Qu'en dis-tu, Jason ?

— Ouais, pourquoi pas ? Merci, Mme McAlister.

SUR LE chemin du retour, Jason eut du mal à contenir son excitation.

— Je n'ai jamais vu ça ! Je vais passer le week-end du Memorial Day à faire de la voile avec Jake McAlister ? Je dois rêver. Que quelqu'un me pince !

— Du calme, le morigéna Ben. Ce sera surtout une excellente occasion de vraiment le connaître. Commence par une amitié avant de décider s'il vaut la peine que tu recommences à l'embrasser. Et si c'est le cas, dis-lui bien que je ne l'expulserai pas de la maison. Tu auras quinze ans dans deux mois. C'est un âge où tu peux embrasser un garçon. Dieu sait que je l'ai fait !

— Ne t'inquiète pas. J'ai déjà parlé sexe avec oncle Colin.

— C'est ce que j'ai appris. En parlant d'oncle Colin, tu ferais mieux de lui envoyer un texto. Dis-lui de réserver son billet pour Austin au Memorial Day et annonce-lui aussi qu'il vous donnera des leçons de voile, à toi et à ton copain potentiel. Il ne refusera jamais une offre présentée de cette façon.

— Ce week-end-là, ce sera aussi l'anniversaire de Cade.

— Parfait, alors. Il aimera apprendre à naviguer. Il faudra juste lui trouver son cadeau.

— Il veut…

— Attends, coupa Ben. J'ai essayé de faire des progrès question attention, donc, je devrais le savoir. Il est… attends… il se plaint de sa bicyclette, non ? Bien sûr, c'est évident : il veut un nouveau vélo.

— Bingo.

— Jason, dit Ben, tout sourire, nous allons trouver pour notre petit frère le plus redoutable des modèles à deux roues.

BEN APPRÉCIA beaucoup le dîner chez les McAlister. Chaque fois que Dan lui adressait la parole, sa voix trahissait ce mélange d'admiration et d'envie que Ben avait pris l'habitude de percevoir chez ses confrères. Jake étant fils unique, ils n'étaient que cinq à table, et inévitablement, le principal sujet de conversation fut la carrière de Ben, présente et future.

— L'université de droit à Columbia ? demanda Dan. C'était comment ?

— Les trois meilleures années de ma vie.

163

— Sans blague ? Je ne peux pas dire la même chose.

— Où avez-vous fait votre droit ?

— Ici, à l'UT. Comme la moitié des avocats d'Austin.

Il changea rapidement le sujet :

— Ainsi, d'après ce que j'ai compris, vous comptez faire de la voile ? Personnellement, je préfère le hors-bord.

— Oui, confirma Ben. Mon ami, Colin Mead, viendra de New York pour se joindre à nous et apprendre le b.a.-ba aux garçons. Il navigue depuis qu'il est enfant.

— Mead ? Serait-il de la famille de Joseph Mead ?

— Son petit-fils. J'étais avocat chez Wilson & Mead. Colin et moi étions ensemble à l'université. J'ai appris la voile sur l'un des bateaux de Joseph Mead. Et honnêtement, je vous raconte ceci juste pour vous donner le contexte, pas pour…

— Bon Dieu ! s'exclama Dan. C'est donc vous ! J'ai surpris une conversation l'autre jour, au palais de justice, concernant l'arrivée en ville d'un protégé de Joseph. Pas étonnant que vous avez déjà reçu un contrat de Harrison & Pope. Les cabinets vont tous se précipiter pour vous avoir.

— J'ai déjà reçu plusieurs offres, admit Ben. Mais je n'ai pas l'intention de me presser, en espérant que les enchères vont monter.

— Vous êtes finaud, parce que ça ne manquera pas. Au fait, Sarah et moi tenions à vous remercier d'avoir invité Jake à participer à ce séjour. Je sais qu'il passera avec vous tous un excellent moment. Et j'espère qu'il se tiendra correctement, pas vrai, JJ ?

— Oui, papa.

Ben enchaîna :

— Vous et moi devrions déjeuner ensemble de temps à autre, Dan. J'aimerais vraiment votre avis sur ce qui se passe sur le terrain.

Dan se redressa un peu dans son fauteuil.

— Bien volontiers, dit-il. Personne ne se dispute pour moi, mais j'exerce depuis un certain temps, aussi je connais bien le milieu, pour sûr.

— Ça ne vous dérange pas ?

— Au contraire ! Ce serait avec plaisir.

— Merci. C'est très sympa de votre part.

Sarah intervint, trouvant que les deux hommes avaient assez parlé boutique :

— Alors, Jason, Jake me dit que tu seras l'an prochain à St Stephen ?

— Oui, madame. Je n'ai plus que neuf jours à supporter le public.

164

— Hé, protesta Jake. Moi, je reste dans le public.

— Arrête ton char, ricana Jason. Westlake est une institution d'élite qui se fait passer pour une école publique. Pour y étudier, il faut d'abord vivre ici, ce qui n'est accessible qu'aux nantis. C'est un mode de sélection des privilégiés via l'économie et le zonage.

Jake rit.

— Tu deviens militant, Walsh?

— Pourquoi pas? répondit Jason. Excusez-moi, M. et Mme McAlister, je ne voulais pas...

— Pas de souci, mon garçon, le rassura Dan, en souriant.

— Le soir, à table, notre père encourageait... les débats d'opinion, expliqua Ben.

— Il aimait la controverse étayée, admit ouvertement Jason.

Son frère aîné se mit à rire, puis il se tourna vers leurs hôtes.

— J'espère que nous n'abusons pas de cette habitude familiale.

— Ne vous inquiétez pas, lui assura Sarah. Quoi qu'ait fait votre père, vous êtes devenu un avocat diplômé de l'Ivy League [9]. Si discuter politique en mangeant des pâtes envoie mon fils à Columbia, je suis tout à fait pour.

LE WEEK-END du Memorial Day ressemblait un peu au film *Lame de fond* – deux hommes et quatre garçons sur l'immensité de l'eau. Le lac Travis n'était pas vraiment l'océan Atlantique, mais le petit groupe avait cependant de quoi se distraire. Jake n'eut aucun mal à s'adapter, il buvait la moindre parole de Colin qui leur enseignait la navigation. Ben ne se souvenait pas avoir jamais vu son meilleur ami aussi heureux.

— Ça te plaît, pas vrai?

Le soleil s'était couché depuis longtemps, les garçons avaient déjà retrouvé leurs sacs de couchage pour leur première nuit. Ben et Colin restaient assis à côté du feu de camp en regardant s'éteindre les dernières braises.

— J'aime me retrouver entre hommes, admit Colin. Et ce camping sauvage évoque tout à fait *Le Secret de Brokeback Mountain*.

Il se pencha vers Ben pour lui murmurer à l'oreille :

— Que penses-tu de Jake?

9 Groupe de huit universités privées du nord-est des États-Unis des plus prestigieuses, à connotation d'excellence, de grande sélectivité et d'élitisme social (NdT)

— C'est un brave garçon, répondit Ben, sur le même ton. Jason et lui paraissent bien s'amuser.

— Ce gosse est naturellement doué. Il sent vraiment le bateau.

Ils cessèrent de chuchoter en changeant de sujet.

— Alors, reprit Colin, comment tu t'en sors ?

— Bien. Je réviserai cet été mon examen pour le barreau au Texas. Tu imagines ? Repasser ça ? Je pensais que c'était derrière moi.

— Ne te fais pas de mouron, Walsh. Tu passerais sans doute haut la main même sans ouvrir un bouquin de droit.

— Merci pour ta confiance, mais je préfère ne pas prendre de risque. Et toi, comment ça va ?

— Pas mal. Je devrais probablement t'annoncer que je sors avec David.

Ben secoua la tête avec un sourire.

— Je le savais.

— Ça ne te gêne pas ? Je ne connais pas trop les règles du code *bromance*.

— Colin, je suis enchanté pour toi.

Et il le pensait.

— En fait, insista-t-il, David et toi êtes parfaits l'un pour l'autre.

— Tu as des nouvelles de Travis ?

Ben secoua la tête.

— Non. Je pense que je n'en aurai pas avant son retour. S'il revient un jour !

— L'Alaska, hein ? Il commence à me plaire. Non qu'il m'ait déplu auparavant, je gardais juste une neutralité suisse sur votre petite affaire. Tu vois, nous avons tous le fantasme Scudder, mais…

— Colin, arrête ! Travis n'a rien en commun avec Alec Scudder. Je ne l'ai jamais rencontré dans un hangar à bateaux.

— Veux-tu bien me laisser finir ? Primo, Scudder était sexy. Secundo, j'ai eu tort de juger Travis à travers mon étroite vision du monde. Ce garçon a du potentiel. Tu lui as demandé un break et il t'a pris au mot. C'est brillant de sa part, parce que franchement, ton idée était débile. Une relation n'est pas un match de football, il n'y a pas de mi-temps. Et tertio, je suis désolé d'avoir invité David à dîner ce soir-là.

— C'est déjà loin, l'eau est passée sous le pont, comme on dit. Je te l'ai déjà dit et je te le répète, à part mes frères, tu es le seul être au monde que j'aime inconditionnellement. Et je passerai ma vie à compter sur toi, tu sais, quoi que je...

— Oui, je sais.

— Et un de ces jours... Je n'ai pas oublié.

— Moi non plus.

— Donc, amuse-toi bien avec David. C'est un gars génial, il mérite quelqu'un comme toi.

La nuit suivante, Colin et Jason surprirent tout le monde en produisant un gâteau d'anniversaire pour les treize ans de Cade, qui avait déjà inauguré son nouveau vélo à la maison, avant de partir en week-end.

TANDIS QUE juin cédait la place à juillet, Dakota et Jake devinrent des hôtes quasi permanents chez les Walsh. Un soir, au milieu de l'été, Ben reçut un appel de la mère de Dakota : Ingrid Hayes les invitait à dîner, Quentin et lui. Ben accepta par courtoisie. Les deux frères se coiffèrent avec minutie et firent briller leurs chaussures pour tenter de faire bonne impression.

— Ne me fiche pas la honte, rappela Quentin à son frère aîné.

Ben trouva les parents de Dakota agréables, mais moins chaleureux que les McAlister. Les Hayes étaient un peu trop snobs à son goût. Après le dessert, Gregg Hayes demanda fermement à sa fille et à Quentin de quitter la pièce.

Oh-oh, pensa Ben.

Les deux adolescents passèrent au salon, laissant Ben seul avec Gregg et Ingrid Hayes.

Il attendit.

— Nous voulions juste avoir votre avis, commença Gregg, concernant la relation entre Quentin et Dakota.

Ben pesa ses mots avec soin.

— Mon frère est un môme formidable. Je sais que votre question n'a rien d'une critique à son égard, même si ça en donne l'impression.

Une fois de plus, il décida d'être franc et direct :

— À mon avis, vous vous inquiétez surtout de savoir s'ils ont des relations sexuelles, c'est exact ?

Ingrid hocha la tête.

Ben prit une profonde inspiration et continua :

167

— La réponse est non. Du moins… pas encore. Mais ils ont tous les deux dix-sept ans. Selon les lois qui régissent l'État du Texas, ils ont désormais l'âge légal pour décider d'en avoir.

Il eut un petit rire avant de poursuivre :

— Je ne pense pas que la légalité les aurait empêchés de le faire avant, s'ils l'avaient vraiment voulu. Ils n'étaient pas prêts, tout simplement. Pourquoi ne pas en parler directement avec votre fille ?

Gregg et Ingrid se regardèrent.

— Nous l'avons fait, déclara le père. Elle nous a dit qu'ils n'auraient pas de relations sexuelles.

— Et vous ne l'avez pas crue ?

Leur silence était éloquent.

— Écoutez, reprit Ben, je ne suis pas le père de Quentin, mais je suis son tuteur. Je pense qu'être parent signifie qu'un jour ou l'autre, il faut savoir lâcher prise. Nous en sommes là. La décision leur appartient, et j'ai le pressentiment que ça ne va pas tarder. À mon avis, nous pouvons les aider en leur fournissant des informations et en les soutenant en cas de chagrin d'amour. Ce qui est inévitable. Je serai honnête avec vous : je leur en ai déjà parlé, à tous les deux et à plusieurs reprises. J'espère que vous ne considérerez pas que j'ai abusé de ma position.

— Non ! lui assura Ingrid. Je suis terrifiée… de ce qu'elle risque de traverser. Mais je ne peux pas la protéger.

— Et il ne faut pas, ajouta Ben. C'est une étape normale vers la maturité. Croyez-moi, j'ai expliqué à Quentin les risques liés à une grossesse. Je pense qu'il serait mieux de redoubler de précautions côté contraception. Pour votre fille, c'est à vous de voir, Mme Hayes, mais je tiens à ce que Quentin connaisse l'usage des préservatifs. C'est important qu'il se rappelle de sa coresponsabilité et des conséquences de ses actes.

Gregg hocha la tête.

— Nous sommes sur la même longueur d'onde. J'espère que vous comprenez pourquoi nous avons tenu à vous en parler.

— Bien sûr, je comprends. Vous savez, j'agis au mieux, mais sans trop savoir, la moitié du temps, si j'agis bien. En vérité, j'apprends sur le tas. Vous avez d'autres enfants ?

— Oui, répondit Gregg.

— Une autre fille et un garçon, continua Ingrid. Nous les avons envoyés chez leurs grands-parents pour la soirée.

— Dîtes-moi, Quentin et Dakota se fréquentent depuis maintenant un an et demi. Pourquoi n'avez-vous pas eu cette conversation avec mes parents quand ils ont commencé à se voir ?

— Je crains que nous ayons joué les autruches, déclara Gregg.

— Ce que je comprends mal si vous avez d'autres enfants. Et si vous avez décidé à présent d'intervenir.

— Vous avez raison, c'est illogique, déclara Ingrid. Mais nos autres enfants sont plus jeunes, Ben. Dakota est notre aînée. Nous ne savions pas comment gérer une adolescente. Nous apprenons également sur le tas.

Surpris, Ben découvrait qu'à Austin, les parents n'avaient aucun problème à admettre avoir été dans le déni.

Sur le chemin du retour, il remarqua que Quentin restait silencieux.

— Qu'est-ce qui ne va pas ? demanda Ben.

— Rien.

— J'ai comme un doute.

Quentin réfléchit un moment.

— D'accord, j'ai la trouille. Je veux dire... et si je suis nul ?

— Tu parles de sexe ?

— C'était bien le sujet de votre petit tête-à-tête, non ? C'est pour ça que ses parents nous ont envoyés au salon ?

— Oui. Ils sont inquiets. Je leur ai répété ce que tu m'avais dit.

— Et c'est la vérité. Tu es mon frère, Ben. Je ne te mentirais pas sur un truc pareil. Nous en parlons souvent avec Dakota, mais... et si je suis nul ?

Ben sourit dans l'obscurité de l'habitacle du pick-up.

— Quentin, laisse-moi juste te dire que personne n'est génial au premier essai. Tu as bon cœur et le sens de l'humour, il te reste juste la pratique à acquérir. Tu t'en sortiras très bien. Je te le promets. Baiser n'est pas sorcier.

— Quel âge avais-tu... ?

— ... quand j'ai perdu ma virginité ?

— Ouais.

— Seize ans avec une fille. Quinze avec un garçon.

— Quinze ? Mince alors !

— Il était vraiment chou. Écoute, si tu veux mon avis, n'attends pas trop longtemps. N'en fais pas tout un plat, ça risque de vous mettre trop de… pression. Je sais que tu tiens à elle. Ce sera une excellente façon de l'exprimer. En outre…

Ben envoya un coup de poing sur le bras de Quentin,

— … tu seras ensuite de meilleure humeur, et nous en profiterons tous.

— Va te faire mm-mm. Les filles adorent les beaux ténébreux. C'est bien connu.

— Au début, peut-être. Mais… tu as de la chance, point final. Tu as trouvé une fille qui te plaît vraiment. Rien de plus, rien de moins.

FIN JUILLET, Ben fêta tranquillement ses vingt-huit ans avec ses frères. Il se souvint que c'était aussi l'anniversaire de Travis. Il se demandait si quelqu'un penserait à le lui fêter en Alaska. Cette nuit-là, il tenta enfin de l'appeler sur son portable, mais Travis, qui préférait les modèles – et les forfaits – les moins coûteux qui soient, ne répondit pas. Il avait sans doute pris un numéro local et un nouveau téléphone. Ben remettait son appareil dans sa poche lorsque celui-ci se mit à sonner. *Julie.* Elle avait plusieurs fois tenté de le voir au cours des mois ayant suivi l'enterrement, mais il avait toujours trouvé une excuse pour refuser.

— Joyeux anniversaire, Ben, commença-t-elle. Je serai à Austin la semaine prochaine pour la foire des Arts et de l'Artisanat. Ça te dit que nous nous retrouvions pour déjeuner ?

Une fois encore, Ben hésita, mais il finit par décider qu'il ne pouvait l'éviter plus longtemps. Ils convinrent de se retrouver au café Eastside quand Julie serait en ville.

En arrivant au rendez-vous, Ben trouva sa tante qui l'attendait devant le restaurant. Ils prirent place et il commanda son menu habituel : des cannellonis aux artichauts. En face de lui, Julie déroulait sa serviette, en sortait ses couverts et les plaçait méticuleusement de chaque côté de son assiette. Elle posa ensuite la serviette sur ses genoux et la lissa une fois.

— Comment tu t'en sors ? demanda-t-elle.

Ben prit le temps de réfléchir avant de répondre :

— Les choses se mettent en place. Je passe dans quinze jours l'examen du barreau au Texas. Après cela, je vais devoir accepter un des postes qui m'ont été offerts.

— Et tes frères ?

— Ça va mieux. Au début, ça n'a pas été facile et…

170

Il se tut. Il aurait voulu dépeindre pour Julie un tableau idyllique, mais l'image lui paraissait fausse.

— Tu avais raison, admit-il. Je n'étais pas préparé à une tâche pareille. Mais je fais des progrès. Comme je le disais, ça va mieux.

— J'ai agi comme je le devais, Ben.

Il repoussa son commentaire d'un ricanement.

— En me menaçant d'un procès pour la garde de mes frères ? C'est ce que tu *devais faire* ?

— Ça a marché, non ?

La serveuse leur apporta une corbeille de petits pains individuels, au maïs et aux piments jalapeño. Ben en prit un, l'ouvrit et le beurra, tout en réfléchissant à la question de Julie.

— Que veux-tu dire, ça a marché ?

Elle sourit.

— Les hommes sont tous pareils. Vous vous croyez toujours les plus intelligents, mais votre psychologie reste simpliste.

— Julie, si tu as fait tout ce chemin pour m'insulter, je…

— Ce n'est pas du tout mon but. Quand tu es arrivé à la maison, à Noël dernier, j'ai déchiffré ton expression comme un livre ouvert.

— Et tu as vu quoi ?

— La terreur. Ben… je dois te faire un aveu. Je n'ai jamais cru que tes frères seraient mieux avec nous. Je sais que Jason est gay. Grace m'avait appelée après l'avoir trouvé avec ce garçon. Elle voulait t'en parler et te demander de revenir à la maison, mais Bill l'a convaincue de n'en rien faire. Elle avait peur d'échouer avec Jason comme elle l'avait déjà fait avec toi.

— Qu'est-ce que tu racontes ? Elle n'a jamais échoué avec moi !

— Lorsqu'un enfant quitte la maison et ne revient qu'une fois par an, lorsqu'il préfère passer ses étés à faire de la voile dans les Hamptons avec une famille d'adoption, une mère considère que c'est un échec.

Ben se voûta, abasourdi.

— Sam et Nick ont soulevé la question de la garde, poursuivit-elle. Je savais qu'ils ne l'obtiendraient jamais, mais j'ai décidé de jouer mon rôle parce que… eh bien, comme je le disais, les hommes sont tous les mêmes. Vous acceptez de douter de vous-mêmes, mais si le doute vient d'autrui, il devient…

— … un défi, marmonna Ben.

— Oui. Je savais que tu n'avais pas envie d'endosser une telle responsabilité, mais quand j'ai suggéré que tu n'en étais pas *capable*, tu as planté tes talons dans le sol, bien déterminé à me prouver le contraire. Comme je le disais, ça a marché.

— Julie, dit Ben en riant, tu es pleine de surprises.

Elle sourit et prit une petite bouchée de son pain.

— J'espère que tu viendras nous rendre visite à Dallas, un de ces jours. Tes frères et toi avez encore une famille, tu sais !

— Tu crois que Sam et Nick ont la même opinion ?

— Je ne parle pas au nom de mes frères, Ben. Je suis ici pour moi. Je sais qu'ils ne t'ont pas toujours compris ou soutenu.

— Sam m'a traité de petit con prétentieux.

— À sa défense, tu t'es monté plein de suffisance chez cet avocat.

Ben se figea et la regarda.

— Tu as raison.

— Je voudrais que mes filles grandissent en connaissant leurs cousins. *Tous* leurs cousins, même les homosexuels. Penses-y, s'il te plaît.

— Merci, Julie. Bien sûr que nous viendrons vous rendre visite. Je ne sais pas si ce sera possible avant la rentrée scolaire, mais certainement d'ici Noël.

Leurs plats arrivèrent, et ils passèrent le reste du déjeuner à échanger des nouvelles sur les uns et les autres. Quand Ben évoqua son idée grotesque de déménager à Manhattan, Julie éclata de rire.

— Désolé, dit-elle, en prenant un verre de thé glacé. J'essaie juste d'imaginer Quentin à New York.

PARFOIS, LA nuit, Ben n'arrivait pas à s'endormir ; la chaleur de l'été texan le poussant à la rêverie, il songeait au corps de Travis. Mentalement, il caressait du bout des doigts les muscles pectoraux solides et descendait jusqu'à l'estomac plat sous sa toison légère. Il posait une main sur chacune des épaules de Travis et glissait sur ses biceps gonflés, savourant le contact de sa peau fraîche et pâle. Puis il attirait son amant contre lui, ouvrant à ses mains le passage côté pile. Il explorait alors la façon dont ses grands dorsaux s'effilaient en un V parfait jusqu'au creux des reins avant le délicieux bombé des fesses. S'il s'écartait un peu et baissait les yeux, il apercevait le sexe de Travis, rigide de désir. Et Ben sentait aussi durcir sa

172

propre érection. Et c'est ainsi qu'il se masturbait presque toutes les nuits, en pensant à Travis.

TOUT L'ÉTÉ, Cade joua au baseball, à la fois dans son club junior et aux tournois intervilles. Comme Travis, Cade adorait être Texan. À Austin, en plein été, il faisait près de 40 °, mais Cade n'en souffrait nullement. De tous les frères de Ben, c'était celui qui semblait exiger le moins d'attention. Un soir de début août, alors qu'ils rentraient après un match – et un nouveau succès – Cade expliqua à Ben qu'il projetait de jouer à l'UT au poste d'arrêt-court [10].

— J'en rêve plus que tout au monde, mais je ne peux pas croire que c'est encore si loin.

— Profite de ta jeunesse, morveux. Comment ça se passe pour toi, ces derniers temps ?

— Très bien. Et toi ?

Ben sourit.

— Très bien aussi. L'examen du barreau a lieu la semaine prochaine. C'est...

— ... bizarre ?

— Ouais. Bizarre. C'est comme retourner en arrière, même si je sais que c'est juste une formalité.

— Est-ce que Travis te manque ? demanda Cade.

Ben fit en sorte de regarder droit devant lui en poursuivant sa route.

— Oui, je suppose. Nous n'en avons pas discuté, alors je ne sais pas trop ce qui s'est passé. Et ça ne me plaît pas.

— Ne t'inquiète pas, dit Cade. Je sais que ça ne durera plus longtemps.

— Tu lui as parlé ?

— Non. Mais dès que les jours commenceront à raccourcir, il reviendra vers le Sud. Et puis, il ne serait jamais parti pour de bon sans me dire au revoir. Et comme il ne m'a rien dit, c'est qu'il n'est pas parti définitivement. Et il l'a écrit sur la carte. Il reviendra, Ben. Je suis prêt à te le parier cent dollars.

— J'ai des frères qui ont le démon du jeu ! Sinon, d'accord, pari tenu. J'aimerais vraiment que le temps accélère et que le *Labor Day* soit déjà là.

10 Au baseball, joueur placé entre le deuxième but et le troisième but. (NdT)

173

LE JOUR J finit par arriver. Les frères Walsh commencèrent le week-end en regardant *Vampire Diaries* sur DVD. Aussi incroyable que cela paraisse, ce fut Quentin qui rendit tous ses frères accros à la série. Le samedi soir, ils avaient déjà ingurgité quatorze heures de la première saison. Tandis que le générique défilait pour un autre épisode, Ben entendit sonner son téléphone portable. Il le sortit de sa poche et regarda l'écran. Comme il ne reconnut pas le numéro affiché, il faillit ne pas répondre, mais il se ravisa en pensant qu'il s'agissait peut-être d'un de ses potentiels futurs employeurs.

Mi-août, il avait passé son examen du barreau du Texas et, bien qu'il faille attendre fin septembre pour les résultats, tout le monde, Ben y compris, était certain qu'il l'obtiendrait haut la main. Durant l'été, une fois répandue la rumeur (grâce à Russ Hardwick, l'avocat de ses parents) que Ben comptait s'installer définitivement à Austin, les plus grands cabinets avaient commencé à lui téléphoner. Le nom Wilson & Mead étant célèbre à travers tous les États-Unis, Ben avait reçu d'innombrables offres. Il avait prévu de faire un choix définitif d'ici la mi-septembre, mais il connaissait déjà sa réponse.

Il passa dans la cuisine pour répondre au téléphone.

— Ben Walsh.

— *Ben, ici Chad Young. Mon frère me dit que vous ne lui retournez pas ses appels.*

— Bonjour, M. Young.

Chad Young, l'un des associés fondateurs du cabinet SY&Y – Shackelford, Young et Young –, le numéro deux à Austin, passa en mode « confidentiel ».

— *Je vous en prie, appelez-moi Chad.*

— D'accord, Chad. J'ai déjà dit à votre frère que j'irai chez Harrison & Pope.

Il s'agissait du premier cabinet d'avocats d'Austin. Ben avait finalement décidé d'opter pour le meilleur. Sans oublier que le frère de Chad Young, Howard, était chargé du recrutement chez SY&Y, une grossière erreur de leur part. Howard Young était sans doute bon avocat, mais il se spécialisait dans le droit contractuel, un domaine que Ben trouvait mortellement ennuyeux. Pire encore, Howard manquait de charisme. Au cours de leur dîner au TRIO, le fameux restaurant du Four Seasons à Austin, Ben avait dû faire un effort pour alimenter les deux côtés de la conversation.

174

Pourtant, il écouta ce que Chad avait à dire. Après tout, le jeu était toujours en cours.

— *Avez-vous déjà signé leur contrat ?* demanda Chad Young.

— Non, pas encore, mais...

— *Écoutez, Ben. Ma femme et moi organisons pour le lundi du* Labor Day *un pique-nique avec tout le personnel du cabinet. Cela se passe dans notre maison à Westlake. Nous y avons une piscine, des courts de tennis, des chevaux, des feux d'artifice. Et un buffet abondant. Pourquoi ne viendriez-vous pas avec vos frères y passer un bon moment ? Sans obligation, bien entendu, sauf peut-être m'accorder un moment en tête-à-tête. Après cela, si vous décidez quand même d'aller chez nos concurrents, nous vous ficherons la paix. Que dites-vous ?*

Ben ne vit aucune raison de refuser cette invitation, sachant que les garçons seraient enchantés de cette sortie.

— Oui, bien sûr. Pouvez-vous m'envoyer par SMS votre adresse et l'heure à laquelle vous nous attendez ? Je vous dis à lundi.

Peu après, Ben mit fin à l'appel. Avec un sourire, il se souvint avoir déjà vécu cette période euphorique lorsqu'il était sorti de Columbia, avec son diplôme de droit : les cabinets l'invitaient à dîner et lui faisaient des offres mirifiques, en essayant de surpasser la concurrence. Apparemment, Chad Young prévoyait de sortir le grand jeu.

Retournant au salon, Ben demanda à ses frères s'ils étaient partants pour un pique-nique pour le *Labor Day*. Ils répondirent à la proposition avec divers degrés d'enthousiasme, mais tous convinrent que ça paraissait sympa.

— C'est où ? demanda Cade.

— À Westlake.

— On va fréquenter les gosses de riches, déclara Quentin, moqueur.

— Hé, protesta Ben. Ça ne fait jamais de mal d'apprendre à gérer les gosses de riches. N'oubliez pas votre sens de l'humour et vous vous en sortirez très bien. Et amène Dakota, Q. Elle nous met en valeur.

L'invitation de Chad ne stipulait que ses frères, mais Ben voulait voir sa réaction s'il arrivait avec une ou deux personnes de plus.

— Jason, tu devrais inviter Jake. Il serait comme un poisson dans l'eau.

Ben fit une pause et réfléchit un instant.

— En fait, ajouta-t-il, nous allons inviter les trois McAlister. Si j'étudie leur offre, Dan devrait être présent.

— J'envoie tout de suite un texto à Jake, répondit Jason.

175

— Dis-moi, grand frère, demanda Quentin, est-ce qu'ils cessent de se prosterner à tes pieds une fois que tu bosses pour eux ?

— Ça, c'est sûr ! admit Ben en riant. Alors, profitons-en le temps que ça dure.

Alors qu'ils recommençaient à suivre le triangle amoureux entre Stefan, Elena et Damon, Ben scruta rapidement ses frères. Avec un sourire, il réalisa le long chemin parcouru depuis le printemps dernier, depuis ce séjour à New York de sinistre mémoire. Ben avait remis sa vie sur rails, il était prêt à ce que Travis rentre à la maison.

LE LUNDI en question, tous les Walsh (plus Dakota) s'empilèrent dans l'énorme pick-up familial et prirent la route de Westlake. Ils s'arrêtèrent chez les McAlister pour que Jake et ses parents puissent les suivre et arriver en même temps. Durant l'été, les deux avocats avaient plusieurs fois déjeuné ensemble, et Ben pensait à Dan comme à une de ces rares trouvailles dans la profession juridique : quelqu'un digne de confiance.

Quand ils arrivèrent au pique-nique, ils trouvèrent sur l'immense pelouse verte des invités hilares et un superbe buffet. Si Chad Young avait ajouté à sa fête des montagnes russes, il aurait pu rivaliser avec les parcs d'attraction Six Flags.

— Ben !

La main levée, Chad lui faisait signe de le rejoindre. Ben ne l'avait rencontré qu'une fois, en passant.

— Chad, merci de votre invitation. C'est impressionnant.

— Merci. Voici ma femme, Emily.

À son tour, Ben présenta ses frères, puis Dakota, Jake et ses parents.

— Chad, connaissez-vous Dan McAlister ?

— Non, enchanté de vous rencontrer. D'où connaissez-vous Ben ?

— Son frère sort avec mon fils, répondit-il.

Chad ne tiqua même pas.

— Et c'est là que nous réalisons vivre au vingt et unième siècle. Je suis heureux de vous voir ici. Comme je l'ai dit à Emily : si je fais une fête, je veux voir beaucoup de monde. Alors, bienvenue.

Tout le monde semblait participer et bien s'amuser, du moins selon l'avis de Ben. Cade se dirigea immédiatement vers la zone équitation. Quentin et Dakota passèrent l'essentiel de l'après-midi à la piscine, un peu à l'écart au début, mais ils finirent par se mêler à la conversation d'un groupe d'étudiants de l'Institution Westlake. Jason et Jake jouèrent au tennis, puis profitèrent à leur tour d'un moment de relaxation au bord de la piscine. De sa place, Ben constata que Jake présentait à Jason plusieurs de ses amis d'école.

Quelques heures plus tard, Chad entraîna Ben à l'intérieur pour discuter. La maison reflétait aussi bien la richesse de Young que son statut social, mais Ben, habitué à l'argent et au style des Mead, trouva quelques fausses notes dans la déco. Dans son entrée, Emily Young aurait dû opter pour une œuvre originale, même mineure, plutôt qu'une copie de la *Nuit étoilée*. Chad le fit entrer dans un bureau/bibliothèque, où deux autres hommes se tenaient déjà. Ben reconnut immédiatement Howard Young et le second s'avéra être l'autre associé du cabinet, Barry Shackelford. Tous s'installèrent dans de confortables sièges de cuir qui évoquaient l'ambiance d'un club britannique.

Ben prit la parole.

— Je vous remercie, Chad, de nous avoir invités, ma famille et moi. Cet après-midi a été très agréable, je dois le dire. Mais je ne tiens pas à vous faire perdre votre temps pour…

Chad Young l'interrompit.

— Je peux au moins m'exprimer ?

Ben se força à sourire. Il n'aimait pas les gens qui n'acceptaient pas de perdre.

— Bien sûr.

— Je ne vous ai pas invité à venir jusqu'ici ici pour vous passer de la pommade, Ben. Et je m'excuse de ne pas vous avoir rencontré plus tôt, mais notre mère a été malade et mon père avait besoin d'aide, j'ai donc dû m'absenter. Sinon, j'ai lu votre dossier. Je sais que vous êtes habitué au meilleur et à travailler pour les meilleurs. Vous préférez aller chez Harrison & Pope parce qu'il s'agit du premier cabinet d'Austin. Je ne vais pas prétendre le contraire. Par contre, ce que je tiens à vous dire, c'est qu'ils ne représentent pas la meilleure *solution*. Pour vous. Et avant que vous me répondiez, laissez-moi vous expliquer pourquoi… Je sais que vous et Colin Mead comptez créer votre cabinet d'ici dix ans. Je peux me tromper d'une année ou deux, mais je suis capable de discerner deux avocats destinés à s'associer un jour. Et je sais que je ne me trompe pas rien qu'en voyant votre expression actuelle, parce que vous ne cherchez pas à le nier. Maintenant, je subodore que vous n'avez pas fait part de vos projets d'avenir à Harrison

177

& Pope. Et je ne dis pas que vous le devriez. Mais voilà ma proposition : je peux vous aider, si vous nous donnez un avantage sur Harrison & pape.

— Comment cela ?

— Venez travailler pour nous. Nous avons besoin de vous pour élever notre statut. Pour gagner au tribunal. C'est ce qui attire les clients.

— Mais ce n'est pas tout, ajouta Barry Shackelford.

— Non, confirma Chad, effectivement. Nous voulons vous charger de gérer notre recrutement pour l'an prochain. Nous voulons vous envoyer aux Ivy League et à Stanford University.

Ben secoua la tête.

— C'est irréaliste.

— Pas du tout, pas si vous vous chargez de les convaincre. Austin a beaucoup à offrir. Les jeunes veulent suivre votre exemple, Ben. Vous êtes jeune, beau, charismatique, vous êtes l'archétype du succès. Et vous êtes l'un d'entre eux. Je ne m'attends pas à être envahi de diplômés Ivy. Un par an, peut-être. Vous avez encore, quoi ? Cinq ou six ans avant que votre plus jeune frère ait terminé ses études ?

— Six ans, au moins. Et comme il voudra probablement aller à l'UT, comptez plutôt dix. Par contre, je ne vois pas l'appât. Désolé d'être aussi direct, Chad, mais qu'il y a là-dedans pour moi ?

— Ne vous excusez pas, Ben. J'aime les gens directs. Donc, voici mon offre : donnez-nous dix années et aidez SY&Y à devenir le premier cabinet d'Austin et je vous verserai un million de dollars pour faire démarrer Mead & Walsh.

Ben se redressa dans son fauteuil et prit une profonde inspiration.

— Walsh & Mead, corrigea-t-il.

Chad sourit.

— Bien sûr. Nous savons tous les deux que votre ami Colin n'aura aucun problème à trouver de l'argent, mais vous n'avez pas intérêt à arriver les mains vides. Je vous propose un capital.

— Pourquoi feriez-vous ça pour moi ?

— Je n'ai rien d'un philanthrope, Ben. Ce que je fais pour *vous*, je le fais pour *nous*. Nous sommes des avocats dans l'âme, nous voulons gagner. Nous sommes las de jouer les seconds couteaux à Austin et nous sommes prêts à récompenser celui qui nous aidera à passer en tête.

— Nous avons une condition, cependant, dit Barry.

— Laquelle ? demanda Ben.

178

— Quand vous partirez, expliqua Howard, vous nous laisserez tous ceux que vous aurez recrutés pour nous. Nous avons l'intention de faire un grand nettoyage et de reconstruire notre cabinet sur de nouvelles bases. C'est un risque énorme que nous prenons, donc pas de coups bas.

Ben prit le temps de réfléchir.

— Mes frères resteront ma priorité. Vous en êtes conscients, j'espère ?

— Nous éprouvons le même sentiment en ce qui concerne nos propres familles. Pensez à votre avenir, Ben. Pensez au défi que ce serait pour vous de nous aider à devenir les meilleurs plutôt que vous contenter d'une position au sommet actuel. Pensez à ce million de dollars au terme de notre contrat. Nous trouverons tous notre intérêt à cette association. Nous sommes pour vous la meilleure solution.

Ben savait que c'était vrai.

— Une dernière chose.

— Je vous écoute, répondit Chad.

— Je veux Dan McAlister. Actuellement, il travaille seul et gagne bien sa vie, mais pour réussir, j'ai besoin de lui, parce que j'ai confiance en lui. Et ce n'est pas parce que son fils sort avec mon frère. Si vous me demandez de revaloriser votre cabinet, voilà par où je veux commencer.

— Considérez que c'est chose faite. Et si vous aviez à New York un assistant valable, nous pourrions aussi lui proposer de déménager au Texas.

— Je vous prendrais bien au mot. Une des juristes de Wilson & Mead serait un véritable atout, mais si j'essaie de débaucher leur personnel, je ne serai plus invité à Thanksgiving. Et je n'ai pas l'intention de m'en priver.

— J'en ai entendu parler, admit Chad.

Ils discutèrent encore un peu, puis se relevèrent et scellèrent leur accord d'une poignée de main. Les détails du contrat attendraient.

Quand Ben retourna au jardin, il tira Dan à part et lui donna la nouvelle.

— Tu te fiches de moi ? s'écria le père de Jake.

Il prit Ben dans ses bras dans une étreinte d'ours. Enchanté de le voir si heureux, Ben se libéra aussi gentiment que possible.

— C'est un rêve devenu réalité, reprit Dan. Et je travaillerais pour toi ?

— Techniquement, oui. Mais pense plutôt que tu travaillerais *avec* moi. Et ne pas me remercie pas encore. C'est notre chance, mais nous aurons tous les deux à bosser dur.

— Sarah ne va pas en revenir. Regarde, ils sont tous là, allons le leur dire.

179

Ben le suivit vers la grande couverture où tout son clan s'était installé, en attendant le feu d'artifice. Quand Sarah apprit la nouvelle, elle sauta au cou de son mari. Quant à Jake, il embrassa Jason devant tout le monde pour la première fois.

Cade exprima son soulagement que Ben ait finalement trouvé un emploi.

— Je commençais à m'inquiéter pour toi, frangin.

Au moment où les premiers pétards du feu d'artifice explosaient sur leurs têtes, Ben devint de plus en plus mal à l'aise. L'été ayant officiellement pris fin, Travis pouvait rentrer dès le lendemain, en principe.

Sinon le jour d'après, ou d'après…

Dans l'esprit de Ben, les jours défilaient, l'avenir se déroulait tout à coup, aussi incertain et indompté que jamais. Il comprit alors que l'attente n'était pas terminée. Au contraire, le *Labor Day* signifiait qu'elle venait juste de commencer.

XVI

LE PREMIER octobre, quand Ben prit son nouveau poste chez Shackelford, Young & Young, Travis n'était toujours pas revenu. À ce moment-là, Ben n'eut pas trop l'occasion de ressasser la situation. Ajouter le travail à sa vie de famille occupait tout son temps. Pourtant, la nuit, quand il se retrouvait au lit, il se relevait parfois en voyant des phares briller derrière ses fenêtres qui donnaient devant la maison, en pensant que Travis allait peut-être émerger d'un taxi pris à l'aéroport. N'ayant nulle part où aller ni personne d'autre avec qui il voulait être, le voyageur rentrerait au bercail. Ben l'accueillerait d'un baiser et tout reprendrait sens. D'autres fois, cependant, Ben s'écroulait dans son lit pour un sommeil sans rêves où Travis était absent.

Un lundi de la mi-octobre, il reçut un texto de Quentin.

Il est là.

Ben sentit son visage se vider de son sang. Il regarda l'heure. Seize heures trente. Dan et lui revoyaient des fichiers pour appuyer leurs dossiers à plaider.

— Qu'est-ce qui ne va pas ? demanda Dan.

Ben s'arrêta un instant, puis dit :

— Rien. Je dois juste rentrer à la maison. Tu peux finir sans moi ?

— Bien sûr. Mais j'aimerais quand même savoir ce que tu as.

— Un gars avec qui je sortais au printemps dernier. Il est revenu.

— Et c'est un bien ou un mal ?

Ben pesa la question.

— Je te dirai ça dès que je le saurai.

Il rentra donc chez lui, en s'efforçant tout le long du chemin de rester calme. Quand il se gara le long du trottoir et sortit de son pick-up, il se prépara à ce qui l'attendait à l'intérieur – quoi que ce soit. En entrant, il trouva ses frères au salon. Il y avait aussi quelqu'un, de dos. Au cours des mois écoulés, ses cheveux roux avaient poussé et lui cachaient le cou. Il portait un vêtement spécial froid blanc, à manches longues, avec un tee-shirt noir par-dessus. Lorsqu'il tourna la tête, Ben reconnut son sourire.

Du calme, se dit-il.

— Regarde qui est là ! annonça Cade

181

Il avançait vers son frère, la main tendue. *Le pari*, pensa Ben.

— Je te paierai plus tard, morveux.

Travis se leva et lui fit face.

— Hello, dit-il.

— Salut, répondit Ben.

Quentin et Jason attrapèrent Cade et tentèrent de l'expulser du salon.

— Lâchez-moi ! protesta celui-ci.

— Ils n'ont pas besoin de nous dans les pattes, débile.

— Quentin ! le réprimanda Ben.

— Désolé. Tu n'es pas débile, Cade. Maintenant, filons.

Ils disparurent. Resté seul au salon avec Travis, Ben le regardait fixement, sans pouvoir s'en empêcher. Il semblait avoir mûri, en quelque sorte, il était aussi incroyablement sexy avec ses cheveux longs. Un homme nouveau.

— Quand je parie avec mes frères en ce qui te concerne, Atwood, je perds toujours.

— Tu devrais peut-être arrêter, alors.

Sous le tissu, Ben vit un léger relief sur sa poitrine.

— Tu as un piercing au mamelon ? Un anneau ?

— Ouaip, confirma Travis en souriant. Au début, ça m'a fait un mal de chien, mais maintenant, je trouve ça plutôt bandant.

Ben déglutit, la bouche sèche. Il lui fallut une longue pause avant de retrouver sa voix. Ce fut d'un ton légèrement cassant qu'il déclara :

— Tu es parti.

— Ouais, je… je sais. Et tu n'es pas retourné à New York.

— Non. J'ai réalisé que le chèque qu'on me proposait était livré avec vingt-cinq ans de boulet aux chevilles.

Travis le fixa droit dans les yeux.

— Je suis désolé de t'avoir quitté de cette façon, Ben, mais tu m'avais demandé un break et j'avais besoin d'espace.

— Mais maintenant, tu es là. Tu es revenu.

— Les garçons m'ont dit que tu avais reçu mon message.

— Oui, effectivement. Cade a dû me l'expliquer. Je n'arrive pas croire que tu es vraiment de retour.

— Pour un temps, au moins.

Ben sentit quelque chose de briser en lui.

— Tu ne restes pas ?

— Je ne sais pas encore. J'ai une autre offre d'emploi, dans le Pacifique Sud. Pour six mois. L'avion décolle de Los Angeles dans une dizaine de jours.

— Ah, dit Ben.

Il ne savait que dire d'autre. En deux minutes de conversation, Travis le décevait déjà. Voulait-il en savoir plus ? Ou bien voulait-il dire « *alors, amuse-toi bien* » et tourner les talons sans plus insister ?

Il ne le fit pas.

— Qu'est-ce que tu faisais au juste en Alaska ?

— Je travaillais pour une équipe de recherche du département des sciences de Berkeley. Nous étions basés à Barrow. Ils étudiaient les calottes glaciaires. J'étais leur mécanicien. Trois bateaux et un navire.

— J'ignorais que tu t'y connaissais en moteurs de bateau.

— J'ai appris sur les pétroliers quand j'étais dans le Golfe. C'est pourquoi ils m'ont engagé. J'ai travaillé sur un grand nombre de pièces mécaniques. Je te l'avais dit, je peux tout réparer.

— Tu as besoin d'un endroit où loger ? demanda Ben.

Il regretta ses paroles à peine sorties de sa bouche.

— Non, répondit Travis. Je ne pense pas que ce serait une bonne idée. Je suis chez Darrell. Il a une maison à Berkman avec trois chambres à louer. Mais j'aimerais voir les garçons pendant mon séjour. Si tu n'y vois pas d'inconvénient.

— Bien sûr. Tu as vu comme ils ont grandi en six mois ? Et Jason a un copain.

— Il m'a dit ce que tu as fait avec tes leçons de voile. Joli coup, Obi-Wan.

En entendant ce surnom, Ben mourut un peu de l'intérieur, mais il n'en montra rien.

— Tu veux rester pour le dîner ? demanda-t-il.

— Pas ce soir. Les gars du garage ont déjà organisé quelque chose. Je vais te donner mon numéro de portable. Tu connais ma politique concernant les jetables et celui-ci est presque vide.

Il énonça quelques chiffres que Ben programma sur son iPhone.

— Je suis libre demain soir, reprit Travis, si ça te va.

— Ouais, confirma Ben. Demain soir me va très bien. Viens quand tu veux à partir de 16 heures, les garçons seront là pour t'accueillir. Je rentre à la maison autour de 19 heures.

— Tu travailles tard.

— Mes nouveaux employeurs attendent beaucoup de moi.

— Ça ne m'étonne pas. Bon, je te verrai demain, alors.

Avançant vers lui, Travis le prit dans ses bras, mais dès que Ben commença à lui rendre son étreinte, il recula et s'enfuit vers la porte avant.

— Merde, murmura Ben, demeuré seul. Qu'est-ce que j'ai fait ?

LE LENDEMAIN, au travail, Ben trouva difficile de se concentrer. Dan, bien sûr, voulut savoir ce qui s'était passé la veille, aussi Ben lui fit un compte rendu, bref, mais précis, de ses retrouvailles avec Travis.

— Ensuite, il m'a donné une brève accolade avant de partir en courant. Je ne sais toujours pas si j'ai raté ou non quelque chose. Qu'en penses-tu ?

— Je pense qu'il est en transit pour dix jours, avant un nouveau départ.

— Mais il a parlé d'une *offre* d'emploi. Il n'a pas dit qu'il l'avait acceptée.

— Ne dissèque pas ses paroles comme si c'était un épisode des *Experts*. Par ailleurs, cette offre paraît professionnellement intéressante. Tu devrais l'encourager à accepter.

— Mais…

— C'est bien lui qui est parti, non ?

— Ouais, grogna Ben.

Il savait pourtant avoir omis dans ses explications un détail important : il avait poussé Travis loin de lui. Il était le seul à blâmer pour cette séparation.

— Tu as vécu sans lui pendant combien de temps ? demanda Dan.

— Six mois.

— N'en rajoute pas ! Vous avez tous les deux plus qu'à moitié tourné la page. Fais une sortie en beauté et oublie-le.

Ben secoua la tête en riant.

— Tu es le pire conseiller relationnel que j'aie jamais vu ! Plus qu'à moitié tourné la page ? Tu es censé expliquer aux gens comment se rabibocher, pas les encourager à envoyer leur âme sœur à l'autre bout du monde.

À son tour, Dan se mit à rire.

— Quelle âme sœur ? Bon, tu as probablement raison. Je suis nul en psychologie. Une de mes nombreuses lacunes. Je ne m'attendais absolument pas à entendre mon fils de quinze ans m'annoncer son homosexualité.

— Et ça te pose un problème ?

— Bien sûr que non. Tu devrais le savoir. Je parle de mes lacunes, pas des siennes.

— C'est dingue.

— J'ignore tout de l'homosexualité, Ben. Comment pourrais-je conseiller mon fils ? Je regrette vraiment de ne jamais m'être intéressé à un gars à l'université, j'aurais au moins une expérience sur le sujet. Mais ce n'est pas le cas, et ça me fait peur parfois. C'est une autre des raisons qui le font apprécier ta présence. Sinon, je vais te dire un truc : ce Travis t'a bien secoué. Le Ben Walsh dont j'ai l'habitude maîtrise toutes les situations et franchement, c'est celui que je préfère. Donc, envoie-le paître et redeviens toi-même.

Le soir même, Ben quitta le cabinet un peu plus tôt et rentra chez lui un peu avant 19 heures. Il trouva Travis et ses frères au salon devant la fin du film *Amour et Amnésie* (un autre favori des frères Walsh). Après avoir éteint la télé, ils passèrent tous dans la cuisine discuter de leurs options concernant le dîner. Jason voulait aller au grill de Hyde Park ; Cade préférait des tacos chez Julio. Ben vota pour Hyde Park et Quentin pour Julio. C'était donc à Travis de trancher, mais il préféra tirer au sort. Cade ayant gagné, ils sortirent pour aller au Tex-Mex.

Assis à côté de Travis, Ben fut très tenté de passer les doigts dans ses longs cheveux roux, mais il résista. Cade voulait tout entendre du séjour en Alaska, aussi Travis leur parla des membres de l'équipe de recherche, mais surtout de Tami et Gretchen, un couple de lesbiennes avec lequel il avait passé l'essentiel de son temps libre. Il évoqua aussi le jour ininterrompu comme si c'était une expérience religieuse.

— Et il ne se couche jamais ? demanda Cade. Le soleil, je veux dire.

— Non. Pendant deux mois et demi, j'ai toujours eu la lumière du jour. J'ai parfois dû prendre le plus petit des bateaux à 3 heures du matin, ce qui correspondait plus ou moins au crépuscule.

— Alors, comment tu faisais pour dormir ? demanda Quentin.

— Avec des stores bien opaques.

Ils restèrent jusqu'à près de 22 heures à écouter Travis narrer ses aventures. Quand ils retournèrent enfin chez eux, les garçons s'excusèrent et disparurent dans leur chambre respective.

— Pourquoi ne pas aller à l'arrière ? suggéra Travis. Dehors sur les chaises de jardin ?

185

— Je n'ai pas de joint sur moi.

— Nous n'en avons plus besoin. Allez, je veux que tu me parles de ton été.

Ils sortirent et s'installèrent sous la voûte étoilée, comme ils l'avaient déjà fait la veille de Noël, quelque dix mois plus tôt.

— Que t'est-il arrivé ? demanda Ben.

— Que veux-tu dire ?

— Tu as… changé. Tu es devenu plus sûr de toi. Travis nouvelle version.

— J'ai eu un été très productif, déclara Travis, en souriant. J'ai beaucoup lu. J'ai découvert James Joyce. Et Manet. Et Dan Savage. Gretchen s'est chargée de *mon éducation des Beaux-Arts*, comme elle disait, et avec un accent français encore pire que le mien. Elle programmait mon iPod tous les jours avec de nouveaux morceaux de musique et ensuite, nous en parlions au dîner. Je devrais te montrer les cartes de mémorisation qu'elle m'a faites. Tu serais vraiment surpris.

— Quel genre de cartes ?

— Les cent livres les plus célèbres et leurs auteurs. Des tableaux avec à l'arrière le nom de l'artiste et la période de référence. J'ai même appris ce qu'est la musique baroque.

— Pourquoi a-t-elle fait ça ?

— Parce que nous nous sommes soulés ensemble, une nuit, Gretchen, Tami, et moi. Je leur ai parlé de toi et de mon complexe d'infériorité. Et du fait que je ne connaissais rien du monde et que ça me tuait d'être ignare. Je leur ai parlé du dîner chez Colin. Gretchen m'a dit : « *Foutaises ! Personne ne peut avoir tout lu.* » Mais le lendemain, elle m'a demandé si je voulais combler certains vides que j'avais entre les deux oreilles et j'ai accepté. Tu parles ! J'ai même écouté un enregistrement de la version originale des *Follies*. Je me suis passé *Losing My Mind* en boucle pendant une bonne semaine. Martin avait raison. C'est la plus chouette des chansons tristes que j'aie jamais entendues.

Ben se figea.

— Tu n'avais pas à faire tout ça.

— Je ne l'ai pas fait pour toi.

— Tu as rencontré quelqu'un ?

— Tu parles côté romantique ? Non, ce n'était pas mon but cet été. Et toi ?

Ben secoua la tête avec insistance.

186

— Non. J'ai surtout révisé mon examen du barreau.

— Et je suis sûr que tu l'as réussi.

— Oui. J'ai eu mes résultats il y a quelques jours.

Tous deux restèrent silencieux pendant une minute. Puis Ben tourna la tête et sourit en voyant Travis lever les yeux vers les étoiles. Travis s'en aperçut et reporta son attention sur lui, souriant à son tour.

— Alors, dit Ben, nous y voilà.

— Nous y voilà, répéta Travis. Tu as l'air en grande forme.

— Toi aussi. J'aime tes cheveux longs.

— Merci.

Ben prit une grande inspiration.

— Tu veux parler?

— De nous? répondit Travis.

— Ouais.

— À quoi penses-tu?

La question laissa Ben partagé. D'une part, bien entendu, il aimait Travis et souhaitait le garder. Mais de l'autre, Dan avait raison. Cette offre d'emploi offrait à Travis une réelle opportunité d'avancer dans la vie et Ben devrait l'encourager à en profiter, sans se montrer égoïste. Après l'avoir entendu, au cours du dîner, parler du temps passé avec l'équipe de Berkeley, Ben savait qu'il avait trouvé sa voie. Il savait aussi qu'il n'attendrait pas six mois de plus. Il était temps pour lui de tourner la page.

— Il semble que tu as reçu une offre intéressante. Une de plus. Je pense que tu devrais l'accepter. Nous ne serons pas éternellement jeunes, Travis. C'est le bon moment pour que tu passes six mois en Alaska et six mois dans le Pacifique Sud. Manifestement, ça te profite.

— Et nous deux, alors?

Ben secoua la tête.

— C'est un mauvais timing, des deux côtés. Je suis désolé, mais le problème est parfois ingérable, même quand le sexe est superbe.

Travis rit.

— C'était chouette, hein?

— Inoubliable. Mais tu dois faire ce qui est le mieux pour toi, et je le comprends parfaitement. C'est aussi ce que j'ai fait.

Travis regardait droit devant lui, ce qui empêchait Ben de voir sa réaction.

— Même si ça doit nous séparer?

Ben prit le temps de réfléchir.

— Tu crois qu'il reste encore un nous ? Tu es parti six mois, Travis.

Il avait la sensation de plaider pour une cause à laquelle il ne croyait pas. Travis comptait encore beaucoup pour lui, mais Ben était déterminé à ne pas s'interposer.

— Je sais, déclara Travis. Je pensais juste que… Aucune importance. J'estime que tu as répondu au reste de mes questions. Oui, j'ai trouvé un sens à ma vie, même si je ne fais que réparer des moteurs.

— C'est important, tu ne crois pas ?

— Oui, sans doute.

Du coin de l'œil, Ben crut le voir essuyer une larme. Mais il n'en fut pas certain.

— Alors, ton été ? demanda Travis, changeant de sujet.

— Il a été chaud, répondit Ben. Et sec. Et long. Il n'est jamais tombé une goutte. Nous avons passé la plupart de nos week-ends aux chutes Springs. J'ai revu quelques amis de l'université. Beaucoup de ceux qui viennent faire leurs études ici ne repartent jamais. Je m'en sors plutôt bien avec les garçons à présent, et j'en suis plutôt fier.

— Comment est la nouvelle école de Jason ?

— C'est le jour et la nuit. Il l'adore. Il a de très bons résultats. Et un copain officiel. Il s'en sort bien mieux que moi.

Travis rit.

— Tu me fais marrer.

— C'est ce que je vois.

— Et ton nouveau job ?

— Ça me plaît. J'ai bien choisi. Apparemment, ma vie n'est pas si ratée, après tout.

— C'est un énorme pas en avant, Ben.

— J'aime que tu le considères comme ça.

Il aurait voulu demander à Travis de rester. Il aurait voulu se mettre à genoux et le supplier de ne pas repartir. Il aurait voulu être impulsif et romantique et retrouver tout ce qu'il avait perdu lorsque Travis était parti, mais alors, il se souvint d'avoir agi une fois sur une impulsion de ce genre… et reçu un coup de poing qui lui avait éclaté la lèvre.

— J'ai une question, déclara-t-il.

— Oui, laquelle ?

— Tu avais dit à Mme Wright de ne me donner la carte que si nous restions à Austin. Que se serait-il passé si nous avions déménagé ? Tu ne nous aurais jamais dit au revoir ?

188

Travis détourna les yeux.

— J'étais paumé, Ben, et vous dire au revoir n'était pas vraiment au top de mes priorités. Si tu comptais déménager à New York et que tu t'arrêtais en passant faire tes adieux à Mme Wright, je ne tenais pas à ce qu'elle te donne une carte avec écrit dessus : *je reviendrai*. Dans ce cas, je préférais que tu m'oublies et que tu tournes la page.

— D'accord. Je comprends.

— Je l'espère, parce que je ne savais pas quoi faire d'autre. Je ne pouvais pas rester à Austin. Pas pour rester planté de l'autre côté de la rue, jour après jour, à me demander combien de temps devait durer ton fichu break.

Ben se tourna vers lui et essaya de sourire.

— Je suis désolé d'avoir tout gâché. Tu as eu raison d'agir comme tu l'as fait. Je n'avais pas l'intention de te faire croire que c'était ta... Laisse tomber, tu as eu raison.

Plus tard, dans la nuit, lorsque Travis prit congé, Ben faillit se pencher et l'embrasser, mais il maîtrisa son impulsion. Travis s'approcha de lui et l'étreignit. Cette fois, cependant, avant qu'il puisse s'écarter, Ben le serra contre lui. Travis se laissa faire et ils restèrent enlacés dans la cour pendant quelques instants. Si Travis avait levé la tête, tout aurait pu recommencer. Ils se seraient embrassés et ensuite, eh bien, ils connaissaient aussi bien l'un que l'autre le chemin de la chambre.

Mais Travis ne releva pas la tête et le baiser n'eut pas lieu.

Peu après, comme la veille, il retourna chez Darrell.

La semaine suivante, Travis passa presque tous les après-midi chez les Walsh et Ben tenta de rentrer plus tôt de son travail pour profiter de sa présence. Au cours du week-end, Jason invita Jake pour lui présenter *le mystérieux Travis* (les mots de Jake), et le dimanche Dakota se joignit à eux pour un bowling. C'était comme autrefois, sauf que Travis ne passait jamais la nuit sous leur toit. Ben attendait un signe, mais Travis gardait ses distances, comme s'il n'était qu'un invité et non un membre de la famille.

Le mardi, Travis annonça qu'il avait accepté l'offre de Berkeley et pris un billet d'avion pour Los Angeles, départ le jeudi soir. Ben continua à soutenir fermement cette décision, mais sous ses bonnes intentions affichées, son cœur se brisait. La nuit suivante, Travis vint dîner chez eux pour leur faire ses adieux. Il expliqua à Cade qu'il ignorait quand il serait

189

de retour à Austin, mais il promit de lui donner plus souvent des nouvelles par téléphone. Il étreignit avec affection les trois garçons, puis s'attarda sur le perron avec Ben. Tous deux étaient nerveux, sachant que ce pourrait être la dernière fois qu'ils se trouvaient ainsi, face à face.

— À la prochaine, Atwood.

Travis hésita et se mordit sa lèvre inférieure, mais il n'y avait plus rien à dire, sauf :

— Adieu, Ben.

Puis il remonta dans son pick-up et s'éloigna.

Ben sentit la tête lui tourner et le monde autour de lui disparut dans le même silence caverneux qui avait suivi cet appel fatidique du père Davenport, dix mois plus tôt. Il rentra dans la maison, où Quentin l'attendait, les poings sur les hanches.

— Qu'est-ce qui ne tourne pas rond chez toi, grand frère ?

Ben se frotta le front.

— Qu'est-ce que tu racontes ?

— Pourquoi tu ne lui as pas demandé de rester ?

— Parce que ce boulot est pour lui une grande opportunité et que j'en ai assez d'être un connard égoïste. Je pensais que tu serais d'accord.

— Non, absolument pas. Ce boulot est peut-être génial, mais pas pour Travis. Et tu n'es pas égoïste s'il veut la même chose que toi. Il n'attendait qu'une chose, que tu lui demandes de rester, débile.

— Non, ce n'est pas vrai.

— Si, bien sûr que si. C'est toi qui l'as viré, Ben, pas le contraire. Et je sais pourquoi tu l'as fait. Tout le monde le sait, même Travis. Jason s'est fait refiler de la drogue à New York et tu t'es senti coupable. Pour tenter de gérer la situation, tu as repoussé celui dont tu avais le plus besoin. Et tu n'es même pas fichu de reconnaître que la balle est dans ton camp ?

Ben ne répondit pas.

— D'accord, reprit plus calmement Quentin, je vais t'annoncer un scoop : Travis n'a aucune envie d'aller dans le Pacifique Sud.

— Alors, pourquoi ne l'a-t-il pas dit ?

— Parce qu'il voulait t'entendre dire que tu étais prêt à l'accepter. Pour de bon, cette fois. Il a besoin d'entendre de ta bouche que tu as retrouvé tes esprits et que tu veux l'accueillir dans ta maison et dans ta vie. Franchement, tu ne penses pas pouvoir être à la fois un tuteur pour nous et un partenaire pour lui ? Quelle connerie ! Être heureux en couple ferait de

190

toi un meilleur parent. Travis est prêt à s'engager, toi aussi, le timing est parfait.

— Comment sais-tu tout cela?

— Parce que je fais attention à ce qui se passe autour de moi. Toi, tu es tellement pris dans le *Ben Show* que tu deviens aveugle. Heureusement que je suis là.

— Maintenant, c'est trop tard. Je ne peux plus rien faire.

— Il est chez Darrell et demain, il sera parti. Appelle-le.

Ben sortit son téléphone et composa le numéro.

— Rien. Il a dû vider son forfait. Et j'ignore où habite Darrell. C'est trop tard.

— Non. Ce n'est pas trop tard. Il passera au garage demain après-midi. Darrell doit le conduire à l'aéroport.

— À quelle heure?

— Après le déjeuner. Ben, vas-y, je t'en prie. Ça me rend dingue de te voir te morfondre. Fais quelque chose!

— Hé, Ben.

C'était Jason, il descendait les escaliers, son téléphone à la main.

— Quoi?

— C'est Jake. Il veut te parler.

Ben prit le téléphone de son frère qu'il porta à son oreille.

— Bonsoir.

— *Salut, Ben. C'est Jake.*

— Salut, Jake. Quoi de neuf?

— *J'ai entendu mes parents discuter ce soir. Mon père disait à ma mère qu'il vous avait conseillé d'encourager Travis à accepter ce job et à repartir?*

— Ouais?

— *Eh bien, je ne devrais probablement pas m'en mêler, mais je ne suis pas du tout d'accord avec lui. Vous auriez pu donner le même conseil à Jason. Avec moi, je veux dire. Vous auriez pu lui dire de tourner la page et de m'oublier, parce que je m'étais comporté comme un crétin et que je ne méritais pas une autre chance. Mais vous ne l'avez pas fait. Vous nous avez aidés à nous retrouver. Je le savais déjà quand vous m'avez invité à ces cours de voile au printemps dernier.*

— Tu avais deviné?

— *Franchement, c'était évident. Vous pensez que je n'ai jamais vu* L'Arnaque? *Vous avez tout organisé pour nous donner une autre chance,*

191

à Jason et à moi. J'ai trouvé ça super cool qu'il ait un frère qui s'implique comme ça pour lui. Bref, je pense que vous devriez suivre vos propres conseils et pas ceux de mon père. Tout le monde mérite une seconde chance, Ben. Travis est super sympa. Et vous allez bien ensemble.

LE LENDEMAIN, Ben prit un après-midi de congé et, vers 13 heures, il se rendit au garage. Quand il arriva, Darrell était avec un client.

— Je suis bientôt à vous, Ben.

À travers la vitrine, Ben regarda à l'intérieur du garage. Ed et Royce travaillaient sous des véhicules élevés au-dessus de leurs têtes. Quant à Topher, il leva les yeux et le salua d'un signe de la main, Ben lui rendit son salut. Travis n'avait eu que du bien à dire des hommes avec lesquels il travaillait, et tous avaient toujours traité Ben comme un des leurs.

— Que puis-je faire pour vous ? demanda Darrell.

— Salut, Darrell, dit Ben, en lui offrant sa main. Mon frère m'a dit que vous emmeniez Travis à l'aéroport cet après-midi ?

— C'est vrai. Il a quelques courses à faire, mais il ne devrait pas tarder. Je pense que nous partirons vers 16 heures. Vous avez un message à lui transmettre ?

— Ça ne vous gêne pas que je l'attende ?

— Pas du tout. Vous pouvez l'appeler si vous le souhaitez. Il a pris un nouveau téléphone ce matin.

— Non, je pense préférable de lui parler en personne.

— Je comprends. Il y a du café et des beignets rassis à l'arrière, si ça vous dit. Servez-vous.

— Merci.

Une fois que Darrell eut disparu dans le bureau du fond, Ben prit un siège dans la salle d'attente. Il s'empara de la télécommande du téléviseur et zappa sur quelques-unes des chaînes. Quand il constata que rien ne retenait son attention, il lut un magazine sur son téléphone. Deux heures s'écoulèrent. Ben, qui voyait toujours à l'intérieur du garage, savait que les hommes parlaient de lui. Il avait la tête baissée et ses écouteurs aux oreilles quand Royce passa la tête par la porte de la salle d'attente.

— Pst ! Ben !

Il leva les yeux et ôta ses écouteurs.

— Oui ?

— Il est là.

— Merci, mec.

— De rien, marmonna Royce. Bonne chance.

Ben fourra son téléphone dans sa poche et sortit. Il vit Travis devant les baies vitrées, deux sacs polochons à ses pieds, qui parlait à Ed en agitant les mains pour illustrer ses propos. En voyant Ben arriver derrière Travis, Ed l'interrompit d'un coup sur l'épaule.

— Bon voyage, mon pote. Salut, Ben, sympa de vous voir.

— Merci, Ed. Ça me fait plaisir aussi.

Travis se retourna et jeta à Ben un regard un peu paniqué.

— Un problème ? demanda-t-il. Un des garçons ?

— Non, tout le monde va bien.

Travis se figea le temps d'intégrer l'information.

— Alors qu'est-ce que tu fais là ?

Ben le fixa bien en face.

— Je suis venu te demander de ne pas t'en aller.

— Quoi ?

— Je peux tout t'expliquer, vraiment. Lorsque nous sommes allés à New York, au printemps dernier, tout s'est effondré autour de moi, et je sais bien que je me suis éloigné de toi. Je me suis empêtré dans ma course en avant. Mais tu ne m'as pas attendu comme tu me l'avais promis.

— Si, je t'ai attendu. Même si je l'ai fait en Alaska.

Ben porta la main à son front.

— Je dis ça tout de travers. Je viens de réaliser que ça ressemble à une foutue plaidoirie.

Travis se mit à rire.

— D'accord, Ben. Recommence et dis-moi ce que tu veux me dire. Je promets de ne plus t'interrompre.

Ben prit une grande respiration.

— Merci. Alors, voilà… Tout ce qui est arrivé à notre retour de New York a été de ma faute. J'ai obtenu ce que je t'avais demandé. Un break… Mais durant ce trajet en avion jusqu'à Austin, j'ai dit beaucoup de choses, et je les ai regrettées plus tard, amèrement. Je pensais que tu me détournais de mes priorités. Je pensais que je serais mieux capable de gérer la situation si j'étais seul. J'ai eu tort, sur tous les plans.

Il se mordit sa lèvre pour contrôler son émotion. Il regarda Travis qui avait les yeux noyés de larmes.

— La nuit dernière, reprit Ben, après t'avoir quitté, j'ai parlé à Quentin. Il m'a traité de débile, comme d'habitude. Tu es revenu et je ne t'ai jamais dit combien j'avais eu tort de te repousser. Je ne t'ai jamais dit que j'avais retrouvé mes esprits et que j'étais prêt à être avec toi. Alors, voilà. *J'ai eu tort et je suis prêt.* Je t'en prie, Travis, reste avec moi. Tu m'as dit une fois qu'aucun dommage n'était irréparable. Mais si tu pars, je vais encore être brisé.

Travis resta silencieux, les larmes coulant sur son visage.

— Je t'en prie, répéta Ben. Je t'en supplie. Reviens à la maison, pour moi.

Ed, Topher et Royce, qui s'étaient rapprochés, attendaient la réponse de Travis. Darrell devina une tension et sortit à son tour pour se renseigner.

— Qu'est-ce qui se passe ? demanda-t-il. Travis, est-ce que ça va ?

— Parfaitement bien, Darrell, répondit ce dernier, sans quitter Ben des yeux. À ton avis, Obi-Wan, qu'est-ce que j'attendais de toi ?

— Je t'ai bien compris ?

— Putain, oui, tu m'as bien compris. Je n'avais pas la moindre envie d'aller dans ce foutu Pacifique Sud, mais tu n'as pas cessé de me dire que…

— J'essayais juste de ne pas être…

— Arrête, coupa Travis avec un sourire. Maintenant, c'est à moi de parler. En Alaska, j'ai passé l'essentiel de mon temps à penser à tout ce que nous avions traversé, en essayant de faire le tri. Jusqu'au moment où j'ai compris que c'est très simple au fond. C'est toi, Ben. Depuis le coup des genoux sous la table.

— Tu veux dire… ?

— Oui. Le soir du réveillon du Nouvel An. Sans même que je le veuille vraiment, mon genou s'est retrouvé contre le tien. Et c'est alors que j'ai su. Cette nuit-là, j'ai rompu avec Trisha.

Ben eut l'air surpris.

— Mais tu m'avais dit…

— Désolé de t'avoir menti. J'avais la trouille, Ben. Je ne savais pas quoi dire. Tout ce que je savais, c'est que je…

— C'est sans importance à présent. Ce qui compte, c'est que tu sois là.

— Tu es prêt à ce que je revienne ? Pour de bon cette fois ?

— Je suis plus que prêt. Tu m'as tellement manqué, je ne peux même pas commencer à…

Travis courut vers Ben et lui passa les bras autour du cou. Leurs lèvres se joignirent.

— Hé, Travis, s'écria Darrell, tout sourire. Ça te dit de reprendre ton ancien job ?

XVII

APRÈS AVOIR appelé l'équipe de Berkeley pour les prévenir que, tout compte fait, il ne les rejoindrait pas dans le Pacifique Sud, Travis retourna avec Ben chez les Walsh pour annoncer la nouvelle aux autres. Tous exprimèrent leur satisfaction, surtout Cade, à qui Travis avait terriblement manqué.

— Tu vas habiter ici ? demanda-t-il.

Travis se tourna vers Ben, qui n'hésita pas :

— Tu es ici chez toi. Avec nous. Tu as mis toutes tes affaires dans un garde-meubles ?

— Ouais, répondit Travis. Sur North Lamar.

— Dans ce cas, nous irons les chercher ce week-end.

DEUX JOURS plus tard, après une longue journée passée à déménager ses cartons, Travis s'endormit sur l'un des canapés, allongé sur le côté dans son blue-jeans et son tee-shirt brun avec écrit dessus « *Qu'Austin reste différent!* », la tête posée sur l'accoudoir du canapé. Il étira la jambe droite, plia le genou gauche et roula à moitié sur le ventre, les bras croisés devant lui. Ses bottes et ses chaussettes formaient un petit tas sur le plancher.

Ben le regardait depuis le couloir. C'était samedi après-midi et ses frères avaient disparu jusqu'au soir. Il n'entendait rien sinon la sempiternelle circulation en arrière-fond. Il traversa la pièce jusqu'au canapé où il s'assit. Il souleva le pied nu de Travis et le déposa délicatement sur ses genoux, niché contre son entrejambe. Il posa la main droite sur le dos de Travis, les doigts écartés, et de son autre main, lui caressa la jambe, à travers son jean. Glissant vers le bas, il lui frotta le pied avant de remonter au mollet et à la cuisse, jusqu'aux fesses. Après avoir promené ses doigts tout le long de la jambe de Travis, Ben s'accrocha à la poche arrière de son jean.

Le dormeur commença à s'agiter sous son toucher, à frotter son pied contre le ventre de Ben. Celui-ci se plia en deux pour embrasser ses fesses, puis il remonta, baiser par baiser, au creux de ses reins. Il y frotta le front, inhalant l'odeur de sa chemise. Il était si heureux d'avoir retrouvé tout ce

196

qui faisait leur couple. Ses mains remontèrent dans le dos de Travis, massant en chemin les muscles endoloris sous le coton.

Travis tendit le bras pour attirer Ben plus près, en s'agrippant du poing à son tee-shirt.

Ils avaient réussi à ne pas baiser pendant deux jours parce que Travis voulait passer un test de MST.

— Écoute, avait-il dit à Ben, tu es le seul avec qui j'ai eu des rapports sexuels depuis que j'ai rompu avec Trisha.

— Et tu es le seul avec qui j'ai eu des rapports sexuels depuis que j'ai rompu avec David.

— Dans ce cas, si nos tests sont négatifs, je ne veux plus de préservatifs.

— Cela signifie que tu me fais vraiment confiance.

Travis n'hésita pas.

— Je te confie ma vie.

Ce matin-là, ils avaient appelé le numéro spécial qui donnait les résultats des analyses vingt-quatre heures sur vingt-quatre. Comme prévu, tout était négatif.

Ben passa le bras autour de Travis pour lui frotter la poitrine. Celui-ci laissa glisser ses doigts le long du corps de Ben et sur son bras jusqu'à ce que leurs mains se joignent, que leurs doigts s'entrelacent. Tous deux se plaquèrent l'un à l'autre dans une étreinte fiévreuse. Ben aimait sentir Travis sous lui. Il roula sur son amant et pesa sur lui. Il écarta une mèche de cheveux roux et frotta son nez contre sa nuque découverte, avant de lui mordiller le lobe de l'oreille. Travis poussa un grondement audible lorsque Ben se mit à onduler contre lui. Encore une fois, il tendit le bras pour attirer Ben plus près encore, plus complètement sur lui. Il souleva les fesses pour augmenter la friction contre le sexe durci de Ben, encore caché sous son Levi's. Ben prit Travis par le menton et lui fit tourner la tête vers lui. Bon Dieu, comme tout ça lui avait manqué ! Il l'embrassa, à la fois heureux, nostalgique et enflammé.

Pour la première fois depuis la mort de ses parents, Ben vit les eaux s'éclaircir.

— Je suis si heureux que tu emménages avec nous, dit-il à l'oreille de son amant.

— Tu es sûr de toi ?

— Certain. Nous l'avons bien mérité, tu ne crois pas ?

Ils s'embrassèrent encore, puis Travis roula sur le dos pour passer les doigts dans les cheveux de Ben. Celui-ci se pencha et défit la braguette de son blue-jean. Il dut cesser d'embrasser Travis une seconde afin de se concentrer sur sa tâche. Une fois le pantalon ouvert, Ben saisit le sexe épais à travers le tissu humide de son boxer gris. Après quelques va-et-vient presque brutaux, il reporta son attention aux lèvres de son amant. Pendant ce temps, Travis défit la ceinture de Ben, descendit sa braguette et passa la main à l'intérieur, appréciant la grosse bosse qu'il y trouva.

— Ça m'a manqué.

— Et tu as aussi manqué à ma queue.

Travis rit.

— Oh, dit Ben, tu ne parlais pas de sexe ?

— Non-on. Mais peu importe, tu me fais marrer.

— Encore ?

— Toujours.

Le sexe de Travis pointa sous la ceinture élastique de son sous-vêtement. Ben baissa le boxer et révéla l'organe dans toute sa gloire rigide. Il le fixa, hypnotisé. Pour ne pas être en reste, Travis sortit la queue de Ben par la fente de son caleçon. Ils se caressèrent l'un l'autre et s'embrassèrent encore, plus passionnément cette fois. Sexes, lèvres, mains, langues, et corps – Ben voulait tout à la fois. Étendus sur le canapé, ils prirent tout leur temps pour les préliminaires, le jean baissé, comme deux adolescents en rut qui se découvrent du bout des doigts. Chacun ne cessait de pousser sa queue douloureuse dans les mains de l'autre. Ben finit par ôter à Travis son jean pour lui empaumer les bourses et lui caresser l'intérieur des cuisses. Ensuite, il se mit à genoux pour l'aider à le débarrasser de son tee-shirt avant de retirer aussi le sien. Il glissa au sol, tirant sur le jean de Travis qu'il retourna pour mieux l'enlever. Travis se rassit sur le canapé, complètement nu, avec Ben à genoux sur le plancher entre ses jambes. Toujours en pantalon, Ben se pencha et lécha les bourses de Travis, dardant sa langue sur la peau lisse, puis de haut en bas de son sexe.

Il regardait son amant tout en taquinant sa queue.

— Qu'est-ce qui te fait sourire ? demanda Travis.

— Toi.

Ben lui souleva les testicules pour lécher la peau musquée en dessous. Il s'appliqua à sa tâche, décidé à ne pas laisser un centimètre carré lui échapper. Lorsqu'il s'attaqua au gland sensible, les hanches de Travis décollèrent du canapé. Ben prit la base du sexe à deux doigts et engloutit le reste dans sa bouche. Il agita la tête avec enthousiasme, lèvres ouvertes.

Travis retomba en arrière et ferma les yeux, jouant doucement avec l'anneau de son mamelon droit.

Après une longue pipe, Ben se releva et se déshabilla complètement, repoussant son jean et son boxer d'un coup de pied. Travis allongé sur le canapé, le regardait faire.

— Viens ici.

Ben se coucha sur lui, son sexe trouvant sa place entre les jambes de Travis. Il lui embrassa le cou et le serra contre lui. Leurs deux corps échauffés et en sueur glissaient facilement l'un contre l'autre. Ben avança légèrement en se soulevant, de sorte qu'il se retrouve un genou plié, à califourchon sur la poitrine de Travis. Le saisissant par ses longs cheveux, il lui fourra sa queue dans la bouche. Travis libéra alors sa fringale, sans chercher à cacher combien il aimait le sucer. Il se caressait en même temps.

Ben se retira et baissa les yeux sur son amant étalé sous lui.

— Je t'aime, Atwood. Tu le sais, j'espère?

— Je t'aime aussi, Obi-Wan. Maintenant, couche-toi et laisse-moi te déguster.

Ben s'étendit sur l'autre extrémité du canapé. Travis se retourna de façon à se placer entre ses jambes. Il saisit le sexe épais entre ses doigts et se pencha pour le prendre dans sa bouche. Ben tendit le bras pour passer ses doigts dans ses cheveux roux. Parfois aussi, il reprenait le contrôle de leurs ébats et forçait Travis à monter et descendre, à ralentir ou à accélérer. Après plusieurs minutes de succions voraces, Travis se redressa au-dessus de Ben, les yeux brillants et le sourire sauvage.

— La terre est plate, annonça-t-il.

Ben le regarda, perplexe.

— Ah, bon…

— La terre est plate.

— Qu'est-ce qui te prend?

— Allez, le taquina Travis. N'es-tu pas M. Carnet-Crayon? Je te propose un jeu.

Ben considéra ses options et décida qu'il était capable de suivre.

— D'accord, jouons.

Il prit un temps avant d'ajouter :

— Mais dans ce cas, la terre n'est pas plate. Elle est ronde.

Travis accepta la réponse et baissa la tête, reprenant le sexe de Ben dans sa bouche. Il le suça avec entrain et amena Ben au bord de l'orgasme.

Comme celui-ci tentait de lui signaler qu'il n'allait pas tarder à jouir, Travis s'écarta, même s'il continua à jouer avec la queue de Ben.

Encore une fois, il répéta :

— La terre est plate.

— Non, répondit Ben. La terre est ronde.

Travis fit tournoyer sa langue autour du gland, puis aspira le sexe jusqu'au fond de sa gorge. Il le garda en place un moment, sans bouger, luttant contre son réflexe nauséeux, puis il se détendit. Ben se contint quelques secondes, mais il finit par attraper Travis par la nuque pour s'enfoncer dans sa bouche. Il était sur le point d'exploser quand Travis s'écarta brusquement.

— Merde ! protesta Ben. Là, t'es vache !

Travis leva la tête pour le regarder dans les yeux, les lèvres gonflées et luisantes.

— La terre est plate.

— C'est quoi ce jeu à la con ? cria Ben. La terre est ronde, putain.

Travis recommença son manège, plus lentement cette fois, il taquina Ben, le mordilla et le suça. Enfin, il l'aspira profondément et l'y garda jusqu'à ce que les larmes lui jaillissent des yeux. Ben n'en pouvait plus. Ça faisait six mois qu'il n'avait pas baisé. Il enfonça sa queue dans la gorge de Travis et retint ses gémissements pour tenter de jouir discrètement. Mais Travis reconnut ses frissons révélateurs et pour la troisième fois, il priva délibérément Ben de son plaisir. Ses yeux, humides et frénétiques, brillaient comme ceux d'un fou.

Il gronda encore :

— La terre est plate.

— Que veux-tu de moi ? s'écria Ben, frustré. Dis-le, je le ferai, je veux jouir.

— La terre est plate.

Un élan de férocité traversa Ben, il naquit dans son estomac et remonta dans sa gorge, puis jaillit de ses yeux comme un faisceau laser.

— Suce-moi ! exigea-t-il, avec un éclat de rire amusé.

Travis sourit, mais sans obéir. Il continua à titiller le gland du bout de la langue, rendant Ben à moitié fou de désir.

— La terre est plate, affirma-t-il.

— Je t'en prie… plaida Ben

Il essaya de contrôler sa santé mentale, mais sa chair avait atteint le point de rupture, aussi il renonça.

— D'accord, pouce, gémit-il. La terre est plate. Cette putain de terre est archiplate.

— Je t'aime, déclara Travis.

— Alors, fais-moi jouir, supplia Ben.

Travis lui souleva les jambes et les dressa en l'air. Pressant les genoux de son amant contre ses oreilles, il lui lécha la raie des fesses. Ben gémit lorsque Travis se déplaça pour l'embrasser.

— Alors, chuchota Travis, nous y voilà.

— Nous y voilà.

— Nous sommes faits pour vivre ensemble, continua Travis.

— Nous sommes faits pour vivre ensemble, répéta Ben.

— La terre est plate.

— La terre est plate, répéta Ben, soumis.

— Je veux que tu me baises.

— Je veux que tu…

Il hésita, mais seulement un moment.

— Merde ! D'accord, céda-t-il, je veux que tu me baises.

Travis enfouit le visage dans son cul et lui offrit un anulingus enthousiaste. Sa langue diabolique provoqua chez Ben des frissons qui le traversèrent de part en part, il leva les jambes plus haut encore. Travis se redressa et l'embrassa à nouveau, entremêlant leurs mains et leurs souffles, il pressa les genoux de Ben sur sa poitrine.

— Tu promets de ne plus jamais me pousser hors de ta vie ?

— Oui, répondit Ben.

— Quoi qu'il nous arrive ?

— Je promets. Crois de bois, crois de fer, si je…

Ben cacha son visage dans le cou de Travis, sachant très bien ce qu'il venait d'accepter.

Une reddition inconditionnelle.

Travis cracha dans sa main et enduisit son sexe de salive avant de pousser contre l'orée du corps de Ben. Au début, ce dernier se contracta, d'instinct, mais il se détendit dès que Travis l'embrassa.

— Compte jusqu'à huit, ordonna Travis.

— Un, deux…

Tout en comptant, Ben disait adieu à tout ce qu'il pensait connaître du sexe et de l'amour. Travis le pénétrait et lui se laissait faire. Pire encore, il le désirait. Travis l'avait mené si près de l'orgasme que la base de sa colonne vertébrale frissonnait sous la pression du sexe qui l'empalait peu à peu.

— … sept, huit.

— Est-ce que tu as mal ?

— Non-on, répondit Ben.

Du coup, Travis se mit à le baiser pour de bon et il fut vite évident qu'aucun d'eux n'allait durer longtemps.

Ben attira Travis contre lui pour chuchoter à son oreille :

— Tu es le seul homme à m'avoir jamais baisé sans préservatif. Le seul qui aura joui en moi.

Cette idée fit naître en eux une onde de choc qui leur traversa le corps – au singulier, vu qu'ils se sentaient désormais tellement unis qu'ils ne formaient plus qu'un.

Travis accéléra la cadence.

— Vas-y, plaida Ben, dont les yeux se révulsaient.

Quelques instants plus tard, Travis se cabra comme un mustang lorsque sa queue gonfla et explosa. Il ouvrit la bouche dans un cri silencieux. Quant à Ben, il empoigna son sexe dur et sentit les jets de sperme chaud se répandre sur sa poitrine et son estomac.

Travis s'effondra sur lui, tremblant et haletant. Leurs lèvres se rencontrèrent et ils se frottèrent le visage l'un contre l'autre.

— Tu vois ? déclara Travis. Je te l'avais bien dit. La terre est plate.

Ben le serra contre lui.

— Oui, admit-il. Absolument. La terre est plate.

XVIII

APRÈS AVOIR emménagé chez les Walsh, Travis reprit tout naturellement sa place dans leur vie. Une nuit, Ben réalisa que le temps passait et qu'il devait agir vite s'il voulait inclure Travis dans ses projets pour Thanksgiving. Colin n'avait cessé de le harceler pour que tous les Walsh reviennent à Manhattan, ne serait-ce que pour effacer les mauvais souvenirs de leur précédent séjour. Et puisque Ben n'avait pas l'intention de rater un Thanksgiving chez les Mead, il avait pris dès le mois d'août des billets d'avion pour ses frères et lui.

— Ça te dirait de venir ? demanda-t-il à Travis.

Ils se trouvaient dans la cuisine où Ben hachait des légumes pour une salade. Il aimait jouer au sous-chef pour Travis.

— Allez, Ben. À ton avis ?

— Je ne sais pas. Tu as détesté ton premier voyage.

Travis secoua la tête.

— Tout est différent à présent. Tu crois que j'ai envie de rester ici et passer Thanksgiving seul quand ma famille est à New York ?

— Mais Colin a organisé un autre dîner pour vendredi soir.

— Et ça me va très bien, lui assura Travis. Sauf si tu préfères que je ne…

— Arrête, le coupa Ben. J'appelle illico la compagnie aérienne pour voir si nous pouvons changer nos sièges avec toi en plus. Et il te faudra aussi un smoking.

— Tu es sérieux ?

— Le patriarche donne son dîner de Thanksgiving à St Regis. La tenue de soirée est de rigueur. Les garçons ont déjà chacun le leur.

— Le patriarche ?

— Joseph Mead, grand-père de Colin. C'est une grosse pointure.

Jason entra dans la cuisine pendant que Ben téléphonait à la compagnie aérienne.

— Qu'est-ce qu'on a pour dîner ? demanda-t-il.

— Du poulet frit, répondit Travis.

— Tu ne suis pas les coutumes macabres d'Halloween, hein ?

Travis rit.

— Non, Jason, et c'est délibéré.

Ben mit son téléphone sur haut-parleur, noyant la cuisine sous une rengaine commerciale.

— Je suis en attente.

Quentin et Cade sortaient du salon pour les rejoindre.

— Ça sent bon, déclara Quentin.

— En attente avec qui, Ben ? demanda Jason.

— La compagnie aérienne. Il me faut un billet pour Travis. Pour Thanksgiving.

— Si les copains sont aussi invités, je peux emmener Jake ?

— Non, répondit Ben.

— Et pourquoi pas ?

— Parce que la maison des Mead n'est pas un motel.

— Mme Mead aime bien que sa maison soit pleine, déclara Cade.

— Comment le sais-tu ? demanda Ben.

— Elle me l'a dit. Elle m'a beaucoup parlé quand j'étais malade. Tu savais qu'elle a neuf frères et sœurs ? Ils vivent à White River, dans le Dakota du Sud. Je m'en souviens parce que ça me rappelle la Red River. Tu savais que les Mead ont quinze chambres dans leur maison ? Elle m'a dit que c'est pour pouvoir accueillir toute sa famille en même temps. Mais ils ne viennent jamais lui rendre visite. Ils prétendent qu'ils ne se sentent pas à l'aise dans son monde. Alors les Mead sont tout seuls, tous les deux, avec leurs quinze chambres.

— Elle vient d'une famille modeste ? demanda Travis à Ben.

— Oui, répondit-il, avec un hochement de tête. Des paysans, le sel de la terre. Elle a obtenu une bourse pour entrer à l'université de San Diego, puis elle a déménagé à Chicago pour travailler dans un cabinet immobilier. C'est là qu'elle a rencontré Carl.

— Je peux l'appeler et lui demander d'inviter Jake, proposa Cade.

— Non. Je suis sûr que Dan et Sarah tiennent à passer Thanksgiving avec leur fils.

— Ils pourraient venir aussi, déclara Jason, comme si c'était la solution idéale.

— Ne sois pas ridicule, ricana Ben.

— Si Jake y va, je veux inviter Dakota.

— Réfléchis, Ben, poursuivit Jason. Si tu invites Sarah McAlister au St Regis pour le Thanksgiving des Mead, elle pensera être au paradis.

204

Ben sourit à cette perspective.

— Ça lui plairait vraiment, hein ?

— Les McAlister sont pratiquement de la famille, admit Quentin.

Et c'était la vérité. Depuis que Ben et Dan avaient commencé à travailler ensemble, les deux familles s'étaient rapprochées.

— D'accord, céda Ben, je vais appeler Mme Mead, mais je lui dirai que c'est ton idée, Cade.

— MONSIEUR, POURRIEZ-VOUS relever votre tablette pour le décollage, s'il vous plaît ?

Travis remit sa tablette en place et tourna le loquet. L'hôtesse le dépassa et continua à parcourir l'allée pour une ultime vérification des consignes.

— Tu attends toujours la dernière minute, hein ? ricana Ben.

Travis se pencha et l'embrassa.

— J'adore avoir une table, expliqua-t-il. Je ne vois pas ce que ça change qu'elle soit ouverte ou fermée.

Ben se mit à rire. À la veille de Thanksgiving, ils étaient tous en avion à destination de New York. Les Walsh, Travis, Dakota et les McAlister : neuf en tout. Apparemment, Cade connaissait Norma Mead mieux que son aîné. Ben avait senti le sourire de la mère de Colin rayonner au téléphone quand il lui avait demandé la permission de remplir sa maison pour les vacances. Travis et Dakota avaient trouvé des places sur le même vol que les Walsh, mais Jake et ses parents devaient arriver à LaGuardia quelques heures plus tard.

À leur atterrissage à Newark, ils retrouvèrent tous leurs bagages sans anicroche.

Bien sûr, les McAlister avaient déjà visité New York, mais jamais comme ça. Dan et Sarah, émerveillés par la demeure des Mead, ne savaient comment exprimer leur gratitude à leurs hôtes.

Quant à Jake, il soupira de soulagement en voyant Jason à son arrivée.

— Je déteste l'avion, annonça-t-il.

Prenant Jason par la main, il frotta son visage contre le sien dans un baiser esquimau. Les voir ensemble réchauffait toujours le cœur de Ben. S'il avait joué un rôle dans l'amélioration de la vie de son frère, il considérait ça comme l'un de ses plus brillants succès.

Ses frères traitaient désormais les Mead comme des membres de la famille : d'abord, ce n'était pas leur premier séjour, ensuite, ils ne subissaient plus la pression d'un déménagement imminent à New York. M. et Mme Mead tenaient toujours le rôle de grands-parents de substitution, surtout vis-à-vis de Cade. Catherine, revenue chez elle pour les vacances, renoua avec Quentin et Jason. Elle promit à Ben qu'il n'y aurait cette fois aucun écart de conduite et prêta même à Dakota une robe de Stella McCartney pour le dîner de Thanksgiving.

Plus important encore, la température était clémente et le ciel d'un bleu pur.

JEUDI SOIR, Ben, ayant terminé sa douche, sortit de la salle de bain en se demandant ce que devenait Travis. Il entra dans leur chambre, une serviette autour de la taille et trouva son amant en smoking devant le miroir en pied.

— Waouh ! s'écria-t-il.

Suivant ses conseils, Travis s'était offert un smoking Armani de coupe classique, avec un seul bouton au veston, qu'il portait avec une chemise blanche et un nœud papillon noir. Quentin s'était chargé de lui montrer comment le nouer. « *C'est aussi facile qu'attacher des lacets.* »

— Est-ce que je ressemble à un pingouin ? s'inquiéta Travis.

Avec un sourire débordant de fierté, Ben avança derrière lui.

— Tu es superbe ! dit-il au reflet dans le miroir. Un jeune James Bond roux.

— Je ne pense pas. J'ai vu tous ses films et James n'a jamais les cheveux longs.

Il se tortillait de droite à gauche.

— Je ne suis pas très à l'aise dans ces chaussures.

— C'est normal, expliqua Ben. Une tenue de soirée n'est jamais tout à fait confortable. Mais avec l'allure que ça te donne, ça en vaut la peine.

Alors que Ben le contournait pour l'embrasser, Travis, d'un geste vif, lui défit sa serviette et la laissa tomber sur le sol.

— Tu crois qu'on a le temps pour une fellation ? demanda-t-il

Il s'activait déjà et le sexe de Ben durcissait sous ses attouchements.

— J'ai *toujours* du temps pour une fellation. Fais juste attention à ne pas tacher ta chemise. Nous n'en avons pas de rechange.

— Je te promets de ne pas en perdre une seule goutte, déclara Travis, tout sourire.

206

Il poussa Ben à reculons jusqu'au lit et le fit asseoir, puis il se pencha pour l'engloutir. Il lécha et suça jusqu'à ce que Ben jouisse tout au fond de sa gorge.

Ben ne se plaignait jamais que Travis soit revenu d'Alaska avec un côté dominant au lit. En général, c'était lui qui baisait Travis, mais pas toujours, et il appréciait de plus en plus le rôle du passif. Et chacun d'eux était toujours partant pour une petite fellation.

Ensuite, Ben s'habilla et tous deux descendirent rejoindre les autres dans le hall d'entrée. Les hommes étaient tous très élégants en smoking, les femmes semblaient prêtes à prendre le tapis rouge réservé aux stars. M. Mead avait loué deux limousines pour les conduire à la soirée.

— Préparez-vous, déclara Ben à ses frères lorsqu'ils sortirent dans la rue. Vous ne savez pas ce qui vous attend; vous allez être époustouflés.

JOSEPH MEAD organisait son traditionnel dîner de Thanksgiving à l'hôtel St Regis, c'était un moment très fort de l'année pour sa famille, ses amis et les divers associés de son cabinet juridique. Parmi les deux cents et quelques invités figuraient également des célébrités. Ben avait été invité pour la première fois deux ans plus tôt et il n'avait jamais rien vu de tel. Le St Regis, un des plus beaux cinq étoiles de New York, était le comble du luxe et de la sophistication. Quand Ben avait téléphoné au « patriarche » en lui demandant la permission d'inviter six personnes de plus, Joseph Mead lui avait répondu avec sa gentillesse habituelle.

— Vous êtes de la famille, Ben. J'ai toujours de la place pour des ajouts de dernière minute. J'ai beaucoup regretté de vous perdre en faveur du Texas, mais je suis heureux d'apprendre que vous êtes retombé sur vos pieds. Et je suis impatient de rencontrer vos frères. Colin ne tarit pas d'éloges sur eux.

Les limousines arrivèrent sur la 55e rue et peu après, le groupe traversa le hall de l'hôtel en direction des ascenseurs pour atteindre le vingtième étage, connu comme étant « le toit ». Pour Ben, la grande salle avec son plafond voûté et peint de nuages évoquait Versailles. Les six grands lustres dorés aux pendeloques de cristal étaient spectaculaires et les tentures d'or s'ouvraient sur des baies vitrées avec une vue imprenable sur Manhattan et Central Park. Les tables rondes aux couleurs d'automne garnies de bouquets et de longues bougies coniques occupaient l'essentiel de l'espace, tandis que les invités buvaient et formaient des petits groupes dans un petit salon adjacent avant le dîner.

En sortant de l'ascenseur, Ben vit Colin près du bar, appuyé contre un autre homme, dont il tenait la main. David fut le premier à repérer les nouveaux arrivants, qu'il signala à son compagnon. Colin se retourna et avança pour les accueillir, en tirant David derrière lui.

— Bon Dieu, Walsh! s'écria-t-il joyeusement. Tu te déplaces en groupe à présent?

— Que puis-je dire? Je suis chargé de famille.

Jason se rua en avant et jeta les bras autour de la taille de Colin qu'il serra contre lui.

— Voilà ce que j'appelle un bonjour! déclara Colin.

Il rendit son étreinte à Jason et l'embrassa sur la tête. Se tournant vers Jake, il demanda :

— Jake, j'espère que tu t'occupes bien de mon neveu?

— Je pense que la plupart du temps, c'est le contraire, Colin. C'est lui qui s'occupe de moi.

David fit un pas en avant et tendit la main à Travis.

— Je suis heureux de te revoir. Je t'aime bien avec les cheveux longs.

Travis accepta sa poignée de main, mais ensuite, il attira David dans une étreinte inattendue.

— Alors, tu es avec Colin, hein? Je n'avais rien vu venir.

— La vie est pleine de surprises, répondit David.

Il s'adressa ensuite au plus jeune des Walsh.

— Cade, demanda-t-il, comment s'en sortent les Longhorn cette année?

— Pas terrible pour le moment, mais ils remontent la pente.

David salua le reste de la bande avant de se tourner vers Ben.

— Je suis heureux de te revoir.

— Moi aussi, répondit Ben. Comme toujours. Laisse-moi te présenter les parents de Jake. Voici Sarah et Dan McAlister. Colin Mead et son compagnon, David Foster.

— Je suis ravie de vous connaître enfin, dit Sarah, la main tendue. J'ai la sensation de vivre un conte de fées. Cet hôtel est remarquable.

— Nous n'avons rien de comparable au Texas, ajouta Dan.

À son tour, il échangea une ferme poignée de main avec Colin et David.

— Je suis désolé de ne pas avoir eu la chance de vous rencontrer durant mon dernier passage à Austin pour le Memorial Day, dit Colin. Votre fils est vraiment doué sur un voilier. Un vrai marin! Il faudra que nous lui fassions découvrir l'océan un de ces jours.

Catherine entraînait déjà Quentin et Dakota pour leur présenter quelques-uns de ses cousins. Les présentations étant terminées, Ben vit Travis examiner la grande salle, les yeux écarquillés d'admiration et d'incrédulité.

— Nom d'un pétard! s'exclama-t-il. C'est la Comtesse aux pieds nus?

Se retournant, Ben aperçut Ina Garten de la chaîne télévisée Food Network. Elle et son mari, qui vivaient dans les Hamptons, étaient des amis des Mead.

— Tu parles d'Ina? dit Colin.

— J'aime son émission, répondit Travis. J'utilise ses recettes tout le temps.

— Dans ce cas, viens, je vais te la présenter.

— Tu plaisantes?

— Pas du tout, déclara Colin.

Il prit Travis par le bras et lui fit traverser la pièce. Cade décida que lui aussi voulait rencontrer la présentatrice, aussi les suivit-il. Jason et Jake décidèrent d'admirer la vue de plus près tandis que Dan et Sarah se dirigeaient vers le bar. Ben se retrouva donc en tête-à-tête avec David.

— Ça ne te gêne pas? demanda David. Que je sois avec Colin?

— Au contraire. Tout a été si brusque... Je suis heureux pour toi, David, vraiment. J'espère que vous viendrez bientôt nous rendre visite tous les deux. Mes frères vous adorent.

— Nous avons déjà parlé d'un éventuel séjour la semaine après Noël.

— Ce serait parfait. Je prendrai quelques jours de congé et les garçons seront en vacances.

— Tu sais que Colin n'est pas tout à fait lui-même depuis ton départ. Il s'adapte, bien sûr, mais il dit toujours : « *Ben aimerait ça* » ou « *Dommage que Ben ne soit pas là* ». Tu lui manques.

— Il me manque aussi. Même si je suis très occupé.

— Comment ça se passe?

— Vraiment très bien. Nous avons encore nos mauvais jours, bien sûr... moi avec trois ados? Fais le calcul. Mais le pire est derrière nous. Et depuis que Travis est revenu vivre avec nous, ça fait une énorme différence.

Surtout pour Cade. Travis est son vrai grand frère, moi, je suis juste le remplaçant.

— J'ai remarqué qu'il le colle pas mal.

— Ouais. Je pense qu'il a peur de le voir à nouveau disparaître s'il ne le tient pas à l'œil.

— C'est un âge terrible pour être orphelin. Bien sûr, il n'y a pas de « bon » âge.

Ben entendit une voix familière appeler son nom. Il se retourna pour saluer Joseph Mead. Après une poignée de main, le vieil homme lui tapota chaleureusement le bras.

— Alors, où sont-ils, ces fameux frères qui sont vos sosies et dont j'ai tellement entendu parler ?

— Permettez-moi d'aller vous les chercher, monsieur.

Ben s'excusa le temps de réunir sa famille pour les présenter à leur hôte. Veuf depuis dix ans, Joseph Mead était venu seul. Il eut la réaction attendue en voyant Quentin, Jason et Cade.

— Une ressemblance remarquable !

Joseph Mead avait souvent entendu parler des frères de Ben, mais ce fut seulement en entendant prononcer leurs noms l'un après l'autre qu'il réalisa la vérité.

— Benjy, Quentin, Jason et Caddy ? Vous avez été prénommés d'après la tribu Compson du *Bruit et la Fureur*.

— Je ne suis pas une fille, protesta Cade.

— Papa a dû s'adapter, admit Ben.

— Et je vous mets au défi d'appeler Ben Benjy, déclara Quentin. Il déteste ça.

Le St Regis leur servit un menu de Thanksgiving à la fois traditionnel et somptueux, avec quelques variantes originales que Travis remarqua, mais pas Ben, qui ne prêtait guère attention au contenu de son assiette. Quentin, Dakota, Jason et Jake étaient attablés avec Catherine et ses cousins. Au départ, Ben et Travis se trouvaient à côté de Colin et David, mais Travis demanda vite à Colin de changer de place pour parler cuisine avec David. Ce qui donna à Ben et Colin l'essentiel de la soirée pour bavarder et échanger des nouvelles. Ben en fut très heureux. Colin lui manquait plus qu'il ne l'avait réalisé.

— Je ne t'ai pas encore parlé du bonus inattendu de mon contrat avec SY&Y.

Colin, qui s'apprêtait à engouffrer une bouchée de dinde, haussa les sourcils et le regarda.

— Quel genre de bonus?

— Le meilleur qui soit. Ma liberté plus un million de dollars pour que toi et moi puissions créer notre cabinet.

Colin faillit s'étouffer.

— Quoi?

— J'ai signé pour dix ans. Ensuite, je serai libre. Les garçons seront tous diplômés et Travis sera prêt à changer de décor. Tu vois bien qu'il commence déjà à aimer New York.

Colin ouvrit la bouche, mais sans réussir à énoncer un mot. Il posa sa fourchette et prit Ben dans ses bras. Surpris, David et Travis se tournèrent vers eux. Ben les rassura en articulant silencieusement : « *Tout va bien.* »

— Je t'avais bien dit qu'on ne quitte jamais New York! déclara Colin.

Travis les interrompit :

— Hé, pourquoi y a-t-il une chaise vide à côté de ton grand-père? C'est en mémoire de sa défunte épouse?

Colin tourna les yeux vers la table où Joseph Mead était assis.

— Non. C'est en mémoire de Christopher, son plus jeune fils. Il est mort du sida dans les années 80. À l'époque, ils ne se parlaient plus et grand-père ne se l'est jamais pardonné. C'est sa façon de se souvenir de lui.

— Nom d'un pétard! déclara Travis. Il n'y a pas de rose...

M. et Mme Mead avaient insisté pour asseoir Cade entre eux pour mieux profiter de sa présence. « *Je trouve certains de ces vieux bien trop guindés* », lui avait expliqué Norma Mead. Ben remarqua que son frère s'épanouissait sous leurs attentions, le couple s'occupait de lui comme s'il était le centre de leur univers. *Voilà ce que c'est d'avoir des grands-parents*, pensa-t-il.

Vers la fin du dîner, Joseph Mead se leva.

— Puis-je avoir votre attention, s'il vous plaît?

Aussitôt, le brouhaha de la grande salle s'étouffa. Le patriarche reprit son discours :

— Comme vous le savez, nous demandons chaque année à un invité de nous raconter une anecdote d'Action de grâces pour Thanksgiving. Cette année, après avoir discuté avec mon fils, Carl, nous avons décidé de donner la parole à un jeune homme, Quentin Walsh. Je pense que vous trouverez son récit... eh bien, remarquable. Quentin?

Ce dernier se leva et déroula deux feuillets de papier.

Travis se pencha pour Ben pour lui demander :

— Tu étais au courant ?

— Non, répondit Ben. Et toi ?

— Non-on.

Quentin se racla la gorge et commença à lire :

— Marc Brown a écrit : *Parfois, être un frère est encore mieux qu'être un superhéros.* Cette citation a beaucoup de signification pour moi, parce que j'ai trois frères. Comme certains d'entre vous le savent, nos parents ont été tués dans un accident de voiture, il y a onze mois. Ça a été pour nous un bouleversement et à l'époque, l'avenir nous paraissait assez sombre. En fait, c'était ce qui pouvait arriver de pire à un ado de seize ans. J'étais très en colère. Mon frère aîné, Ben, est revenu au Texas. Lui aussi était en colère. Les premiers jours ont été sacrément horribles et je me suis montré plutôt agressif envers lui. Je pensais qu'il allait rentrer à New York et nous expédier, mes deux jeunes frères et moi, chez nos oncles et tantes... Et là, premier miracle, il m'a surpris en décidant de rester pour s'occuper de nous. Il avait des projets dans la vie, des espoirs et des rêves, il les a mis de côté. De jeune et brillant avocat new-yorkais, il est devenu du jour au lendemain le tuteur de trois enfants qu'il connaissait assez peu, au fond. Il a fait pour nous un sacrifice énorme, dont je n'ai pas vraiment réalisé la portée à l'époque. Je sais qu'il a cru sa vie à peu près fichue. Au moins, de prime abord... Et là, second miracle. Au milieu de toutes ces tragédies, Ben a rencontré son âme sœur, Travis. Parce que voilà le plus important, le bonheur arrive souvent quand on s'y attend le moins. Tout le monde a un destin, mais peu prennent la décision de le suivre. Même en ses pires moments, la vie vous donne une raison de rendre grâce. Ben, je te remercie d'avoir tout abandonné pour nous. Tu nous as sauvés, au sens littéral. Je suis désolé de t'avoir mal jugé et accusé. J'espère devenir un jour un homme à moitié aussi génial que toi. Je sais que tu n'aurais jamais pensé m'entendre dire ça, mais tu es vraiment mon superhéros.

Sans se concerter, Ben, Travis, Jason et Cade se levèrent pour rejoindre Quentin. Ils tombèrent dans les bras les uns des autres, oublieux des deux cents invités qui leur faisaient une ovation, la larme à l'œil.

Sur le vol du retour à Austin, Travis se mit à rire quand Ben évoqua leur trajet précédent.

— Mieux vaut l'oublier, déclara-t-il.

212

— Non, ça fait partie de ce qui nous a conduits ici, aujourd'hui, donc je tiens à m'en souvenir.

Quand il se tut, Travis lui prit la main.

— Je peux te demander un truc?

— Bien sûr, répondit Ben.

— Et si je changeais de nom? Et si je devenais un Walsh?

— Pourquoi?

— Ben, je sais que nous ne pourrons pas nous marier au Texas...

Il s'interrompit avec une grimace et attendit la réaction de son amant.

— Bienvenue dans le monde de l'inégalité des droits au mariage.

— Ouais, reprit Travis, mais ce serait quand même sympa que nous partagions un patronyme. Atwood est le nom de mon père que je n'ai jamais estimé. Les garçons et toi êtes ma famille à présent.

— D'accord, acquiesça Ben. Dans ce cas, tu devras en faire la demande au tribunal de district, seul un juge peut t'accorder un changement de nom légal. Tout dépendra de la formulation de ta demande, parce qu'ils décident au cas par cas. Par chance, nous vivons dans le seul comté libéral du Texas, et je me chargerai d'écrire ta demande, bien entendu. Je pense qu'il n'y aura aucun problème.

— Et tu serais d'accord?

Ben sourit.

— Oui. *Travis Walsh*. Mon père en serait très fier.

— Tu le feras dès que nous rentrerons à la maison?

— Oui, je rédigerai ta lettre dès lundi.

— Merci.

Ben laissa son regard dépasser Travis pour se fixer sur le hublot.

— Hé, tu te souviens de l'hiver dernier, quand j'ai eu la grippe?

— Bien sûr, je ne l'oublierai jamais.

— Tu te souviens qu'en reprenant conscience, j'ai dit à Quentin avoir parlé à papa?

— Ouais, vaguement.

— Ce n'était qu'un rêve, je suppose, mais il m'a paru très réel sur le coup. Je suis sorti de mon lit pour aller dans la cuisine. Mon père était là, il m'a fait des *migas*. Je me suis assis à table et nous avons discuté. Il m'a demandé de m'inscrire pour passer l'examen du barreau au Texas. Il m'a aussi dit que toi et moi allions rencontrer une période difficile. Il m'a dit que tu étais la solution à mon problème. Et il avait raison.

— Je suis heureux que tu aies écouté ses conseils.

— Ensuite, je suis retourné au lit et là, je ne sais pas… je présume que j'ai rêvé que je rêvais. Un peu comme dans *Inception*. J'ai eu la vision de ce moment : je rentrais avec toi à la maison, main dans la main. J'ai regardé par la fenêtre et l'horizon avait disparu… J'ai vu le ciel tel qu'on le voit d'un avion. Du bleu et des nuages, quand la terre n'existe plus. J'ai vu un avenir grand ouvert. Je me souviens du bonheur que j'ai ressenti alors.

Sur ce, Ben pressa le bouton de son accoudoir pour faire basculer son siège en arrière. Il ferma les yeux. Peu après, il sentit que Travis suivait son exemple. Avant de s'endormir, Ben se pencha vers son partenaire et lui demanda, d'un chuchotement à peine audible :

— Tu vas mettre les lumières de Noël sur la maison cette année ?

Brad Boney vit au Texas, à Austin, la septième ville la plus gay d'Amérique. Il aime à raconter des histoires sur les beaux garçons de son quartier, non loin de l'Université du Texas. Nouveau venu dans la romance homosexuelle, il prévoit de placer tous ses livres à Austin et espère ainsi faire la promotion de sa ville. Il a grandi dans le Midwest et fait ses études à l'Université de New York. Il a vécu à Washington et à Houston avant de s'installer à Austin. D'après lui, son expérience au théâtre a marqué son style d'écrivain, qu'il appelle « dialogues et placement des acteurs sur la scène ». Il considère *Amour et Amnésie* comme la plus grande comédie romantique de tous les temps et *Strapped* est son film gay préféré des dix dernières années. Il n'a jamais rencontré de boysband qu'il n'aimait pas. Et oui, c'est vrai, la saison d'Emily dans *The Bachelorette* a restauré sa foi en l'amour.

Brad est actuellement célibataire et bien que son cœur soit ouvert à l'amour, il n'est pas certain que son calendrier le lui permette. Tout ce qu'il veut pour Noël est d'avoir cent fans sur Twitter.

Vous pouvez l'aider à réaliser son vœu :

www.twitter.com/BradBoney
N'hésitez pas à en découvrir plus sur son site Web :
www.bradboney.com

Par Brad Boney

Quand l'horizon a disparu

Publié par Dreamspinner Press
www.dreamspinner-fr.com